U0036609

今朝有錢今朝賺 1

風文創 1288

綠色櫻桃 著

目錄

序文

綠色櫻桃

大家好，我是新人作者綠色櫻桃！這本《今朝有錢今朝賺》是我的第一本小說。

因為是第一次寫一部完整的小說，明白自己還有很多不足。

故事雖是架空時代，可古代的官名和職位，還有角色們的衣衫、配飾，都需要一一翻閱資料。只要一有空，想的都是小說的劇情，靈感來時，哪怕半夜都得爬起來，記在筆記本上。

因為沒有多少經驗，我能把握的節奏，無論是主線還是輔線，便是每章都必須有兩個劇情。

雖是重生文，但男、女主角的故事縮影，其實也有融入現代的一些故事元素。

感情為主，劇情為輔，是我這部小說的主旨。

裡面也有許多腦洞大開的情節，雖不能讓每個讀者滿意，卻是我靈感突發時想出來的結果。

我每日寫作時會給自己訂下一個小目標：每一章中，必須有能吸引到自己的一個點，要麼是對話內容搞笑，要麼就是劇情裡的一個新穎點子，或者是狗血反轉，來個意想不到的結果。

這些對於大咖作者們來說輕鬆自如，但對於我這個新手來說，必須想了再想，改了再改，就怕讀者覺得索然無味。

我這部小說，喜怒哀樂都有，而主人公獨立、堅強又清醒的人格魅力，才是撐起整部作品的支柱，不但讓讀者看完能產生共鳴，還能讓我自己在現實中也學到一些東西，在生活中的處事方式也有所改變。

故事是虛構的，但透過現象看本質，本質卻是互通的。

因為家中還有孩子要照顧，我每天寫三千字，堅持了三個多月，才終於完成這部作品。

感謝那些一直陪伴我的讀者朋友們。

想要在這條路上越走越遠，我要學習的還有很多，可我不會停下腳步，因為一路上有你們，我不孤單。

第一章

寒冬臘月，大雪驟停，山頭林間白茫茫一片。

城外落月山下的庵堂，被積雪掩蓋得只剩屋頂。庵堂後山入口處已清掃乾淨，露出一段青石板鋪設的小道，小道盡頭是一座掩映在山林深處的一進別院。

冷冷清清的院中，偶爾從東廂房傳出幾聲低沈的咳嗽聲，打破了這山間寂靜。

一個身穿長襖的丫鬟從倒座房走出來，手上端著一碗黑糊糊的湯藥，踩在來不及清掃的雪地上，發出咯吱咯吱聲響。

撩開東次間厚實的棉門簾，便見坐在羅漢榻上埋頭做針線的陸伊冉。

她一身藏青色提花緞面交領長襖，髮髻整齊，頭上戴一支鎏金鑲松石的並蒂花髮簪。

聽到聲音，她抬起一張姝麗無雙卻難掩病容的臉龐。

丫鬟雲喜一眼便看見她頭上的髮簪，側身抹去臉上的淚水，強顏歡笑地抬腳邁了進去。

山裡陰冷，屋內又沒燒炭火，陸伊冉身旁的轉窗還半開著，冷得讓人直打哆嗦，然陸伊冉卻毫不在意，時不時抬頭透過窗口望向院門。

雲喜趕緊把藥碗放到炕几上，伸手關嚴窗戶，拿走陸伊冉手上的繡繃，一把抓住她冷得像冰塊的雙手，邊搓邊呼呼哈氣。

「夫人放心，侯爺這幾日定會來接我們的，您可要保重身子。」

陸伊冉許久未有笑容的臉上總算開顏。「咳咳……後日就是小年夜，我答應循哥兒，小年夜晚上一定會回去。」

「能回去，一定能回去。哥兒日日盼著您，定會催姑爺來接我們的。」

聽到雲喜的寬慰之詞，陸伊冉臉上又多了些動容。她喝完湯藥，被雲喜扶到拔步床上躺下。

此時廂房門簾再次被掀開，另一個丫鬟阿圓端著一盆從灶膛掏出來的柴火炭，放到冷得跟冰人似的主子床邊，眼眶微紅，哽咽道：「要來早來了，妳沒聽到那楊婆子說——」

「阿圓！」雲喜趕緊喝停。

陸伊冉閉眼沈默不語，一滴滴清淚奪眶而出。

她本是護國侯府謝家二房長媳，半年前先皇駕崩，宮中發生奪嫡內亂，最終由她夫君的外甥六皇子得勝，成為大齊新帝。

而受落敗東宮太子牽連，陸伊冉的娘家姑母安貴妃和她的兒子九皇子，到此時還生死不明。

陸家安寧侯的封號被奪，父親任職的青陽縣令官職被黜免，陸家三服內子孫都不得科考入仕。

婆家得勢，娘家落難。

她苦苦哀求謝詞安放過安貴妃母子倆，卻被他禁足在這城外的偏遠別院，這一關就是半年，他從未來看過她一眼，而她就連看一眼自己的兒子都是奢望。

她十六歲時嫁給二十三歲的謝詞安，今年已是成婚第八年。兩人陣營敵對，身分懸殊，府上眾人不待見，丈夫亦對她冷淡。在謝家，她日日忍氣吞聲，盡力伺候丈夫，盡心孝敬婆婆，生下侯府二房長孫，看著丈夫從意氣風發的後軍都督到如今權傾朝野的輔國大司馬。

院中看護的下人也是看碟下菜，見陸伊冉已儼然成為謝家棄婦，宮中唯一的靠山也倒了，便剋扣主僕三人的飯食和炭火，借下山給陸伊冉買藥為由，楊婆子夫妻倆拿走了糧食和炭火，數日未歸。

院中就剩下她們三人，要不是庵堂的妙真住持接濟，只怕她們這幾日就要餓死在這院裡。

不知過了多久，朦朦朧朧中，陸伊冉聽到院中有說話聲。她以為是謝詞安來了，不顧身子不適，歡喜地下了床，挪到銅鏡前快速梳好髮髻，又插上剛剛那支髮簪。

正欲出門相迎時，棉簾被人粗魯挑開，只見陳若雪囂張跋扈地出現在她眼前。

不顧阿圓和雲喜的阻攔，陳若雪自顧自地闖了進來。

「表姑娘，您請回吧，我們夫人身子不適，不方便招待。」雲喜攔在陳若雪身前，不讓她進屋。

陳若雪冷嗤一聲。「還夫人？很快就不是了。」

猶如當頭一棒，聽得陸伊冉踉蹌後退一步，臉色慘白，緊緊抓住身側的圈椅。

而對方則是蠻橫地推開雲喜，挑釁地坐到玫瑰椅上。

陸伊冉穩住心神，無太多精力去應付這個平日就與她關係不和的夫家表妹，開門見山道：「雪表妹，妳是如何尋到此處的？究竟為何而來？」

這處別院是謝家祖母的產業，知道此處的人很少。她在此禁足半年，除了府上送東西的幾個特定之人外，未見其他人來過。

「我今日特意來落月庵拜拜菩薩，好奇闖了進來，誰知原來竟是妳在此處。」

陳若雪落坐後，視線不停地往陸伊冉身上瞟，眼中的幸災樂禍一閃而過。

這個理由實在牽強，這樣的天氣，沒人會自找麻煩外出燒香拜佛，況且這裡到尚京還有半日的路程。

「既是拜佛求籤，雪表妹倒是走錯了地方，我就不留妳了，妳請回吧。」

陳若雪怒極反笑。「妳還在等人呢？等循哥兒？還是我表哥？」

氣氛再次僵住，陸伊冉不願搭理她，又坐回床邊，時不時地輕咳幾聲。

「無論妳是等誰，都不會有人來接妳回侯府了。」

雲喜臉色一沈，出聲警告。「表姑娘，請慎言！」

「有什麼可慎言的？全尚京城都知道，大司馬謝詞安兩月後就要和我長姊大婚的消息，只怕休書不日後就會有人送到妳手上了。」

陸伊冉臉色慘白，臉上一片茫然和灰敗，兩手無力垂下，像一個毫無生氣的娃娃。

謝詞安的大表妹陳若芙，那是陸伊冉無法企及的人物，她才識過人，出身勛貴，端莊大方，是尚京不少名門望族想迎娶的姑娘。

她與謝詞安青梅竹馬、門當戶對，就連一向對自己冷心冷情的夫君，對自己的這個表妹也是另眼相待。

阿圓和雲喜一慌，趕緊把陳若雪往外趕，就怕她再說出讓陸伊冉無法接受的話。

「讓她說完，我受得住。」陸伊冉踱步越過兩個丫鬟，直視陳若雪。

「只怕到此時妳還被蒙在鼓裡吧？你們陸家活著的人都被流放到關外，安貴妃母子倆勾結叛黨，也被處死。我表哥要休了妳，循哥兒也不再是妳的兒子了，妳還——」

「妳休得胡言！咳咳……我爹爹只是丟了官職，他們不可能被流放。我姑母一定是被人陷害的，她是不會勾結叛徒的！」陸伊冉身子輕顫，淚流滿面，一改往日的溫和，咬牙吼道。

「夫人，您可千萬別動氣，侯爺不會捨棄您的！」雲喜見她一口氣上不來，急紅了眼，扶著她幫忙順氣。

阿圓氣急，對著陳若雪大罵。「妳個黑心肝的，滾呀！就知道欺負我們夫人！以前在府上日日刁難她，如今到了這裡還不放過我們！」

陳若雪和陳若芙均是陳國公長房嫡女，也是陸伊冉婆婆陳氏娘家的姪女。陳若雪經常出入護國侯府，仗著有陳氏撐腰，老是刁難陸伊冉。

「黑心肝也比妳們這幫蠢貨強！到此時了還在奢望我表哥來接妳們回去？作夢吧妳們！」

陸伊冉強打起精神，推開雲喜的攙扶，指著門口對陳若雪下逐客令。「出門往前便是落月庵，好走不送。」並再次強調道：「我不知今日妳是受何人指示，我不會相信妳的話。我是他光明正大娶的嫡妻，不是他偷偷摸摸見不得人的外室，要下堂，讓謝詞安自己來。」

「呵呵，真傻，都到此時了，還在說妳是他的正妻，要不是先皇賜婚，我表哥當年會娶妳嗎？」

當然不會。

滿目悲戚中，當年的情形又重現在陸伊冉眼前。

那年她與父親入宮探望姑母，酒宴中途她出去透氣，夜黑識人不清，錯把謝詞安當成自家爹爹，拉著他的手腕就喚「爹」，這一幕卻被旁人看見，第二日護國侯府謝詞安與安貴妃姪女夜會御花園的流言，就傳遍了宮中內苑。

陸伊冉父女倆也慌了神，正欲拜別安貴妃趕緊離宮時，一道賜婚聖旨卻把父女倆嚇得措手不及。

往事好似才在昨日，可耳邊的聲音卻生生又把她拉回現實。

「要不是御史臺那幫老傢伙實在找不出我表哥的錯處，只能拿你們房裡的事來說，我表哥若不是顧及先皇的顏面，會與妳同房嗎？會有循哥兒嗎？妳不過是我表哥養在內宅遮人耳目的一個幌子罷了。妳就和妳那狐媚姑母一樣，憑著一張出眾的臉龐就想留住男人，妳留得住嗎？我表哥這些年對妳好嗎？他自始至終想娶的人只有我長姊！」

謝詞安對陳若芙的不同，陸伊冉早有察覺，今日被陳若雪點醒，她竟說不出半個反駁的字來。

心上的那道傷口還未結痂，今日又被陳若雪生生撕開，並狠狠插上一刀，椎心之痛讓她心神有些抽離，好似一縷幽魂般，做不出任何反應。

這些年她在侯府夾縫中求生存，以為可以真心換真心，總有一日可以捂熱那顆冰冷的心，她把謝詞安看得比自己的命還重，親手照顧他的一日三餐，為他縫製衣衫，再晚回府都會等著他，為他端上一碗熱騰騰的參湯，然而謝詞安對她卻是一如既往的冷漠。

八年了，他整日忙碌，從不過問她在內宅過得好不好；生下循哥兒後，兩人房事的次數也是一年比一年少，連她自己都快忘記了，他們上次同房是何時？

到頭來，只不過是她一個人的癡心妄想。

只怕謝詞安早做了這樣的打算，等她無利用價值後，便是到了休棄之時，正好給他心儀之人騰位置。

「妳還有臉活在這世上嗎？循哥兒是二房長孫，卻有妳這樣的母親，他如何抬得起頭？長大了，只會讓人說是叛黨餘孽的兒子！妳娘家人還能在關外活幾年……」

阿圓和雲喜兩人實在聽不下去，也顧不上地位尊卑，把陳若雪推了出去，兩人齊聲吼道：「滾！滾呀！」

「別推，本姑娘自己會走，我是看她可憐，才來如實相告。成天戴著那簪子，像個寶貝似的，那是表哥為我長姊贏的彩頭，無奈人多起鬨，只好轉手給了妳。」

難怪那時謝詞安給她髮簪時，看都不願看她一眼，一旁的陳若芙則像是受了打擊似的，臉色慘白。

原來如此。

屋外一片吵鬧聲，而陸伊冉的世界卻安靜了，她的天塌了，她也做不出任何回應，整個人灰心絕望，沒有退路。

那日楊婆子夫妻倆在院外說的閒話，她也聽到了。如今第二個人再次說出相同的事實，她就連想裝聾作啞都敷衍不了自己。

沒了她，至少可以保全循哥兒日後在謝家的地位和名聲。

只是她終究不甘心，自己的孩兒要叫別人娘。

淚已流乾，無淚可流。陸伊冉取下頭上的簪子，用盡全力摔在地上，將簪子砸得碎裂四散開來。

她木然地走進浴室，繞過屏風，推開窄小的後門，走了出去。

凜冽的寒風吹得她髮髻凌亂，她就像一個沒有靈魂的木偶，雪地上留下她一個又一個悲涼的腳印。

片刻後她就到了別院後山的懸崖邊，眼神空洞，最後抬頭望了眼尚京的方向，輕輕喚了聲。「循兒，娘親走了……」便決絕地跳了下去。

「夫人——」

茫茫天地間，撕心裂肺的呼喚聲，響徹山谷。

陸伊冉再次醒來時，發現自己躺在暖和柔軟的床榻上，不是身處陰沈恐怖的地府，更不在白雪皚皚的荒野。她呆呆地起身，迷茫地看著屋中的一切。

這擺設，大到床榻、桌椅，小到茶器、香爐，都既熟悉又陌生，就連熏香都是她喜歡的茶梨香。

這不是城外別院，倒像是她在護國侯府住的房間。

當看到月洞窗下左右兩側高几上那一對藍色琉璃花樽時，她神色一怔。

那是她最喜歡的花瓶，是她姑母安貴妃送給她的，後來被小姑子謝詞儀硬是生拉硬拽地要走了一支。

陸伊冉記得，那應當是她嫁給謝詞安的第二年，十月謝詞儀生辰時拿走的。為何這花瓶還在此處？

難道是她的魂魄回來了？她用力掐自己臉頰，痛感真實；再摸摸自己的心口，跳動正常且有溫度。

百思不解時，珠簾清脆的碰撞聲嚇得陸伊冉一個激靈。

一道熟悉的身影走了進來，她懷中抱著一個玉雪可愛的肉團子。

肉團子淚眼汪汪，嘴裡咿咿啞啞地嘟囔著，雙手迫切地伸向陸伊冉，有些像循哥兒幾個月大的時候……

不對，她的循哥兒快七歲了，如今這模樣，分明是個不到一周歲的嬰孩。

她遲疑地抱過孩子，口水滴滴答答糊了她一臉，小短腿直蹬，委屈地望著陸伊冉，「哦哦」地說個不停，習慣性地又往她胸前拱，嘴裡發出哼唧的聲音。

熟悉的奶香味、白嫩的臉龐，這一刻她終於確定，這是她的循哥兒。

老天垂憐，讓她回到了循哥兒幾個月大的時候，也是她嫁給謝詞安的第二年。

多方確認後，陸伊冉終於接受了這匪夷所思的事情，再也忍不住淚流，一下又一下地親吻著自己的兒子。

親完了自己兒子後，她又緊緊地摟住自己的嬤嬤。

方嬤嬤難為情地推開她，以為她還在為小產的事傷心難過，不由得勸慰起來。「夫人別傷心，孩子還會有的。一個多月了，您身上也乾淨了，要抓緊機會，讓侯爺多來您房裡幾次，準能再懷上。」

思緒突然一頓，難怪不再寒冷，原來已到了五月，是她第二個孩子小產一個月後。心中悶痛，清淚滑落，陸伊冉單手撫上自己的小腹處，苦澀一笑。「沒了也好，不會受罪，誰叫我沒用，連自己的孩子都護不住。」

「呸呸，淨說喪氣話！」方嬤嬤最忌諱這類言辭，她抱過八爪魚似的哥兒，對外喚了一聲阿圓。

已十個月大的循哥兒，伸著短胳膊就想往他娘親身邊湊。方嬤嬤卻不給他機會，轉身就把他放到黃花梨坐床上，急得他哇哇大叫。

須臾後，阿圓提著兩層紅木香盒進來，麻利地拿出一碗補氣活血的藥膳，和一碟開胃的糕點。「夫人，這參湯嬤嬤可熬了一上午，您快嚐嚐！」

陸伊冉一陣迷糊，還以為又回到那個冰冷的院子、那個絕望的早晨。直到看見阿圓的青色比甲，以及她貼耳的低髻，才敢相信她真的回到了十七歲。

循哥兒兩眼發光地望著烏木八角案上的糕點，口水直流，也止了哭聲。

「嬤嬤辛苦了，日後都不要再熬這種無用的湯水了。」陸伊冉繼續說道：「孩子不會有了，以後在侯府，我們幾個人過，其餘人等都與我無關。」

方嬤嬤和阿圓一頭霧水，愣愣地看著陸伊冉。

傍晚，雲喜從外面鋪子回來。

陸伊冉拿過帳本翻閱起來，鋪子生意衰退，進帳也入不敷出，她心中很後悔這兩年把心思全用在謝詞安和無關緊要的人身上，疏忽了鋪子生意，沒有好好積攢錢財。

她又馬不停蹄地把嫁妝單子拿出來，算下來，帳上還有六千多兩銀子可用。嫁到侯府兩年不到，她就花了快四千兩銀子。除了循哥兒，其餘什麼都沒撈著。幸好回來得及時，還來得及止損。

四人用過晚膳後，看著齊齊整整的一桌子，陸伊冉再一次語出驚人。「日後，我們如意齋的小廚房，不用給太夫人及四姑娘做糕點了，也不用給侯爺熬參湯、做膳食了；要做，也只做我們自己的。」

方嬤嬤、雲喜和阿圓三人齊齊震驚中，忘記了反應。

三人懵懂之際，陸伊冉又加了一句。「侯爺的四季衣裳，我們也不用再管。」

她的心境變了，自不會再花嫁妝去巴結永遠餵不熟的「家人」，卑微地迎合著他們的口味，費心費力還費銀子，卻討不到半點真心。

晚上循哥兒留了下來，陸伊冉看著身邊的兒子，心中暗下決心，既然老天爺給了她重來的機會，她一定不會辜負。

沒人救得了她，她只能自己救自己，救娘家人，改寫這一世自己和娘家人的結局。

此時和離不是好時機，她帶不走循哥兒，且孝正帝尚在位，她還要顧及自己爹爹和宮中姑母的處境。

謝家人把她當工具，那她就做個不一樣的工具，收回真心，不再隱忍。

她要伺機等六年後的宮中內亂，帶兒子脫離謝家，還要尋找機會讓父親辭官，勸解姑母遠離宮中的明爭暗奪，到時再接她出宮，一家人去一個謝家找不到的地方。

這些計劃都需要大量的銀子，為此，接下來她的主要任務，就是賺銀子積攢錢財。

陳若芙想要侯府夫人這個位置，那就讓她再等六年，如今她也快到雙十年華，六年後再嫁謝詞安，那也是老姑娘了。

至於她妹妹陳若雪，多年的欺辱之仇，豈能不報？

如果陸伊冉沒記錯，四個月後，府上老太太的生辰宴就有個報仇的機會，這一次，她絕不手軟。

想通一切後，陸伊冉豁然開朗，她吻了吻兒子香噴噴的臉蛋，開懷一笑。

翌日一早，陸伊冉就在小廚房忙碌了起來。她做了幾樣安貴妃愛吃的糕點，熬製了開胃的白玉露，收拾一番後，準備帶著循哥兒去宮中看望她姑母。

安貴妃不放心她的身子，已讓人來請了好幾次，都被她婆婆陳氏給擋回去了。昨晚她叫雲喜去榮安堂請示過今日入宮一事，陳氏沒有答應，也沒有拒絕。模稜兩可是陳氏一貫的路數，她也懶得再猜，自己決定好了。

方嬤嬤一早就出發去雲山寺了，以為陸伊冉中了邪，去給她求平安籤。

兩個丫鬟神色緊張，更加確信方嬤嬤的猜測。

雲喜急著勸道：「夫人，您要帶著哥兒去皇宮，太夫人並未點頭，宮中皇后更不會高興，惹怒了她們可怎麼得了？」

「別怕，天塌下來，我頂著。」眼看雲喜拿出一件石灰色褙子，陸伊冉眉頭輕蹙，柔聲說道：「以後這些黯淡的顏色都收起來吧。」那是陳氏要她穿的顏色，老氣橫秋，都快趕上府中老太太的衣裙了。

雲喜照辦。

阿圓卻是一根筋，她手上正拿著要晾曬的軟枕，猶豫地問道：「夫人，那這些給侯爺的枕頭，還換嗎？」

陸伊冉神色一怔，記憶回籠。

那時她生下循哥兒剛滿月，給謝詞安送參湯時，無意間發現他屋中熏的烏沉香，氣味和往常有些不一樣。

她對香氣特別敏感，聞過後腦袋悶痛，又想到謝詞安有幾晚突發的頭痛症，就拿了些熏香去表姊夫郭緒的醫館察看，一查還真查出了問題。

有人在熏香的表面上撒了一層細粉，顏色和烏沉香一樣，郭緒行醫多年也辨不出此物。通過幾天的試藥後，發現此藥藥性不烈，但時間一長，毒性蔓延會讓人失明、風疾。

陸伊冉嚇得不知所措，也不敢道出實情，後來還是郭緒給她出了個主意——在香爐旁放盆清毒的蓬萊蕉，盆中再放一層決明子，如法炮製，在屋內多放幾盆，而屋中枕頭也都換成清新祛毒的藥枕，就可驅散屋中毒性。

謝詞安在朝中樹敵眾多，那人隱藏得極深，她也不敢貿然提醒。

回府後她就照辦，枕頭也是勤換、勤洗。

這樣既不會打草驚蛇，更能不動聲色地抑制這藥的毒性，算是兩全其美。

上一世，她就是這般不敢有一絲懈怠，全心全意地護著他，結果謝詞安的身子比牛都壯，還能另娶心上人，而自己呢？為他人做了嫁衣，諷刺得很。

想到六年後，他就是陳若芙的夫君了，若瞎了、癱了更好，到時他們跑路就再無阻礙……

半晌後，阿圓才聽見陸伊冉氣憤地回道——

「不換了！屋中的盆景也枯死、乾死最好！」

馬車一路駛到東華門，陸伊冉由雲喜扶著下了馬車。

宮人通稟後，還未過半盞茶的工夫，清悅殿就有宮女出來接她們。

奶娘把熟睡的循哥兒交給雲喜，她只能在門口等候。

有宮女帶路，走的都是近道，陸伊冉以為能完美避開華陽宮的那位。

誰知在一處通往奉天殿的甬道上，陸伊冉還是見到了她最不想見的人，而且還是兩個。

她的大姑子，當今皇后謝詞微，和她的夫君謝詞安，兩人皆是神色凝重。

嫁入侯府後，陸伊冉來宮中的次數少之又少，還得小心翼翼，給安貴妃的東西，必會給皇后備一份。

但謝詞微從來都看不上她的東西，轉眼就丟棄或送給下人。

宮中酒宴時她也不敢往姑母身邊湊，否則回府後少不得要被婆婆陳氏一頓搓揉，只能眼看姑母孤零零一個人坐在位置上，心中內疚又不敢忤逆她們。

上一世自己被逼到絕境，她這個大姑子也有大半的「功勞」。

今日謝詞微一身寶藍色大袖衫，五官秀美端莊。

而她身旁的謝詞安，一身麒麟補子朱紅具服，威嚴的官服讓他整個人顯得更加秀逸英俊，一雙斜長的鳳目微微上挑，氣勢凌厲，壓得她每每小心翼翼地去揣測他的喜怒哀樂。

本想再另找條路繞過去，誰知那帶路宮女卻先一步跪下請安了。

「皇后娘娘聖安，都督大人福安。」

姊弟倆一抬眸，就看到了幾步之遙外、神色迷茫的陸伊冉。

她穿著一件湘妃色齊腰襦裙，外配一件淡藍繡花披風，梳著高高的同心髻，露出她圓潤又秀美的額頭。斑駁的日光下，她瑩白的肌膚像是染上了一層柔美的光暈，朱唇玉面，五官精緻，臉蛋圓潤小巧，一雙大而明亮的杏眼，骨肉勻停，身段婀娜。

謝詞微和身旁侍女臉上均出現短暫的驚豔神色。

逃無可逃，主僕倆也只能上前行禮。「皇后娘娘聖安。」

隨著陸伊冉的靠近，謝詞安也有片刻失神。當他嗅到一股熟悉清淡的幽香時，耳背浮現一絲不易察覺的紅暈，須臾後又恢復一貫的波瀾不驚。

「平身吧。」

兩人起身後，謝詞安冷聲詰問道：「沒有傳召，妳為何擅自進宮？」

又是這種冰冷無情的聲音，不帶一絲情感。陸伊冉神色平靜，再無往日的卑微模樣，開口回懟道：「回侯爺，沒有傳召，有安貴妃的邀請，也可進宮。」

姊弟神色均變，謝詞微是惱怒，謝詞安則是微微錯愕。

眨眼間，皇后神色稍霽，目光停留在陸伊冉懷中還未醒過來的循哥兒身上，笑意不達眼底，扯了扯循哥兒錦緞的小袍子，趁逗弄時諷刺道：「循兒睡著了都不老實，不在府上好好待著，穿得這般招搖，是給誰看？」

和前世的情形重疊，但這一世她不再忍了。陸伊冉壓下心中憤怒，笑意盈盈地回道：「循哥兒告訴大姑姑，我們穿給自己看，穿給姑奶奶看，怎麼舒服怎麼穿。」

謝詞微當場就變了臉，氣氛凝結，侍女們皆嚇得屏氣斂息。

今日陸伊冉的反常，大大出乎了謝詞安的意料，以至於聽出她對自己長姊無禮時，都忘記了喝斥。

好在他一向處事冷靜果斷，這是在宮中，不能讓有心之人利用，遂對謝詞微提醒安撫道：「娘娘請勿動怒，怪臣未處理好家事，驚擾了娘娘。您先請回吧，臣還要去奉天殿見皇上。」

謝詞微狠狠地瞪了一眼陸伊冉，餘光冷睨了眼雲喜手上的食盒後，拂袖離去。

負手而立的謝詞安則一臉寒霜，目光如刀，擋在陸伊冉身前。

雲喜嚇得倏地跪地。「侯爺，奴婢馬上就帶夫人回府，請您消消氣！」

「妾身要去清悅殿，煩請侯爺讓一下路。」陸伊冉卻不依不饒，就是不願妥協。

「夫人！」雲喜抓住陸伊冉的裙襬，急得出了聲。

正當兩人僵持之時，循哥兒被說話聲吵醒了，他抬起圓圓的腦袋，一雙像極了謝詞安的眼睛直愣愣地瞧著身前的人，而後對他爹爹咧嘴一笑，「哦哦哦」地嘀咕不停。

謝詞安陰沈得可怕的臉上有了些鬆動，他輕輕摸了摸循哥兒的頭，溫和地說道：「循哥兒乖，父親此刻就讓你余亮叔送你們回府。」

「不用了，妾身看完姑母，自己會回去。」陸伊冉心中冷嗤一聲，一把拉起雲喜，抱著循哥兒繞過謝詞安，頭也不回地往清悅殿的方向走去。

窈窕秀美的背影越來越遠，直到走出謝詞安的視線，他都未回過神，手勢依然維持著剛摸兒子的動作，停在半空。

見謝詞安半天未抬步，侍立一側的余亮也只能捏一把汗，上前提醒道：「侯爺，皇上還等著呢。」提醒未果，主子依然不動，余亮瞥了眼謝詞安，見他神色陰晴不定，遂又壯著膽子說道：「聽說今日一早，方嬤嬤就到廟裡給夫人祈福去了，說是……」

「是什麼？」語氣一貫的清冷威嚴。

「說是夫人悲傷過了頭，有些魔怔。」

謝詞安這才想起，一月前陸伊冉落了胎。他事務繁忙，平常對循哥兒都很少過問了，更何況還是一個未成形的孩子，自然談不上多在意。

濃密的眼睫一顫，眸光微動，緊繃的下頜微微放鬆。他有些惱怒自己把精力放在這些小事上，讓自己分了神。

謝詞安十六歲起便跟隨祖父踏入戰場，他一路征戰沙場，幾經生死，從九品校尉做到如今的後軍右都督，全靠軍功累積。

孝正三十六年，皇上南巡，半路遭遇叛黨埋伏，謝詞安捨命守護天子，當今皇上才得以脫險。而他則傷勢過重，在床上休養了半年才能下地走路。

他的英勇無畏，讓朝中多位官員舉薦，要他監管皇城司軍務，皇上心中雖不願，但為了順應民心，只能撤掉心腹皇城使的職位，宣旨讓謝詞安接管。

皇上需要謝詞安，卻也忌憚謝詞安，處處防著他。為了阻止他與世家表妹成婚，遂賜婚小門戶的陸氏為他正妻，謝詞安也只能咬牙娶了陸伊冉。

他身居高位，步步驚心，稍有不慎，整個侯府都難以為繼。

昨日東宮太子的國舅范陽侯向大理寺告發，說屬下李慕容投毒暗害他，但收監一審，李慕容卻一口咬定是謝詞安所為，鬧得朝堂之上人心惶惶。

恰好此時正在謝詞微的嫡長子即將分封的當口，若洗刷不了謝詞安身上的嫌疑，皇上不但要收回他手上陳州軍的兵權，只怕還要把六皇子分封到外地去，日後再想回尚京便是難上加難了。

皇上大發雷霆，傳召他此刻去奉天殿問訊。

謝詞微也是為此事特意在此等他，卻意外碰到進宮的陸伊冉。

東宮太子妃這兩年和安貴妃走得極近，自是看中皇上對安貴妃的恩寵，而這也是謝詞安不願讓陸伊冉去清悅殿的緣由。

沒承想，也有他謝詞安攔不住的人。

他神色莫測，視線再次掃過清悅殿的方向後，舉步生風地向奉天殿走去。

循哥兒許久未外出，此時安靜地趴在陸伊冉肩頭，眼睛滴溜溜亂轉，忙個不停，好奇地看看這兒又瞧瞧那兒。

一路直行，很快就到了清悅殿。

還未通報，殿外一模樣清秀的侍女一見他們，立即放下手上差事，腳步歡快地迎上前，神色雀躍。

「大姑娘，您總算來看娘娘了，她可是天天念叨著您呢！哎喲，哥兒長得可真快！」

熟人見面，沒有太多顧慮，陸伊冉放心地把循哥兒交到她手上，親熱地喚了聲。「連秀姑姑。」

循哥兒見到面生的人，也不敢大哭，嘴巴癟著，委屈地望著自己娘親。

一番寒暄後，連秀卻把人先帶到西廂房，為難地解釋道：「太子妃正在屋裡與貴妃說話，她隔三差五地就來，大姑娘還是避著些。」

不愧是她姑母身邊心思縝密的人，一言就能說中重點。

陸伊冉頷首一笑，自是認同。

不只她要避開，她還要提醒自己的姑母，遠離這些危險人物。

前世宮中內亂，東宮太子與六皇子角逐帝位，最終太子落敗。

都是嫡子，母族的出身也不相上下。太子生母先皇后母族是范陽盧氏；六皇子是繼后謝詞微所生，陳郡謝氏也是勛貴大族。

太子雖名正言順，卻少了一個像謝詞安這般有勇有謀且擅謀劃的舅舅。

他們神仙打架，卻把陸家拖下深淵。

陸伊冉陷入沈思時，連秀已把紅木炕几上擺滿了糕點和果子。

「大姑娘多用些，這些都是娘娘給您留著的。」

「嗯。」

久違的親情讓陸伊冉濕了眼眶，她拿起好久未曾吃到的龍井流心酥，習慣性地掰一塊給雲喜。剛咬一口，就聽到她姑母熟悉的聲音響起——

「冉冉！」

還未起身，陸伊冉就見自己姑母撩簾而入。

「姑母！」

兩人看似只有半年未見，實則是越過了一生才再次相見。她緊緊地摟著安貴妃陸佩瑤，熱淚盈眶，不願鬆開，也不怕難為情，反正此時屋內就剩下她們姑姪兩人。

「冉冉，姑母知道妳受委屈了。」

「姑母放心，姪女在侯府好好的，只是想姑母了。」

陸伊冉從小就依賴陸佩瑤，從蹣跚學步時就一直跟在大她八歲的陸佩瑤後面，直到陸佩瑤被皇上看中嫁入皇宮，陸佩瑤才徹底甩掉她這個小尾巴。

「妳今日進宮，妳婆母和侯爺可知道？」

「我婆母同意的。」陸伊冉在陸佩瑤面前一向是報喜不報憂，不願提及侯府的糟心事，不想讓她為自己擔心。

怕她再繼續問東問西，陸伊冉連忙拿出自己做的糕點和白玉露讓陸佩瑤品嚐。

姑姪倆邊吃糕點，邊聊青陽老家，兩人興趣相投，在一起有說不完的話。

能得到皇上的恩寵，甚至可以說是專寵，陸佩瑤除了有絕倫容貌外，還有溫婉沈靜的性子。面對盛寵不驕不躁，知道進退，這才是皇上寵愛她的真正原因。

自己親手做的白玉露被陸佩瑤喝淨，見她又拿起一塊核桃糕吃了起來，陸伊冉自是高興。

猶豫一番後，陸伊冉說道：「姑母，聽說太子妃經常來清悅殿？」

陸佩瑤神色一頓，放下糕點，直言道：「她這兩年，來清悅殿的次數，比去華陽宮還多，今日是被她堵在路上了。冉冉，姑母知道妳的顧慮，放心，我答應過妳爹爹要好好保護妳。」陸佩瑤握著陸伊冉的手，語重心長地說道。

陸伊冉差點再次淚流，緊緊回握，鄭重地道：「我要我們都好好的。姑母，您能不能答應我，不要與太子妃有任何牽連，對皇后敬而遠之，也遠離宮中其他妃嬪，讓元啟在皇上面前不要冒尖，行嗎？」

見陸伊冉一臉嚴肅的模樣，著實把陸佩瑤嚇了一跳。「冉冉？」

「姑母，您就聽我的吧。」

像小時候那般，陸佩瑤半是贊同、半是安撫地說：「我們的冉冉長大了，為了姑母好，姑母自然會聽。」

這宮中每個角落都有一雙眼和一對耳，陸伊冉不能說太多，也不能說得太明白。九皇子元啟今年才七歲，離分封還有多年，唯一能自保的就是遠離這些明爭暗鬥，淡化六皇子對他們的仇恨。

成不了六皇子的後患，到時他們母子倆與自己離開後，在宮外的日子就會順利許多。

在宮中用過午膳後，陸伊冉他們回到侯府已到未時，阿圓在垂花門前接到他們，哭喪著臉。

阿圓的心事一向是寫在臉上，陸伊冉也早有預感，今日她婆婆陳氏是不會放過她的。

幾人剛剛走到二房院門口，就見陳氏身旁的婆子一臉怒意地等在一旁。

「二夫人回來了，太夫人讓您去榮安堂一趟。」

陸伊冉神色如常，兩個丫鬟和奶娘則是一臉慌張。

她對二人安撫一番。「阿圓，妳和奶娘先帶循哥兒回去。放心，我不會有事。」

話畢，隨那婆子而去。

三人過了小穿堂，再穿過抄手遊廊就到了太夫人的榮安堂，還未進屋，在廊簷下就聽到正廳裡大房長媳周氏在向陳氏告狀——

「二嬸，我玉哥兒就是吃了她如意齋的糕點，肚子才開始疼，定是她不安好心，在糕點裡放了什麼害人的東西！」

周氏說完，陸伊冉又聽到周氏的婆婆，長房大太夫人袁氏也添油加醋地說了一通。

陳氏越聽頭越痛，黑著一張臉坐在正廳主位，左右兩邊坐著周氏和大太夫人袁氏。

小姑子謝詞儀偶爾也會落井下石地編排幾句。

謝詞儀立於陳氏身後，最先看到走進來的楊婆子和她身後的陸伊冉，當即便嚷道：「她來了！」

廳中的其他三人齊齊看向陸伊冉。

陸伊冉還未走到屋中，陳氏便大聲喝斥起來。「還知道回來？看妳幹的好事！」

雲喜嚇得不敢再挪動半步。

「二弟媳，妳倒是說說，妳在糕點裡放了何物？我玉哥兒到現在肚子還痛著呢！」

周氏不怪奶娘看護不周，也不怪自己兒子跑到如意齋，偷偷進屋吃了陸伊冉的糕點，竟還倒打一耙？看著這幾人的嘴臉，陸伊冉就想起前世八年裡及今生的兩年，她每日過的都是這樣的日子，稍不留神要麼罰跪祠堂，要麼閉門思過，要麼不准用膳。

壓下心中的厭惡，陸伊冉沒有半點慌亂，走近幾人，幽幽地說道：「回太夫人和長嫂的話，一鍋糕點，其他人用過都沒問題，就玉哥兒肚子痛，那妳們該問玉哥兒，問妾身也無用。」

幾人神色一僵，差點被氣傻。

陳氏先鎮定下來，冷喝道：「妳說的什麼瘋話？難怪說妳魔怔！」

周氏也乘機質問道：「妳休想狡辯！說，那糕點裡是不是放了蒙汗藥？」

「蒙汗藥太貴，我買不起。」

幾人氣得再次發懵，越發覺得她屬實魔怔了。今日的陸伊冉面對她們幾人，不慌不忙，沒有一點懼意，哪還有往日半點唯唯諾諾的樣子？

陳氏見她今日太過異常，態度強硬地道：「陸氏，妳擅自進宮，頂撞長輩和妯娌，玉哥兒的事，就算妳沒有謀害，也脫不了關係！今日我不罰妳，實在難以服眾！」

誰知陳氏話剛說完，陸伊冉卻平靜地接道：「是該罰，太夫人先消消氣。一個月了，妾身腹中的孩子已流得乾乾淨淨了，您要罰妾身跪祠堂，還是跪青石板，都沒問題，身子養好了，跪個十天半個月是死不了人的。」

陳氏氣得差點一口氣上不來。

小姑子謝詞儀的臉色也是青一陣、白一陣的，就是不知該怎麼反駁。

陸伊冉會流產，歸咎原因都是謝詞儀任性而為。她和自己的丫鬟偷偷出府看熱鬧，卻謊稱是陸伊冉唆使她的，然後陳氏便不分青紅皂白地就罰陸伊冉跪兩個時辰的祠堂。

方嬤嬤苦苦哀求，陳氏都不為所動，根本沒把陸伊冉當人看，對她腹中的孩子當然也不會在意。

兩個時辰後，陸伊冉帶著一身血衣回去，孩子早沒了。

從前陸伊冉還愛鑽牛角尖，不相信世上有不喜愛孫兒的祖母，到後來才明白，不但她是工具，就連她的兒子也一樣。

循哥兒於陳氏而言就是個麻煩，日後稱心如意的新婦進門，自然不愁謝詞安的子嗣。

此刻，陳氏直接被氣狠，這還是第一次，有人敢當眾讓她難堪。她家世顯貴，就算是侯府老太太也會顧及她幾分情面。

衣袖一甩，陳氏大聲吼道：「來人，拖下去，杖二十大板！」

「二太夫人，我們夫人可是您的長媳，您不能聽信她們的一面之詞呀！二十杖，會打死我們夫人的！」雲喜跪地求情，哭紅了雙眼。

榮安堂的幾個僕婦一窩蜂地擁上前，把陸伊冉往院中長板凳上拖拽。

陸伊冉也不反抗，從容淡定地交代道：「雲喜別哭，等會兒留著力氣給我收屍，再去宮裡告訴我姑母，讓她一定要給我作主。」

平地驚起一聲雷。

陳氏倏地起身，臉色蒼白，眼看婆子準備就緒將要揮杖了，她急忙開口阻止。「等等！」

謝家雖勢大，也不能枉法行事，隨便處罰一個皇上賜婚的正妻，否則一旦皇上知曉，也夠謝詞安喝一壺了。

況且太子國舅的事直指謝詞安，眼下若再把這事鬧大，那謝詞安真的會丟官失權。

牽扯到謝詞安的仕途，她不敢衝動行事。

掂量一番後，陳氏只能酌情處理，讓陸伊冉回如意齋面壁思過。

往日陸伊冉卑躬屈膝，在府上受盡委屈也絕不聲張，人人都想來踩她一腳，為此她們都快忘記了，她陸伊冉也是有靠山的人。

經此一事，府上眾人也算見識了陸伊冉溫柔拿捏人的能耐。

大家心中都有預感，這位二夫人的魔怔，只怕一時半刻好不了，而二太夫人心中的憋屈，也絕不會是最後一次。

雖說是面壁思過，但陸伊冉該做的事還是不能懈怠。

她嫁妝裡的八間鋪子，關掉了兩間糧油鋪。其他六間若好好打理，養活她如意齋六人是沒問題的，不過她想積攢下半輩子一家人的花銷卻還是遠遠不夠。

因此，她若要靠這六千兩銀子去實現她銀子翻倍的計劃，還得好好謀劃一番。

用過晚膳後，她又把所有鋪子的帳盤了一遍。

算盤噼哩啪啦聲一直未停，直到晚上循哥兒大哭，奶娘哄不好，她才停手抱起循哥兒，哄他入睡。

哄了半天，兩隻骨碌碌的眼睛還是直亂轉，沒有半點睡意，循哥兒還在她懷裡咿咿啞啞地直抱怨。

陸伊冉心中一軟，也不再強逼他入睡，開始逗弄起自己的兒子。「我的循哥兒可真乖呀，知道娘親手上事多，用這個法子讓娘歇歇，看為娘怎麼獎勵循哥兒……」

母子倆在榻上滾來滾去，循哥兒在她懷裡格格大笑，停不下來。

而方嬤嬤和兩個丫鬟則一臉憂色，還在擔憂下午及宮裡的事。她們最害怕的是，謝詞安到如意齋來親自問罪，畢竟今日她們夫人算是捅了謝府的天。

只有陸伊冉知道，謝詞安不但今晚不會回來，接下來這幾日他都沒空來。

范陽侯被投毒一事，謝詞安還未澄清，他哪有時間來如意齋？

數日忙碌，謝詞安又親自審了一天一夜後，李慕容總算吐出真相。

這幾日他未停歇一刻，順藤摸瓜地找到范陽侯被投毒的根源，並派人救出李慕容的家眷，否則這個口供是翻不了的。

直到寅時過半，謝詞安才從刑房出來。官袍上星星點點的血跡，滿身戾氣，猶如地獄閻羅。

大理寺少卿秦昭戰戰兢兢，緊隨其後。想起謝詞安審人時的凶狠，他腿肚子都打著顫。

「秦大人，口供已在你手上，今日就煩請你呈到皇上面前。」

「侯、侯爺請放心，下官一定如實稟告皇上。」

秦昭是皇上的人，今日要他去交這個差，比謝詞安自己去更有效果。

不負眾望，他親手洗脫自己的嫌疑，解除了雙重危機。

誰都不會相信，背後真凶竟是皇上目前還動不了的人。那人是想借皇上的手，除掉謝詞安這個強勁的敵人。

皇上差點著了這隻黃雀的道，還得替對方遮掩。

天子嚥下此等委屈，倒換了個清醒的忠告——謝詞安他也動不得。

主僕倆騎著高頭大馬，一路飛奔，半盞茶的工夫就到了侯府門口。

俐落下馬後，謝詞安把韁繩交予奴僕，對余亮吩咐道：「你先去宮中給我告個假，就說我今日身子不適。」

余亮一臉懵，他們數日未回府，看著比自己還精神許多的主子，實在猜不透他的心思，只能依令行事。

腳步還未抬，又轉了身，余亮疑惑地問道：「侯爺，李慕容如今只是棄子，他陷害您，為何您還要保他和他家人？如此實在太過冒險，屬下怕對您不利。」

「留著他，日後大有用處。」

第二章

不出所料，不到午時，皇上就讓大理寺結了案，揹鍋凶手是前朝亂黨餘孽。

後軍右都督謝詞安查案審訊有功，不但洗去多日的冤屈，皇上還特意賞賜一大馬車貴重物品以示安撫。

這時余亮才明白，他們侯爺今日告假的目的。

晚上袁氏讓人在敞廳置辦了兩桌酒席，男女分開，三房的人都到了，唯一沒有陸伊冉。

這是侯府主子們默認的規矩，誰也沒覺得不妥。

男子這桌有大房老爺謝庭毓和他長子謝詞佑、長孫玉哥兒；二房老爺謝庭軒已去世，便只有長子謝詞安；三房老爺謝庭舟、長子謝詞淮和次子謝詞欽，七人一桌。

一家人說說笑笑，一掃侯府連日的沈悶和懼意。

不經意間，謝詞安的視線掃向一側的女席，又移回玉哥兒身旁的空位，手上的酒盞一晃，酒液瞬間灑出。

不多時，他就以身子睏倦為由離席。

大家都能理解，紛紛讓他回去好好休息。

謝詞安出了大廳，並未回自己的霧冽堂，反而穿過拱月門，去了後院。

一路上腦中浮現的，都是自己母親和大伯母袁氏對陸伊冉的控訴，腳步一頓，不知不覺已到了如意齋門口。

在院中消食的阿圓看到謝詞安的身影，嚇得忘了禮儀，立即跑進屋內，給陸伊冉報信去了。

謝詞安一進內院，就聽到內屋一陣人仰馬翻。

隨後方嬤嬤、雲喜還有奶娘都出了屋子，來迎謝詞安。見禮後，便很有眼色地退下。

謝詞安信步走進屋內，就見著一身青色褙子的陸伊冉立於一旁，兩人目光交會，又各自移開。

陸伊冉神色平靜，對他施禮後淡淡問道：「這麼晚了，侯爺來是有何事？」

疏遠的口氣，冷淡的神情，沒有往日看到他的歡喜和嬌羞。

謝詞安從不相信鬼神之說，可到此時，他卻找不出任何理由來解釋陸伊冉的反常。

見對方不主動開口，陸伊冉也不像之前那般沒話找話，她沈默地拿起一隻未做完的虎頭鞋，埋頭忙碌起來。

方嬤嬤一臉膽戰心驚，她看好茶後，抱起熟睡的循哥兒就要出屋子。

哪知，一直冷著臉的謝詞安卻開口阻止。

方嬤嬤一臉驚訝卻不敢反抗，只好把循哥兒又放回原位，拉走守在一側的阿圓。

謝詞安坐於軟墊一側，伸手握住循哥兒肉嘟嘟的小手，冰冷的目光也變得柔和不少。

當目光轉向陸伊冉時，他冷冷開口道：「近日妳倒是威風，不顧尊卑，連皇后和母親都敢頂撞。」

陸伊冉心中再無酸楚，心如止水，早想好了對策。

在宮中，謝詞安有諸多顧忌，不會對她如何，但在自己府上他便是天，不能與他硬碰硬，得先敷衍過去，維持表面的和諧。

霎時，就見她目光楚楚，眼中淚光閃爍，柔聲道：「妾身許久未見侯爺，那日在宮中好不容易見到，侯爺卻對妾身冷言冷語，妾身一時難過，說話就失了分寸，惹怒了皇后娘娘，心中過意不去，想給娘娘賠禮道歉卻又不敢。」

她這樣真假話摻著說，一時之間倒讓謝詞安挑不出毛病來。

謝詞安緊繃的身子慢慢放鬆，放於膝蓋上的雙手也隨意挪到軟榻邊緣，目光望向楚楚可憐的陸伊冉，視線在她臉上停留片刻後又移開，沈默半晌，依然疑惑地問道：「那榮安堂的事，妳又做何解釋？」

陸伊冉眼眶中的淚水像斷了線的珠子般，一顆接一顆地往外冒。「那日剛回府，長嫂就冤枉妾身在糕點裡放藥害玉哥兒，妾身與玉哥兒無冤無仇，為何要害他？糕點我們都用過，就他一人腹痛，婆婆聽信她的說辭，要杖打我，無人相幫，妾身只好說要找姑母。」

內宅之事謝詞安很少理會，但對府上的人大致還是有些了解，陸伊冉有沒有撒謊，他心中也是有桿秤的。

說辭。

今晚桌上，玉哥兒生龍活虎，胃口好得很，哪有半點中毒的跡象？也算驗證了陸伊冉的說辭。

兩人成婚一年多來，陸伊冉安分守己，從不在他面前抱怨府上的人和事，也未對他提過任何要求，照顧他更是親力親為，性子柔順乖巧。

拋開陸伊冉與安貴妃的關係，她也算是個合格的賢妻良母。

又想到她剛落了胎，身子受了虧損，情緒不佳鬧些小脾氣，也無甚要緊。

他端起茶盞淺飲一口，看了眼她臉上掛著的淚水，低沈說道：「就問問話，哭什麼？」

她一雙明亮的杏眼被淚水浸濕後，更顯楚楚可憐、柔弱無辜。見她如此模樣，謝詞安又淡淡問了句。「妳身子可還好？」

倘若是以前，聽到這麼一句關切的話，自己只怕要高興許久，但此時陸伊冉眼中無半點悸動，回道：「妾身的身子無礙了。她們都說妾身魔怔了，侯爺信嗎？」

「不必理會這些無稽之談，這段時日妳好好休養。」

這些敷衍之詞，陸伊冉聽得太多了，心中憤憤難平，也不想再遷就別人，直言道：「妾身多謝侯爺體諒，但已經休養一月，只怕不能再閒著了，大伯母和婆婆已經來催過好幾次。」

她每日上半天要替袁氏跑腿，晌午後又要接手二房的內宅事務，到了晚上還要照顧循哥兒，一天無片刻停歇，她要如何休養？

聲音方落，謝詞安為循哥兒蓋雲被的動作一停，眼底閃過輕微的詫色。這還是第一次，陸伊冉當面向他提起內宅事。

謝詞安沈默一息後，開口說道：「近段日子，妳不必去榮安堂給母親請安，大伯母的中饋事務，妳也不必再過問。」

陸伊冉驚訝得忘記了反應，呆呆地凝視著對面的謝詞安。難道是她聽錯了？謝詞安會為她得罪大房伯母？

謝家管中饋的一向是大房的大太夫人袁氏，謝詞安承爵後，內宅的管家權應當由二房陳氏接手，只是襲爵一事已讓大房對謝詞安心中起了疙瘩，這管家權再沒了，只怕大房要吵上天，謝詞安遂主動提出讓大房繼續管家。

見陸伊冉是個軟柿子，袁氏就把難做、跑腿、得罪人的差事都交給她。

大房有管家權，二房有爵位，三房只有個蔭官傍身，毫無底氣可言，因此一遇到心中難平之事，不敢對袁氏和陳氏撒氣，就會拿陸伊冉出氣。

陸依冉早就不想蹚這渾水了，今日謝詞安主動提出，那再好不過。

壓下心中歡喜，陸伊冉又試探地問道：「大伯母不用協助，但我們二房自己的內宅事務還是不能懈怠……」

二房的帳目，基本上就是陳氏母女兩人的花銷。

謝詞安的私庫由他自己的人在管，吃穿住行也是從侯府公帳中走。

剩下陸伊冉的如意齋，她每月三十兩月錢也是走公帳，其他花銷全靠她的嫁妝補貼。二房的分紅由陳氏負責，不會分給陸伊冉半個銅錢，所以她與二房的進帳不沾一點邊。拋開這一層二房長媳的身分，所謂的中饋真沒她什麼事，全是為別人忙活。

「無妨，我會讓母親身邊的老嬤嬤教儀兒學做帳，妳也不用再管。」

「妾身多謝侯爺體諒，一定會好好養身子，帶好循哥兒。」

謝詞安聽了半天，覺得她應當還有一句話未說。顧好她自己，帶好循哥兒，就是未聽到一句伺候他的話。

不知不覺夜已深，陸伊冉不但沒留謝詞安，反倒主動趕人。「侯爺，夜深了，你整日繁忙，早些回去歇息吧。」

她與謝詞安兩人，除了在房事上算正常夫妻外，其餘一切都是靠陸伊冉單方面在維繫。反正謝詞安心中無她，只要她不再主動參與到他的世界，慢慢從他的生活裡退出，拒絕與他同房，時間一長，兩人就會變成熟悉的陌生人，這樣也有利於她今後的計劃，到時走得也更灑脫些。

聽出了她的言外之意，謝詞安神色微怔，有些意外，片刻後又恢復如常。無關緊要的事，向來激不起他太多情緒。

淡淡應了聲，謝詞安就出了內室，疾步走出如意齋。

屋外的方嬤嬤見狀，急得直跺腳，她熱水都備下了。

陳氏等了好幾日，都未見陸伊冉來給她賠禮。本以為在謝詞安面前抱怨一通，就能讓陸伊冉懼怕，恢復之前的謹小慎微。誰知，沒等來陸伊冉，卻等來了自己兒子。

這日謝詞安休沐，早晨他來給陳氏請安，並把大房袁氏婆媳倆和三房嬸嬸鄭氏也一併叫了過來。

三房妯娌都以為，他是擔心老太太的腿疾，畢竟他甚少理會內宅事，除非是老太太那邊。

「安兒，老家那邊來信了，你祖母的腿已無礙，你不必再憂心。」陳氏了解自家兒子對老太太的感情。

前幾日陳州老家傳信來，說老太太腿疾犯了，那時謝詞安忙得幾日未回府，大房派了府上大夫往陳州跑了一趟。

袁氏也接道：「是呀，你大伯父派了府上秦大夫去的。這不，信上說你祖母準備過幾日動身，回來過她的壽辰呢！」

謝詞安神色平靜，開門見山道：「母親、大伯母、三嬸，祖母的事勞妳們費心了，此事我早已知曉，我要說的是中饋的事。」

袁氏以為當家權有變，當場沈下臉，欲要發作；大房媳婦周氏也有些不悅；三房鄭氏眼中則不由得燃起了幾分希冀。

務。

謝詞安懶得理會她們三人的神色，畢竟這護國侯府的當家人是他，有權分配這內宅事

「侯府上上下下，都靠大伯母一人操持，的確是忙不過來，之前是陸氏幫襯著，此後，姪兒想換個人和大伯母一起打理。」

剎那間，幾人的眼神短暫地交流，了然於色，覺得謝詞安終於得空處罰陸伊冉了。

除了鄭氏，其餘三人臉上都露出得意之色。

「安兒，母親知道你向來孝順。陸氏頂撞我們幾人，是該給她點教訓，但罰她別的就行，這打下手、跑腿的煩心事，還是讓她做吧，侯府不養閒人。」

「母親，打下手、跑腿是下人做的事，她不是閒人，她是循兒的生母。」

「你……」陳氏聽出他的怒意，有些吃驚。

屋內其他三人神色一僵，臉上也有些掛不住。

「大伯母，日後讓長嫂和三嬸一同協助您管中饋之事，如何？」

「這……」袁氏猶豫不決，畢竟妯娌鄭氏可沒陸伊冉那麼好拿捏。

周氏心眼活泛轉得快，立刻答應下來。「一切聽二弟安排。」

可謝詞安接下來的話，卻讓袁氏婆媳的臉色想掛也掛不住了。

「長嫂年輕，記得提醒大伯母，日後如意齋該有的東西，別再忘記送了。」

話說破了，幾人也瞬間明白了謝詞安今日的目的——根本不是要懲罰陸伊冉，而是在

給她們幾人示警。

「大家若想侯府一直順遂繁盛下去，切莫做過分之事。那日榮安堂一事，大家心中都有數，是是非非長嫂和母親心中都清楚。這些年，我很少過問後宅之事，是因為大伯母能把這個家管好，母親也能明斷是非。」

三房妯娌被一個晚輩教訓，實在有些下不了臺。

陳氏壓下心中惱意，立刻喝斥道：「安兒，你今日是不是糊塗了！那陸氏你自己也不喜歡，為何還要幫她說話？」

「孩兒沒幫她說話，是在幫我們自己。如今人人都盯著我們侯府，後宅和朝廷是緊密相連的，兔子急了還咬人，別忘記了，陸氏是皇上賜婚、上了族譜的宗婦。」

幾人面面相覷，都有些心虛，陳氏也難有說辭。

尤其是袁氏婆媳倆，長房長子謝詞佑從外地調回來後，四年了一直窩在工部做一個六品主事，以後想要擢升，更需謹慎小心。婆媳倆心有餘悸，哪裡還敢有半句微辭？

袁氏婆媳和鄭氏三人離開後，謝詞安又說起二房的帳目和中饋也不讓陸伊冉接手時，陳氏這下再也繃不住了，徹底發怒。

「你這麼幫她，是不是見陸氏年輕貌美，對她動了心？別忘記我們日後的打算。」

「孩兒沒有忘記，也奉勸母親收斂一些，不要動輒就罰她跪祠堂，上次小產的也是兒子的骨血，若哪一天虐待媳婦的閒言碎語傳到了宮中，只怕對皇后娘娘不利。」

陳氏聽到謝詞安提到陸伊冉小產，正想反駁幾句，誰知他話鋒一轉，又牽扯出自己大女兒的名聲，心中頓時一陣後怕。想到皇上已許久未留宿在華陽宮，猜測他對謝家的不滿已達到頂點，陳氏心中也捏了把冷汗。

「安兒放心，只要你不對她動心，母親日後也懶得理她，不會連累你和娘娘的。等再過個兩、三年，就讓她下堂，到時你和芙兒有的是孩——」

「母親！」謝詞安打斷她，拂袖而去。

母子倆不歡而散，陳氏覺得莫名，實在不明白自己兒子最後的火氣是從哪裡來的？這不是他們之前計劃好、他默認的嗎？

謝詞安首次「維護」陸伊冉的消息，很快就傳到了宮中皇后謝詞微的耳朵裡，讓她十分震驚的同時，也有幾分不安，因為這對她的利益和計劃很不利。她猶豫再三後，把身旁的管事宮女方情叫了過來，低聲吩咐幾句。

方情頷首領命。

晌午過後，方情就帶著兩名貌美女子到了護國侯府，把兩人交到陳氏手上後，按照謝詞微的意思交代完就回了宮。

陳氏一臉為難，她之前通房、妾室都給謝詞安送過，結果人還未到霧冽堂，就被退了回來。

見她一臉憂色，身旁的楊嬤嬤悄聲說道：「太夫人，把這兩人送到如意齋吧？這是皇后的意思，她就算不想接，但也不敢推。」

陳氏思忖一番，又見其中一個像極了娘家姪女，遂同意了楊嬤嬤的辦法。

陸伊冉最近可以說是忙得不分晝夜，她每日巡一家鋪子，白日在店中盤貨，回來再和雲喜一起對帳，想徹底盤清她究竟還有多少銀子？

剩餘的六家店鋪，五家旺鋪做絲綢織品，雖收入日漸下滑，但好在利潤可觀，算是保住了鋪子。

剩下一家是糕點鋪，生意最好，也是目前盈利最多的，是她姑母贈送的，就在御街主幹道上，糕點幾乎日日售罄。每日早朝時，有不少朝中大臣路過均會買上一份。

帳面七七八八加起來，大概有二萬兩，鋪面上和庫房存貨占八成，大部分都壓在五家絲綢鋪上，她最多只能抽走二千兩銀子。

這和她預想的落差有點大，但這事急不得，陸伊冉只能慢慢再找機會。

一忙起來，她連午睡都顧不上。

炕几上堆起高高一疊帳本，阿圓進屋瞧見，有些心疼她們兩人。為兩人煮上一壺清茶後，阿圓開口勸慰道：「夫人，妳們歇歇吧，這樣累下去，一會兒去鋪子哪還有精力？」

阿圓比陸伊冉小兩歲，是她在大街上撿回來的，說是她的丫鬟，平時卻是按自己妹妹的方式帶大的，惹得和她一起長大的雲喜總吃醋。

「沒空歇。」陸伊冉頭都未抬，就應了她一句。

阿圓不死心，自顧自地抽走陸伊冉的算盤，為她捶腿又捏肩的。

陸伊冉被阿圓這一捏，還真捏出睏意了，乾脆合眼靠在她肉乎乎的小腹上。「雲喜，妳也去羅漢榻上躺躺吧，等會兒我們還要去鄰水巷呢。」

「夫人，我不累。」雲喜頭未抬，手沒停，繼續忙活。

阿圓的想法通常是一人吃飽，全家不餓。她不能理解她們夫人越來越忙碌的原因，疑惑地問道：「夫人，我們花銷夠了，何必要這麼累？賺這麼多銀子幹啥用？」

陸伊冉的計劃，從未向旁人提起過，身邊幾人當然不能理解她的行動。

在沒找到讓銀子翻倍的法子前，先把鋪子生意做好，這樣也能積攢一部分銀錢。

看到阿圓一副憨憨的樣子，陸伊冉忍不住生出逗弄之心。「妳雲喜姊馬上要嫁人了，她的嫁妝我要備吧？還有嬤嬤的小女兒出嫁，嫁妝我也得出吧？還有妳，都及笄了，嫁妝我也要先備起來吧？循兒長大了——」

「夫人您不必說了，阿圓不問了還不行嘛！」

阿圓一副聽了陸伊冉的打算後快要瘋掉的表情，逗得陸伊冉和雲喜哈哈大笑。

屋內笑聲不止，方嬤嬤卻是急得腳不沾地走了進來。

「夫人，您還笑得出來？皇后娘娘給侯爺房裡添人了！」

房內氣氛頓時凝固，阿圓和雲喜皆是一臉怒色。

陸伊冉卻是事不關己，毫不在乎地說道：「添就添吧，嬤嬤急什麼？」

往日聽到陳氏給謝詞安送侍妾時急得哭了，再看如今……方嬤嬤哀號一聲。「我的天爺呀，我們夫人只怕真的魔怔了！」

陸伊冉久不出屋，外頭院中的楊嬤嬤不滿地高聲催促起來。「夫人，妳是侯爺正妻，這兩人是皇后娘娘送的，人給妳送到了，奴婢就回去了！」

想撂挑子時，就會提一句「侯爺正妻」，平時見了陸伊冉，榮安堂的這些僕婦卻是人人都給她甩臉子。

一眨眼的工夫，楊嬤嬤就沒了影。

方嬤嬤在屋內低低地咒罵一聲後，兩眼望向陸伊冉等她做決定。

推託不了，陸伊冉只好先去一看究竟。

一到院中，她一眼就看到肖似陳若芙的那個女子。

陸伊冉苦澀一笑。「就這般急不可耐嗎？」隨即一想，這樣也好，她不願與謝詞安同房的理由就找到了。她走到那女子旁邊，柔聲說道：「妳好好伺候侯爺，他定會喜歡妳的。」

隨後讓雲喜去她的庫房，挑了兩套布料華貴的衣裙送予兩位姑娘。

兩名女子是方情在人牙子手中選的上等貨，長相與陳若芙相似的叫琳琅，另一位年紀稍小的叫翠連。

兩人聽說陸伊冉是侯爺正室，以為必是年老色衰的婦人，誰知一看卻是綺年玉貌、溫柔賢慧的美人，心中對她的懼意就更甚了。

陸伊冉把兩人仔細打量一番，見她們戰戰兢兢，一副懼怕模樣，遂柔聲安慰道：「不用害怕，既然以後妳們是侯爺的人，與我也算是姊妹。來到府上，妳們只管照顧好侯爺便可。」

兩人弱弱地應了聲。「是。」

相貌像陳若芙的膽子要大些，像是見過世面的；叫翠連的應當是農家女，臉蛋白嫩細膩，手卻糙粗得很。

思量一陣後，陸伊冉笑意盈盈地說道：「不過名字得改一下。以後琳琅叫芙蕖，翠連叫若辰，記下了嗎？」

「夫人，記下了。」兩人異口同聲答道。

教授了一些簡單的規矩和禮儀後，陸伊冉就讓兩人先在西廂房稍作休息。

傍晚時，阿圓風風火火地回來報信，說侯爺回來了，雲喜便帶著兩人去往霧冽堂。

正好，在院門口碰到了謝詞安和余亮主僕兩人。

雲喜見禮後就說明來意。「侯爺，這是皇后娘娘給您添的兩位妾室，今日下午夫人在如意齋教過規矩了。」說罷，雲喜就把兩人往謝詞安的方向推。

芙蕖心領神會，先屈膝行禮。「奴婢芙蕖，見過侯爺。」

而後另一個也跟著有樣學樣。「奴婢若辰，見過侯爺。」

兩人偷眼一看，見謝詞安長得英俊不凡、身材高大，心中越發滿意，羞澀地微微低頭，不敢再直視。

人人都愛美人，可碰到謝詞安，就得另當別論了。

他臉上一片寒霜，目光在兩人臉上淡淡一掃，也不出聲。

雲喜和余亮知道他的性子，大氣都不敢出。

半天後他才冷聲問道：「妳們的名字是誰取的？」

兩人的名字連起來，明晃晃的「陳若芙」三個大字，且「芙」字還落在長得相像的那人身上。這般直白的諷刺，謝詞安如何會發現不了？他腦門青筋突起，眉間擰起一道結，已是氣極了。

芙蕖搶先答道：「回侯爺的話，是夫人取的。」

謝詞安的目光停留在芙蕖臉上一息後，冷笑道：「本侯不知道，她如今連妾室都能這般愛護，不但願意教妾室規矩，還會幫妾室取名字了。」

旁人聽不出他的言外之意，余亮和雲喜卻是知道內幕的。

陸伊冉懷循哥兒時，陳氏嫌她身子笨重，不能伺候謝詞安，就給他房裡塞了兩個姑娘。

那晚，謝詞安從衙門回來得很晚，陸伊冉就等在二房院門口，一雙眼哭得通紅，問他是不是想納妾？他還未回答，就見她挺著大肚子，邊抹眼淚邊哭訴，表態她不同意。

那是她唯一一次和謝詞安鬧脾氣，也是唯一一次在謝詞安面前態度強硬。

最後見謝詞安把人攆走，她才消氣。

此刻他怒氣未消，又冷聲問道：「她還說了什麼？」

這下，那叫芙蕖的姑娘終於聽出不對，不敢像剛剛那般冒進，更不敢隱瞞，吞吞吐吐地說道：「回……回侯爺，夫、夫人說，要我好好伺候您，您一定會喜歡我的。」

謝詞安怒極反笑，他實難相信，陸伊冉會主動鼓勵別的姑娘打他的主意。

他不相信，又問向一旁年紀較小的。「夫人是這樣吩咐她的嗎？」

若辰和芙蕖一樣低垂著腦袋，聽見頭上傳來的聲音，倉皇抬頭，就見謝詞安一張冷冰冰的臉，剛剛那點好印象全然不見了，只剩下懼怕，使勁點著頭。

「既然妳們夫人愛教人規矩、愛給人取名字，那就讓她把規矩教全，再取一個順耳的名字，再送來。」語畢，大步流星地進了霧冽堂內院。

這下就連余亮都不知他們侯爺是何意？

留下茫然的四人，八隻眼睛你看我、我瞅你的。

雲喜把兩人帶回來後，陸伊冉只能把人先安置在如意齋。

陸伊冉讓方嬤嬤帶著她們倆去侯府大膳房領食材，先教她們如何給謝詞安做參湯和膳食。

接連五日，芙蕖每晚都會送參湯到霧冽堂，送到最後她哭聲不止，不願再去，說是每次去了根本連書房門都不讓進，侯爺的面都未見到。

余亮攔在外面，寸步不讓，後來見她臉皮實在厚，連腰上的佩刀都拔出來了。若辰嚇得渾身發抖，說自願做陸伊冉的丫鬟，也不去當侯爺的妾室。

方嬤嬤黑著臉，根本就不理兩人。她是陸伊冉的奶娘，平時在如意齋也是管事嬤嬤，兩個姑娘每日過得戰戰兢兢。

陸伊冉見她們如此，就想起自己剛來侯府時的卑微樣，遂起了惻隱之心，決定先留下兩人，讓阿圓帶著她們做些平常打掃的輕鬆小事，到時再讓謝詞安自己來安排兩人。

這日傍晚，陸伊冉剛從外面回來，還未進如意齋的院門，就聽到循哥兒椎心的哭聲。她心中一慌，和雲喜幾步邁進院中，就見奶娘懷中哭鬧不止的循哥兒，額頭上纏著好幾圈白布條，都被鮮血染紅了。

見到陸伊冉的身影，奶娘抱住循哥兒，撲通地跪在她面前，害怕地哭道：「夫人，奴婢該死！把哥兒摔成這樣，都是奴婢的錯！」

陸伊冉來不及責怪奶娘，一把抱起循哥兒。他哭得滿臉通紅，應當是疼得狠了才鬧成這樣。她心疼壞了，貼著他的臉哄了好久，循哥兒才安靜下來。

雲喜發現，其他幾人均不在屋內。

這時奶娘才告知，方嬤嬤今日爬桃樹，想摘些桃花晾乾，做糕點和桃花粥，結果一不小心卻從樹上掉了下來。

阿圓去喊府上的大夫，但兩位太夫人都不開口，那大夫也不敢來如意齋，畢竟方嬤嬤在他們眼中就只是一個下人，他只給府上的主子們看病。

看門小廝沒有兩位太夫人的准許，也不敢擅自放外男大夫進來看診。

於是她們三人只好輪流揹著方嬤嬤，去府外尋大夫。

奶娘一人要看循哥兒，又要給他做蛋羹，一時顧不過來，循哥兒就從坐床上摔了下來。人摔在院裡的青石板上，額頭剛好磕在縫隙裡的碎石上，磕出了很深一道口子，血都止不住。

奶娘慌了手腳，只好用白布先給他纏上。

陸伊冉一陣後怕，幸好未扎到眼睛，不然後果她不敢想。

既心疼自己兒子，又心疼自己嬤嬤，陸伊冉擦掉憤怒和委屈的淚水，扶起奶娘，沒責備她一句。

她接過雲喜手上的碗盞，邊給循哥兒餵蛋羹，邊擦自己越掉越多的眼淚。

雲喜也在一旁默默流淚。

奶娘不敢吭聲，內疚地撿起地上循哥兒哭鬧時扔掉的撥浪鼓。

半天後，陸伊冉才平靜下來，讓雲喜帶著陸叔，駕車去外頭的醫館一家一家找人。

雲喜出門後，陸伊冉又吩咐奶娘去喊府上大夫，來給循哥兒止血、上藥。

明月當空，謝詞安踏著月色和余亮回到府上。穿過抄手遊廊，腳步一停，看了眼後院如意齋的方向，隨後徑直回了自己的霧冽堂。

一進院子，未見芙蕖等候的身影，余亮暗自鬆了一口氣。

謝詞安一連三日住在衙門，今天晚上要沐浴才發現沒有換洗袍子，余亮要回來拿，他開口阻止，乾脆回了府。

一回廂房，他並未急著沐浴，習慣性地批閱起今日在衙門未處理完的文書。

余亮則是先準備謝詞安等等要沐浴的熱水和衣袍，他輕輕拉開紅木雕花頂箱櫃，卻還是打擾到了謝詞安。

謝詞安眉頭輕蹙，望了眼余亮的方向，一目了然，櫃裡全是他的輕衫長袍。

「她的衣裙呢？」謝詞安沒頭沒尾地問道。

余亮一臉懵，見主子不耐煩的神色，腦中靈光閃過，立刻答道：「夫人的衣裙，叫雲喜全拿回去了。」

謝詞安目光沈沈，神色不明，半晌後才又問道：「何時？」

「聽嬤嬤說，是夫人進宮的那天早上。」余亮愣頭愣腦，如實回答，心中卻有些可憐他們夫人，這都過去半月了，他們侯爺才發現。

謝詞安聽後，沈默許久。

只有他知道，陸伊冉為了把自己的衣裙放進他的衣櫥，軟磨硬泡地用了多少小心思。兩人新婚一月後才同房，他因救駕一事，傷勢過重，在府上休養了半年，耽擱了很多事務，所以每晚幾乎子時過半才會回府。

陸伊冉總會等在霧冽堂院門口，親自為他備好熱湯、熱菜。每日見他回來，她會歡喜地撲到謝詞安身旁，雖有些怕他，但還是會小心翼翼地據理力爭留下來陪他；實在不行，也會嬌羞著央求，說一日未見他，想與他多待一會兒，然後再悄悄地把自己的衣裙掛到他的衣袍中間。

起初，謝詞安無言拒絕，扔出她的衣裙、褙子，她就厚著臉皮又掛進去，一次不行就兩次，次數多了他也懶得與她計較，放任她的小動作。

那時他身子剛好，大夫特意囑託不宜同房，可每當陸伊冉留宿在霧冽堂那晚，外邊伺候的丫鬟都要送好幾次水。

如此倒是破了謝詞安傷重半年不能人道的謠言，也讓御史臺那幫閒人徹底閉了嘴，卻引起了陳氏的強烈不滿，怒斥陸伊冉不知廉恥、婦德有虧，讓她跪了半日的青石板才消了陳氏的氣。從那之後，她再也未在霧冽堂留過宿，可衣裙卻不願拿走，一直放在謝詞安的衣櫥中。

余亮倒好熱水，出來要喚謝詞安沐浴，一看，人呢？

謝詞安心中煩悶，丟下文書，剛出書房，佇立在廊廡一角，就見府上膳房管事姚嬤嬤提著食盒迎面走來。

姚嬤嬤在府上多年，謝詞安自然認得她，見她要行禮，揮手免了。

「今夜為何是妳來送？」謝詞安問道。往日只要他在府上，湯水和膳食基本都是如意齋的人送。

「回侯爺，今日如意齋的方嬤嬤受了傷，到此時還未回府，哥兒也傷了額頭，她們——」

謝詞安聽到循哥兒受傷了，臉色突然冷了下來，喝道：「循兒受傷了，為何本侯回府這麼久，沒人通報一聲！」

姚嬤嬤嚇得不敢再吱聲，垂手侍立一旁。半天未見動靜，抬頭一看，侯爺早已不見身影。

人剛到院門口，謝詞安就聽到循哥兒的哭鬧聲，也能聽到陸伊冉溫柔的輕哄聲。

她凹凸有致的身影投射在綺窗上，像無數個等候他的夜晚，孤寂中透著幾分倔強。

謝詞安進屋前，循哥兒眯著眼快要入睡了，可聽到珠簾響聲，他又睜開了雙眼，立刻抬起腦袋，不願躺在陸伊冉懷裡，用他的小胖手去扯自己頭上的纏布。

聽腳步聲，陸伊冉就知道是謝詞安。她氣他吵醒了循哥兒，於是面朝窗牖背向著他，有些不想理人。

謝詞安沒發現陸伊冉在生悶氣，他見循哥兒頭上狀況，心也不由得一緊，隨即問道：「府上哪個大夫看的？可有上藥？」

奶娘去門口迎方嬤嬤她們了，屋內就只有陸伊冉母子倆，她只好轉身柔聲回道：「陳大夫來看的，藥也抹了。」

他見陸伊冉一臉疲倦，八仙桌上的膳食也未動一口，問啥答啥，不願多提一句，心頭說不上是什麼感覺。他漫步到母子倆身旁，主動伸手去抱循哥兒。

孩子身子不舒服，心中煩躁，根本就不想讓不熟的人碰，他使勁往陸伊冉懷裡藏，哭聲越來越大。

謝詞安很少帶他，快一周歲了，抱他的次數，雙手都數得過來，在循哥兒面前最多也只是個眼熟。

但他越是不依，謝詞安偏偏越不讓他如願，硬是從陸伊冉手上抱過來，淡淡說了聲。「妳先把晚膳用了。」

「妾身沒胃口。」陸伊冉懷中一空，便疲倦地坐進圈椅裡。

循哥兒見自己娘親不但不抱他，還離自己那麼遠，也發了狠，張嘴就往謝詞安的臉上咬。他嘴裡長出四顆牙了，咬起人來還是很痛的。

謝詞安疼得眉頭一皺，臉色也嚴肅起來，把循哥兒往軟榻上一放，任由他哭鬧就是不理，父子倆像是槓上一般。

見此情形，陸伊冉心口的無名火消了不少，她賭氣似的，就想看看接下來謝詞安要如何治循哥兒的熊脾氣。

父子倆不光長得像，性子也極其相似，都執拗得很。

「余亮帶人去接她們了，妳不用太擔心，先把晚膳用了。」他來如意齋之前就找過管家了，事情的來龍去脈自是清楚。

陸伊冉累得軟趴趴的，也不願起身，輕輕搖了搖頭算是做了回答。

她的衣襟被循哥兒扯開，露出脖頸和鎖骨處的一片瓷白，髮髻也被抓得不像樣，凌亂的青絲全垂下來，堆在她的削肩上，把一張嬌美臉龐襯得更加明豔，一雙清澈如水的杏眼不知何時多了一絲嫵媚和淡然。青澀稚嫩的小花被他催熟，長成了嬌豔欲滴的海棠。

他不由得想起，今日在衙門有同僚委婉提及陸伊冉時，臉上的豔羨之色，實在過於刺眼。心中一股惱怒驟起，想起她這幾日天天外出，定是被那些登徒子看到過，反倒忘記自己要交代的事了，開口就是冷言冷語。「這幾日，妳勤勉得很，究竟外出忙何事？」

陸伊冉強打起精神，她不明白自己又做錯了什麼，悶聲回了句。「和往日一樣，去看我的鋪子，侯爺不是一直都知道？」

兩人你一言、我一句後，氣氛又恢復到之前的沈悶。

就連循哥兒都忘了哭，直勾勾地看著爹娘，半晌後他突然冒出一句。「爹……爹爹。」

第一個字沒聽清，後面兩字，兩人都聽得清清楚楚。

「循兒，你會說話了？」陸伊冉十分吃驚。「喊聲娘親。」

謝詞安也是一臉驚訝，臉上難得露出一絲淺笑。他再次握住循哥兒的肉手，糾正道：「喊父親。」

像是故意一般，循哥兒又喊了一聲。「爹爹！」

陸伊冉心中憤憤不平，孩子開口的第一聲是多麼珍貴，他還嫌棄？都怪自己，以前天天教循哥兒喊爹爹，要不然喊的就是娘親了。

正當此時，院中突然響起急促的腳步聲，緊接著屋內兩人便聽到阿圓的聲音——

「夫人，我們回來了！」

陸伊冉迫不及待地奔出屋子，就見院中余亮揹著方嬤嬤進了後罩房，其餘幾人也緊隨其後，陸陸續續走進院子。

方嬤嬤的腳踝腫得老高，她不願讓陸伊冉擔心，就用被褥蓋了起來，連聲安慰道：「夫人，別哭，就一點小傷而已，老婆子我死不了。」

「都腫成這樣了，還小傷。」陸伊冉小聲哽咽著，輕輕撫著方嬤嬤的腳背，不願離開。

幾人也都擠到方嬤嬤的屋中，妳一言、我一語的，陸伊冉聽得頭皮發麻，才拼湊出事情的經過。

最先出去的方嬤嬤、阿圓還有芙蕖和若辰四人，她們去的是外城郭緒的醫館，就為了省幾兩銀子。

而雲喜則以為她們在內城，一家一家地找，到最後實在找不到人，才想起去外城碰碰運氣。

也真是累壞了她們三個姑娘，幸好方嬤嬤人瘦身子輕。

第三趟余亮帶人去接應時，她們已到了崇仁坊，所以回來得也快。

陸伊冉心中內疚極了，自己這幾日的行動搞得幾人草木皆兵，就連看病的銀子都想著省下來。

夜已深，陸伊冉從方嬤嬤房裡出來後，幾人才各自散去。

一番安撫，並承諾明日每人獎勵銀子二兩，她們才高高興興地回了各自房間。

今晚值夜的是雲喜，主僕倆相攜回到東次間。

循哥兒已睡熟，謝詞安竟還在屋內，沒有離開。

屏風旁的奶娘，縮在暗處垂首侍立，也不敢進內室。

陸伊冉讓奶娘回了房，今晚她自己照看循哥兒。

見謝詞安還在，雲喜也退到屋外。

屋內又剩下三人，陸伊冉走近謝詞安，溫和說道：「今日多謝侯爺，為了感謝侯爺今日相助，妾身會好好教二位姑娘學規矩。」

謝詞安在房中等到現在，絕不是想聽她在此刻提及旁人。他瞥了眼陸伊冉，負氣道：「這就是妳的謝意？」

兩人成婚一年多，彼此默契還是有的，她心中跟明鏡一樣，知道謝詞安今晚是想留宿與她同房。

往日都是她主動，只要謝詞安來如意齋，基本上都會留下來。

上次她已委婉拒絕，這次再推託，總要給些理由，畢竟兩人還未真正撕破臉。

「侯爺，妾身上次得罪了皇后娘娘，這回她送來兩人，你一個都不碰，妾身實在不敢留你。侯爺血氣方剛，若實在想要，就把芙蘪帶回去吧，她定會——」

謝詞安壓下怒意，冷冷地出聲打斷道：「這是妳的本意？」

陸伊冉神色平靜，臉上也無半分委屈，微微頷首。

「本侯的事，何時需要妳來指手畫腳！」謝詞安倏地起身，疾言厲色起來。

言畢，轉身離開，不再看陸伊冉一眼。

陸伊冉心中冷笑。得了便宜還賣乖！不願意的話，還留著人做何？替身雖趕不上原主，但這樣的容貌你也不虧了，還有什麼可清高的？

天氣一日比一日熱起來，陸伊冉糕點鋪子的生意也有些下滑。

這屬實正常，畢竟天熱了，人們也越來越貪涼，都想換口味。

她今年準備再加一項生意，做香飲子消暑湯。

她在京郊有一片果林，是她大婚前她母親託人買下的，還一併買下了周圍的良田。

為了讓她在謝家人面前體面些，她母親也是下了重本。

這兩日陸伊冉沒空外出，她要照看循哥兒，只好讓雲喜著手去辦。

午膳後，陸伊冉抱著兒子在院中漫步。循哥兒趴在她肩頭呼呼大睡，這是他最喜歡的姿勢。

方嬤嬤也被人抬了出來，坐在樹蔭下，手上繡著她家姑娘的嫁衣。

兩人時不時閒聊幾句，說的都是那兩個新來的姑娘。

如今方嬤嬤對兩個姑娘的態度大為改觀，如果她們不是皇后娘娘買來的，只怕要勸陸伊冉將兩人留下了。

「夫人，您說侯爺他究竟是何意？叫他收房吧，還衝您發火，難道是顧及皇后娘娘的臉面，才把人放到如意齋的？也不給個準話。」昨晚謝詞安臨走前的怒火，如意齋的人都聽到了，但也只有方嬤嬤敢在陸伊冉面前提。

然而此刻，陸伊冉想的卻是另一件事。

上一世，皇后沒有給謝詞安送女人，她也不知道謝詞安究竟是何意？更不知道兩人最終會不會留下來？

到目前為止，謝詞安只有她這個正妻，沒有妾室和通房，前世她既滿足又覺得幸福，哪知到了最後才知道，他的潔身自好並不是為了她，而是為了陳若芙。

想到此，陸伊冉冷哼一聲。「我管他何意，反正我是指望兩人留下來，這樣就有人伺候他，他也不用再來如意齋了。」

「夫人！」方嬤嬤又痛心疾首起來，這是她最不願見到的。

「嬤嬤，我的心思如今不在他身上，妳就別勸了。」

單刀直入是最有效的法子，但到了嬤嬤身上卻是一點辦法也沒有，她頭疼得很。

「還有，別再派人給他送參湯了，我掙銀子不是為了給他花的。」

方嬤嬤就是一副油鹽不進的樣子，妳說妳的，我做我的。

在方嬤嬤眼中，陸伊冉只是魔怔了，她們對主子謝詞安該做的事，還是要繼續盡本分。

在這件事上，雲喜和阿圓也是很有默契地站在方嬤嬤這邊。

就比如此時，在院中曬藥枕的阿圓，見陸伊冉的目光剛要看過來，就連忙側身擋住。

雲喜外出巡鋪子了，那兩個姑娘在小廚房給方嬤嬤熬藥，奶娘在屋中給循哥兒做棉布娃娃。

各忙各的，一派溫馨祥和，就如同陸伊冉現在的心情。

只是，這好心情沒有持續多久，就有人過來破壞了。

聽到院外嘻嘻哈哈的笑聲，方嬤嬤和阿圓皆滿臉戒備地看向院門口。

第三章

陸伊冉沒想到，她醒後再見陳若雪會是在她的如意齋。

片刻後，月洞門前就出現陳若雪和謝詞儀兩人。

人還未到院子，謝詞儀就開始罵起來了。「長嫂，妳那丫鬟眼睛瞪這麼大幹啥？真是沒規矩！我雪表姊來了，也不知道出來迎迎！」

謝詞儀今年十六歲，她一身梅紅褙子，長相和謝詞微有幾分相似，來如意齋時一向不藏不裝，跋扈囂張。

「妹妹莫怪，我們如意齋的丫鬟都憨得很，只怕迎不了妳們。」陸伊冉神色平靜地笑道。

「妳！」謝詞儀詞窮，愣在原地。

再不願搭理兩人，該有的禮數還是要做的，陸伊冉態度平靜地把兩人請到院中，讓阿圓看茶。「妹妹別生氣，別和我這魔怔的人一般見識。」

一向伶牙俐齒的陳若雪，今日好似有些心不在焉，人一進院子，眼睛就到處瞟。

陸伊冉突然頓悟，陳若雪此次來的目的，是為了那兩個新來的妾室。

她心中冷笑，她這個正主沒慌，有人卻開始心慌了。

陳國公嫡孫女的身分，多少是有些抬舉陳若雪的。前世陸伊冉也是無意中得知，陳若雪是陳氏的長兄陳尚書的外室所生，養在正妻戚氏名下。

她在陳家樣樣不如陳若芙，得看戚氏母女倆的臉色過活。

陳若雪今年十七歲，與平陽侯家嫡次子訂親，待嫁中。對她來說，這算是一門好親事了，是她嫡母戚氏替她物色的。

只是這嫁高門，首要條件就是嫁妝得豐厚。她的嫁妝是由戚氏出，這就是她為何要這般賣力地為陳若芙跑腿辦事的原因。

上一世臨死之前腦子混沌，沒想清楚始末，這一世醒來思路清晰後，她就知道了，想要她死的人中，一直都有這兩姊妹。

「聽說表嫂生病了，今日我特意來看看。」

陳若雪穿著一襲水藍色束腰襦裙，容貌姣美，可惜了一副好相貌。

陸伊冉抱著循哥兒，走到兩人對面，落坐後嘴角微揚，說道：「多謝雪表妹關心，我身子無礙，就是不知為何，魔怔後，嘴巴不想再饒人了。」

這麼明顯的提示，謝詞儀和陳若雪兩人倒是聽得明明白白的。

謝詞儀已見識過陸伊冉嘴巴不饒人的樣子，有些心虛地吞了吞口水。

陳若雪滿不在意，手持茶盞淺飲一口，勾唇一笑說道：「我今日不是來吵架的。聽說妳們如意齋來了兩個國色天香的美人，能否讓我看看？」

陸伊冉爽快地把兩人從小廚房叫了出來。

和所有人一樣，陳若雪見到長相酷似陳若芙的姑娘時，驚訝得頓口無言。

「我長姊就是善解人意，知道我哥喜歡——」謝詞儀口無遮攔慣了，忽然想到之前陳氏的警告，又趕緊捂嘴。

「哼，那又如何？只是像又不是一樣，表哥肯定不會收的！」陳若雪十分肯定。

兩人完全把陸伊冉這個正妻當透明人。

好在方嬤嬤和阿圓已經回房，要不然兩人又會氣得失眠。

陸伊冉一手抱著酣睡的循哥兒，一手端起茶盞，呷一口清茶，隨後不慌不忙地接道：「這次怕是要讓表姑娘失望了，侯爺不但把人收了，還十分喜歡，讓我好好教她們規矩，只怕……」

「只怕什麼？」陳若雪一臉驚慌，問道。

「只怕不日後就要收房。」

一旁低眉屈膝的芙蕖和若辰兩人聽見後一臉茫然，這和她們見到的真實情況出入有些大啊！

陸伊冉看著兩人的神色，這一回總算換成她幸災樂禍了。一想到陳若雪帶回去這樣的消息，只怕陳若芙不會讓陳若雪好過，她心中就酣暢得很。

陸伊冉繼續火上澆油，假意委屈地道：「哎，都怪我無用，抓不住侯爺的心，只能看他寵愛別人。」

陳若雪臉色陰沈，狠狠捏住茶盞邊緣，倏地抬頭看向兩人，有些咬牙切齒。

「我看是妳胡說，我哥才不好女色。」謝詞儀白眼一翻，反駁道。

陸伊冉苦澀道：「那是未碰到喜歡的，遇見喜歡的就不一樣了……」

見兩人囂張地來，失魂落魄地離去，陸伊冉一臉冷意，在心中卻越發告誡自己，絕不能心軟。

謝詞安與陳若芙兩人的關係，陸伊冉管不了也不想管，卻不能讓陳若芙再像之前那般，把手伸到自己身邊來了。

如今陳若芙人不在尚京，那她就先斷了陳若雪這個助力。

這個消息一放出去，陳若芙必定會慌，但又不能親自到謝詞安身旁來，就讓她沒日沒夜地心亂下去，嚐一嚐陸伊冉往日患得患失的痛苦吧！

不知不覺就到了九月初。

夏日的炎熱陸伊冉沒感覺到，前所未有的忙碌她卻是天天在經歷，糕點鋪的消暑湯和冰酪酥賣得很好，每日都售罄。

最忙的時候要數博雅公主新婚馬球會的那七日。

他們把攤子支到馬場門口，準備了幾木桶消暑湯、幾大盆果醬冰酪酥，不出兩、三個時辰就見了底。

陸伊冉雖不能夠出攤，卻在後院忙個不停。

馬球會結束後，糕點鋪的名聲也打響了，回頭客絡繹不絕。

糕點鋪子在御街上，賺的都是富貴人家的銀子，她也能心安理得一些。

不像糧油鋪，客人多是普通百姓，她心中不忍，把自己的老本都賠進去了。

阿圓和雲喜也是日日去鋪子幫忙，三人每晚回來，都快到戌時。

循哥兒每天一見自己娘親回府，就不撒手地抱住她，就怕一轉眼人又沒影了。

他已經能搖搖晃晃地走幾步，但僅限於在陸伊冉面前，旁人就是再哄他都不願走。

用過晚膳後，陸伊冉準備沐浴歇息。

方嬤嬤卻不依不饒地進了屋子，不讓她歇息。「這兩、三個月侯爺都住在衙門，就算回府也未來過如意齋，夫人，您可得上點心呀！」見陸伊冉不願接她的話，又跟進浴室，繼續嘮叨。「您看那芙蕖，嘴上說不敢去見侯爺，只要聽到侯爺人一回府，準會湊上去。」

「這我知道，還是我提醒她的呢！」陸伊冉輕輕捶打自己痠痛的胳膊，半晌才回了這麼一句。

方嬤嬤捶胸頓足，一聲哀嘆。「祖宗呀，您究竟要幹什麼？」

「嬤嬤妳出去吧，我要沐浴了。我之前就說過了，妳不用再勸我了。」陸伊冉把方嬤嬤推出浴室，才邁入浴桶。

「侯爺那邊的事您不管，但明日是老太太壽辰，您總要露臉吧？」方嬤嬤貼著屏風說道。

陸伊冉拍了拍自己的額頭，這才想起明日是老太太的生辰。

九月初五，是侯府老太太七十大壽壽誕之日。半月前，侯府主子們就開始準備這場整壽壽宴了。

老太太是皇室郡主，身分尊貴，排場自然也大，各種豪華香車把崇仁坊的巷口停得滿滿當當。

老太太的仙鶴堂廂房，正廳坐滿珠翠羅綺、鬢影衣香的貴眷們。

大部分陸伊冉只見過，卻叫不出名字。

她本想露個臉，就回自己的如意齋，畢竟不想再與謝詞微碰面。

可老太太稀罕循哥兒，讓她待在仙鶴堂應酬客人。

男席設在雲展敞廳，謝詞安和他大伯、三叔一起招待男客們。

巳時過半，謝詞微才姍姍來遲，被貴婦們簇擁在人群裡。她今日一身暗紅金線繡雲紋蜀紗鳳袍，顯得雍容華貴。

老太太帶著女眷們把她迎到正廳，祖孫倆久未見面，寒暄一番後才開席。

陸陸續續的，菜餚、瓜果、糕點擺上了桌，奶娘懷中的循哥兒口水直流，伸著兩手到處抓，但什麼都沒抓到，氣得兩條胖腳蹬個不停。

謝詞微一入席位，剛剛還嘰嘰喳喳的謝家姑娘們也收了聲，坐姿和動作都端正起來，就連她的胞妹謝詞儀都有些懼她，不敢亂來。

老太太滿頭銀絲但精神矍鑠，謝詞微坐於她左側。

一桌幾乎都是身分尊貴的官宦婦人，大家說說笑笑，一邊用膳，一邊閒聊。

循哥兒不願被人忽視，他一會兒咿咿啞啞地「招呼」這個，又格格地對著那個笑，很是活躍，其實盯的卻是客人們面前的膳食。

一位貴婦見循哥兒模樣喜人，忍不住從奶娘懷中抱過來，正當想要好好看看他的眉眼時，卻被他眼疾手快地「搶食」，抓起她碗碟中的春捲就往嘴裡塞！

一桌人看得哈哈大笑，奶娘連忙抱走他，就怕老太太罰她。

謝家未出閣的姑娘們一桌，有長房嫡女二姑娘謝詞婉和庶女三姑娘謝詞秀，二房四姑娘謝詞儀，三房嫡女五姑娘謝詞錦和庶女六姑娘謝詞盈，外加長房嫡孫女雲姐兒共六人，她們大都看向循哥兒，被那憨憨的饞樣逗得捂嘴偷笑。

大房袁氏和周氏婆媳倆，以及三房的鄭氏三人，今日根本就沒空入席，忙得腳不沾地。

陳若雪和她嫡母戚氏坐在老太太身後一席，兩人的目光總是若有若無地往陸伊冉身上瞟。

幾步之外的陸伊冉，只對兩人微微頷首，並未上前招呼。

只是陸伊冉銜著陳若雪意味不明地睇眼一笑，讓對方心中一滯。

午宴後，大部分客人均已離去，只有謝家族親和老太太娘家的皇家親戚留了下來。侯府後院有處寬闊的水榭涼亭，涼亭旁邊就是一片雅致的蓮池，聽說是已故的老太爺為了老太太特意動土修建的。

這裡涼風習習，最適合暑熱天歇涼。

女客們都移步到了此處，三三兩兩一起。年長的話家常，年幼的姑娘們有打葉子牌的，有投壺的，也有談詩詞歌賦的。

陸伊冉帶著幾位貴女玩葉子牌，其中就有與她關係較好的元昭公主。

元昭公主的生母病逝後無人照顧，皇上就把她寄養在安貴妃名下。安貴妃待她視如己出，母女倆感情深厚，為此元昭公主和陸伊冉的關係也十分親近，今日也是代替安貴妃來為老太太賀壽的。

幾輪下來，就算幾人有意相讓，輸得最多的還是元昭公主。

她不想再玩，扯著陸伊冉的胳膊開始耍賴。「夫人，本宮實在不想玩牌了，妳帶我們去院中摘果子吧！妳不是說你們府上的丹若熟了嗎？」

這丹若矜貴，府上幾株養了多年才結果，陸伊冉不敢擅作主張，待徵得老太太同意後，她才敢帶幾人去。

老太太特意交代了，讓管草木的僕人去摘，就怕傷了果樹。

一聽要摘果子，年幼的小姑娘們都坐不住了，也要一同前往。

十幾位貴女在僕人的帶領下，施施往後山丹若樹走去。

蓮池四處都有甬道通向各院，其中一條較為偏僻的夾道盡頭是一處荒廢的院子，裡面雜草叢生，野花尤為茂盛，遍地都是，無人打理。

途經這條夾道時，因路上的野花香氣襲人，貴女們又捨不得移步了，紛紛停下，而侍女們則彎腰領命去摘花。

不知不覺，一行人就走到那荒廢的院子。

人人興致勃勃，沒有長輩在此，她們隨興而為，無拘無束，天真爛漫。

而陸伊冉卻沒心思看她們，她仔細觀察著周圍的動靜。

驀地，一聲驚呼傳來，眾人齊齊湊過去，不料竟看到讓人捂眼、羞紅脖子的一幕。

一對男女緊緊抱在一起，躺在地上，衣衫不整。女子的褙子已經被扯開，露出光滑的肩頭，裙子也被撩起，露出白皙的小腿；男子則露出白花花的一片胸膛，上面全是口脂印。

兩人實在太過忘情，應當是到了關鍵處，她們一行人一路嘰嘰喳喳的聲音竟都未察覺。

被一群未出閣的姑娘們撞見，兩人再想藏身已是來不及。

女子只好背過身去，迅速穿好衣衫。

男子則擋住眾人的目光，慌裡慌張地繫好腰帶。

那一聲驚呼實在太過刺耳，涼亭裡的婦人們也趕了過來，這下想遮掩過去都不行了。

沒人敢相信，男的是三房的次子謝詞欽，而女的竟是馬上就要出嫁的陳若雪！

三房太夫人鄭氏見自己兒子竟幹出此等大逆不道之事，氣得當場哭倒在地。

戚氏見那女子竟是陳若雪，一口氣上不來，暈了過去。

陳氏也是一臉蒼白，踉踉蹌蹌地後退幾步，用手指著兩人罵道：「你們兩個畜生呀！你們、你們……」

「二伯母，求求你們成全我和雪兒吧，我們是兩情相悅的！」謝詞欽雙膝跪在陳氏面前，哽咽道。

陳若雪嚇得渾身發抖，整個人癱在地上，不敢有任何言語。

陸伊冉覷了眼地上面如死灰的陳若雪，拉著元昭公主默默退出了人群。

最後還是袁氏最先清醒過來，把各位貴女請走。

幸好皇后謝詞微早早回了宮，不然只怕她要下不了臺。表妹和自家堂弟，光天化日之下在自己祖母的壽宴上做出這般傷風敗俗之事，讓她的臉往哪兒擱？

老太太氣得當場扔下客人，回了自己的仙鶴堂，餘下的賓客們也各自敗興離去。

一場好好的壽宴，讓這兩人給攪和了。

走時，袁氏特意囑託客人們不可洩漏出去，就怕連累了謝家姑娘們的名聲。

哪知，還不到傍晚，這事差不多整個尚京城都傳遍了。

當晚，平陽侯王瑾瑜就親自找上門來，氣得直跳腳，要求老太太給一個說法，氣焰囂張得很，老太太賠禮道歉，均不買帳。

三房老爺謝庭舟和妻子鄭氏，兩人腦袋低垂，被王瑾瑜指著腦門罵，也不敢還一句嘴。大房父子倆也在現場，卻插不上一句話。就算大房老爺謝庭毓搬出他國子監祭酒的身分來，依然平息不了對方的火氣。

「你們欺人太甚！今日你們謝家若不給個說法，本侯便要去皇上面前告御狀，讓你家次子此生都無臉見人！」

突然，一道震懾力十足的聲音從門外傳來——

「侯爺要告御狀，那就煩請侯爺把這份狀子也一併呈給皇上。」

王瑾瑜一見來人是謝詞安，手上拿的又是狀子，眼睛滴溜溜亂轉，大致猜到謝詞安手中有他的把柄，只能悻悻地住了口，龜縮到圈椅上。

謝家幾人從謝詞安出現在門口的那刻，個個都有了底氣，終於敢抬頭平視王瑾瑜。

謝庭舟幾步走到謝詞安身邊，拉著他的手就不放，央求道：「安兒，你可得幫幫你弟弟呀！若真告到皇上面前，只怕他一輩子就完了！」

「四弟實在荒唐，幹出此等有辱謝家門楣之事，是該罰，此事容後再議。」謝詞安一句話道出事情的輕重緩急。

今日午宴後，謝詞安就回了衙門，若不是他今日進宮面見皇上後，偶遇安貴妃，到此時他還不知情。

他了解王瑾瑜的性子，受不得一點委屈，猜測對方會找他三叔的麻煩，這才到京兆府衙一趟，留了這麼一手。

謝詞安的本意，是他帶著謝庭舟，叔姪倆親自到平陽侯府去賠禮道歉。誰知，這王瑾瑜這般急躁，不讓他夫人出面解決此事，竟自己找上門來了。

「都督大人，我王某可不是被嚇大的，今日那賤人做出如此傷風敗俗之事，難道就這麼了了？」

王瑾瑜雖說是靠父輩的功勛襲爵繼承的侯位，可好歹也是當今皇上的表兄，正經的國戚；雖礙於把柄在人家手上，此時氣勢上弱了不少，可他是受害者，不輸理。

況且這事往大了說，若沒人保陳若雪，王家要她一條命是沒人敢攔的。

「平陽侯暫且息怒，解決事情有多種法子，兩敗俱傷是最不值當的一種。如今你名利受損，本侯設法為你挽回可行？」

出事後，陳若雪一直待在謝家，戚氏無論如何都不願領她回陳家，把責任全推到謝家三房頭上。王瑾瑜哭訴無門，這才找到侯府來，把火氣全撒在謝庭舟身上。

好在謝詞欽不在正廳，不然以王瑾瑜的火爆脾氣，只怕要把他打死。

謝詞安向來做事果斷，場面話說了一、兩句後，直接提出補償條件——陳家將如數退還全部聘禮，再賠償王家五千兩銀子，並承諾讓皇后娘娘為王瑾瑜的次子挑一門尊貴的親事。

到了此時，王瑾瑜這口氣得嚥，嚥不下也得嚥。銀子能拿回來，還能讓皇后娘娘保媒，這檯面上也算過得去了。

打發走王瑾瑜後，謝詞安態度強硬，讓他三叔把謝詞欽和陳若雪送回陳州老家，一併把兩人的婚事在老家辦了，沒有允許，日後兩人不准私自回尚京。

謝庭舟只能點頭答應，不然只怕他一家老小都會被趕回陳州，眼下起碼他還有個長子留在尚京等待日後翻身。

當天夜裡，陳若雪和謝詞欽就連夜被送出侯府。陳若雪眼睛哭腫了也無濟於事，以她的野心，根本不想嫁給謝詞欽這樣平庸的男人，無奈她一時鬼迷心竅，害了自己一輩子，往後只能看婆母鄭氏的臉色過日子了。

唯一讓她意外的是，她把陳若芙的名字抬出來，要求見謝詞安一面，誰知他卻一點情面都不留，拒了她。

陸伊冉聽到消息後，心中並未多開心。上一世，她和元昭公主撞見後，兩人守口如瓶，就怕此事傳出去，對幾家人都是一場災難。

可陳若雪不但不感激，反而變本加厲地為難自己，就是仗著她軟弱可欺。

如今想想，謝家小姑子們的名聲干她何事？找不到好親事，該怪的也是陳若雪和謝詞欽。

她唯一覺得對不起的人便是老太太。

老太太算不上對她好，但也絕不算壞，至少沒在陳氏她們搓揉她時再補上一腳，只遠遠看著，不幫扶也不參與。

後來她被關在城外別院半年，妙真住持能幫她，多少有些老太太的人情在。

暑天的夜晚，燥熱中的一絲涼風讓人眷戀，草叢中發出的蟲鳴聲最讓人放鬆。

陸伊冉坐在院中的躺椅上，望向天上的星空，酸楚的淚水從臉龐滑落。沒人知道，前世她在城外的日子，是如何煎熬過的每一日。

上一世的陳若雪，有個體面的夫家和可靠的娘家，而這一世，卻要過仰人鼻息的日子，和她前世一樣。

身旁的方嬤嬤搖著圓扇，給在坐床裡熟睡的循哥兒一邊搧風，一邊長吁短嘆道：「夫人，我真怕太夫人緩過勁後，又來找您的麻煩。侯爺今晚在府上，您也不去霧冽堂瞧瞧，這夫妻倆都好幾個月未同房了，就怕他也來尋您的晦氣……這幾個月，您全把心思花在鋪子生意上，掙那麼多銀子有何用呀？」方嬤嬤自言自語老半天，也不見陸伊冉吭一聲，臉上的褶子似乎又多了幾條。

陸伊冉輕輕摸了摸她眼尾的細紋，笑笑說道：「嬤嬤，銀子比男人可靠，別再為我操心了。過兩年，我就給妳買一處院子，你們一家老小都住進去如何？」

「您日子過得不好，我住皇宮都不安心。」

「皇宮住不起，皇宮外的大門口，不知還有沒有地方？」

「您呀、您呀！」嬤嬤被她一鬧，也忘記再嘮叨了。

兩人就如同在青陽時那般隨意，好久未這般暢快過。

陸伊冉拿起一盞涼透的消暑湯就開始喝，被方嬤嬤搶了過去。

「這幾日還敢貪涼！」

兩人嬉鬧間，雲喜悄聲走到陸伊冉身旁，小聲提醒有人來了。

方嬤嬤隨即起身，向院外張望，聽到腳步聲後垂首侍立一旁。

陸伊冉知道，是謝詞安來了。

他一身玄色絲錦袍，腰背挺拔，身形修長結實，佇立於院中榆樹下，斑駁的光暈讓他平時冷漠嚴肅的臉龐柔和了不少。

有時陸伊冉也會想，往日自己對謝詞安那般迷戀，相貌應是占了大部分原因。

兩人已有兩個多月未見，四目相對後，謝詞安跨步走到母子身邊。

陸伊冉微微屈膝，柔聲道：「侯爺。」

「天涼了，進屋吧。」謝詞安輕輕應了聲，隨口道。

想像中的狂風暴雨沒有來臨，院外幾人的心才稍稍落到實處。

方嬤嬤心中一聲哀嘆，可惜她們夫人今晚來月事了。

陸伊冉以為謝詞安今晚是來問罪的，遂穩住心神，先發制人。「侯爺今晚前來，可是為了今日荒院的事？妾身事前並不知情，不是有意要把人往那處帶的。」

謝詞安抬眸直視陸伊冉，見她一臉幽怨，眼中有幾分不悅。她穿著一件丁香色菱紗長裙，整個人看起來比往日嬌豔靈動不少，此時坐在圈椅裡，坐姿隨意，衣衫輕薄更顯兩團鼓鼓，腰細腿長，無意間露出一截雪白的纖細腳踝，好似一幅清水出芙蓉的美人圖。

謝詞安失神片刻，目光隨即移開。

思緒回到今日在宮中偶遇安貴妃的情景，聽得出她的小心翼翼和主動示好，就是怕他回來後遷怒到陸伊冉身上。

這件事本就與陸伊冉無關，僅僅是因為巧合，就讓她們這般畏懼，不禁讓他覺得平常自己待她的確太過冷漠。

自己的母親對她成見太深，平時自己又過於嚴格，以至於落在別人眼中，她成了個隨意可讓人拿捏的出氣筒。

他今晚主動來如意齋，其實心裡早已釋懷了之前陸伊冉擅自幫他作主留人的怒氣。

他平息好心中漣漪，嗓音低沈地說道：「此事與妳無關，何須把罪名往自己身上攬？這幾月，妳都忙於鋪子生意，很缺銀子嗎？」謝詞安見她神色有些疲倦，話也比往日少了許多。

之前她偶有一、兩次對他態度冷淡，他都不甚在意，但這幾月過去，情況卻是肉眼可見地日漸嚴重。余亮曾在他面前提過幾次，他還嫌棄余亮話多，如今余亮倒是不敢再提，他心中卻泛起了不適和複雜的心情。

「多謝侯爺關心，那是娘親給妾身的嫁妝，妾身不想讓她失望，畢竟這兩年絲綢生意越來越難做，糕點鋪子好做些，至少還能分擔一二，到時不至於虧得太難看，僅此而已。」陸伊冉了解謝詞安的性子，平常小事不會提及，提及的事必然有原因，遂不慌不忙地解釋。

「生意有虧有賺，妳不必介懷，做好妳分內事就好。」

短短一句話，提醒之意這般明顯，陸伊冉也懶得與他多言，自顧自地做起了女紅。

兩人許久未見，謝詞安不想再鬧得不歡而散，遂開口道：「我知妳一貫溫順，並無其他意思，妳勿要多心。」

「妾身明白。」

陸伊冉不鬧不吵也不做任何解釋，一副無關痛癢的樣子，和之前一般無二，不知為何他心中卻有些生悶。

又想起那日余亮提醒，循哥兒抓週那日他未到場。

或許陸伊冉對他日漸冷淡，是這個緣故？

猶豫片刻後，他難得主動解釋道：「循兒抓週那日，我有公務在身，脫不開身，回來時你們已經歇下了。」近日他忙於籌備軍餉和糧草之事，那日回來，已過三更。見陸伊冉未接話，又繼續說道：「是我不讓大伯母操辦循兒的抓週宴。和祖母的壽宴挨在一起，他是晚輩，應該相讓。」

「妾身明白侯爺的難處，妾身不會多想。」倘若是昔日，她會止不住的失望，可如今愛怎樣就怎樣，反正循哥兒有她一人照顧就好。

之前都是陸伊冉黏著謝詞安，兩人獨處時沒有冷下來的時候，如今陸伊冉沈默寡言起來，謝詞安倒是詞窮了。

他手持茶盞，淺飲一口後，瞥了眼低頭忙碌的陸伊冉，又抬頭看了眼檀木翹頭案上的更漏，低頭輕咳一聲。

陸伊冉抬頭的瞬間，兩人目光正好相撞。她目光盈盈，微微一笑。「侯爺，妾身今晚來月事了，伺候不了你。」

謝詞安眉頭一皺，神色不悅地道：「難不成，我來妳院中就是為了此事？」

陸伊冉心中輕笑，難道不是？

躊躇一番後，陸伊冉心中暗下決心，想與他早些劃清界線，遂神色堅定地說道：「侯爺，我們哥兒也有了，以前妾身總愛黏著你，你也煩悶，如今妾身知道錯了，不會再犯了。日後你總會有妾室的，要不你就把她們倆收了吧？妾身身子不好，也伺候不了你，就讓她們伺候你可好？」

謝詞安半天未回答，這個要求對他來說是件微不足道的小事，可他卻口齒生澀，張不開嘴，心頭也跟著顫了顫。

「妳就這麼想我納妾？」他目光灼灼地望向對面的人，不答反問。

「妾身的想法不重要。從前不懂事，總想占著你的人、你的心，如今想想，拈酸吃醋只是白讓人笑話一場。」

謝詞安的目光停留在陸伊冉白皙的臉龐上許久後，苦澀一笑，終於表態道：「既是妳想留，便留下吧。」語畢，轉身離去。

他心中冷哼，是陸伊冉不識抬舉，人也是她要留下的，反正自己又不是非她不可，何須計較這些小事？

眼看謝詞安將出內室了，陸伊冉急忙問道：「那總要給她們指個院子安置吧？」

「隨妳安排。」謝詞安丟下四個字，大步跨出東次間廂房。

「那妾身把她們安排在玲瓏軒。」玲瓏軒是霧冽堂的一個偏院，謝詞安若想要人伺候，轉身穿過拱月門，就能見到人。

謝詞安腳步一頓，停駐一息後，未做答應，快步踏出如意齋。

方嬤嬤見人走遠，才敢從角落處走出來，氣憤道：「這下您稱心如意了！」

「不屬於自己的東西，何不趁早放手？強留只會讓自己滿身傷痕。」說罷，陸伊冉灑脫地回屋歇息。

余亮見謝詞安未留宿，返回了霧冽堂，想想就能猜到原因，不敢多問，隨謝詞安進了書房。

「明日，把我的俸祿都交予夫人，再拿出三千兩銀票給她。」回來後，謝詞安吩咐余亮的第一件事，就是拿銀子給陸伊冉。

余亮以為自己聽錯了，目前謝詞安最缺的就是銀子，早不送、晚不送的，偏偏此時送？

近半月北境常有諜報傳來，大齊附屬小國月容國不僅斷供牛、羊，還常聯合北狄侵犯大齊邊境百姓。

大齊不到萬不得已，不會主動迎戰。

當今皇上登基以來，幾場戰事幾乎耗光國庫，好不容易休養生息兩、三年，北狄又來滋事。

如今朝堂之上持兩種意見，出戰和放任不管。

不到攻城掠地之時，又有鎮守邊關的大將把守，此時貿然出戰的確太過莽撞。

連續吵了幾日，皇上也沒給出個答案，但私下已讓謝詞安開始著手備戰。

然而，軍餉和糧草是個大問題。

去年南方大旱，糧食緊缺，至今糧市都未緩過來，糧價大漲，糧商們還有意抬價，現在要去籌二十萬石糧，何處能籌到？

這軍務理應由兵部和戶部去辦，可皇上卻以「讓謝詞安帶六皇子歷練」這個藉口，要他接下這個燙手山芋。

謝詞安就算不為自己的前程，也要為六皇子著想。這是六皇子趙元哲第一次接他父皇口諭交代的國事，若辦不好，今後就別想在六部謀職了。

再者，皇上讓謝詞安籌糧草、軍餉，主要在想制衡謝詞安，到時他籌不出來，皇上就可光明正大地撤掉他後軍右都督的職權，拿回陳州軍兵權更是順理成章。

其三，即使北境最終平息，沒有戰事，也可充盈國庫和糧庫。

朝中知情人士，也只能暗暗為他捏把冷汗。

余亮知道他主子的性子，不喜別人摻和他的事，可此時他也顧不上這些了。「侯爺，您還是想想如何向皇上交差吧？夫人她如今不缺銀子用，可您缺呀！」

「這是我的私人錢財，我給她也是應當的。」謝詞安言簡意賅的一句話，就打斷了余亮的囉嗦。

余亮正要退下，見謝詞安還忙個不停，沒有安寢的意思，不禁催促道：「侯爺，該歇了，都深夜了。」

謝詞安埋首書案，手上的狼毫不停，吩咐道：「你且退下，我在等人。」

余亮剛出書房，一道黑影便閃了進去。

此人正是從北境回來的暗衛，他雙手一拱，向謝詞安稟報道：「屬下林源，參見侯爺。」

「免禮。北境情況如何？」謝詞安從書桌後走了出來。

「北狄蠻子實在猖狂，他們經常在夜晚出沒，搶奪百姓的糧食和家畜，並到城門下挑釁示威，等守城將士們反擊時，他們又策馬逃跑。聞將軍已派人到各村落防守，也經常遭到他們偷襲，很是頭疼；更過分的是，月容國斷供給我們大齊的牛、羊與戰馬，全都到了北狄人手中，他們還口出狂言，詆毀大齊。」

謝詞安聽後，負手立於屋內，神色莫測，久不出聲。

林源也不敢僭越，默默侍立一旁。

自從接到皇上口諭的那刻開始，謝詞安便知道這場戰事終究免不了。一味的拖延只會助長他們的威風，反倒不利於大齊。

北狄人是探清了大齊的困境，知道大齊此時不會貿然大戰。他們在等寒冬之際再大舉進攻北境城，到時大齊的戰士忍受不了寒冷，還缺糧草，哪還有什麼大捷可言？

無論謝詞安如何旁敲側擊，戶部就是一口咬定，給不出更多的糧食。

五十萬兩的軍餉他不愁，已籌集到一部分，急的是二十萬石的糧草，多日過去，他籌集到的，還不到兩萬石。

就算他有心想多籌集一些，好救濟那裡的窮苦百姓，也並非易事。

目前，他並不憂心籌不到軍餉、糧草導致皇上會免他的官職、收他的兵權，他憂心的反而是若遲遲拖延不迎戰，百姓和邊境的安危。

「情況我已知曉，你不用急著回北境，明日我會給你安排別的差事，你先下去歇息。」
「是，侯爺，屬下告退。」

次日。
余亮送來銀票和帳本時，陸伊冉一時之間有些懵。
她嫁給謝詞安兩年了，沒承想，他第一次給自己送東西，竟是他的俸祿。
「拿回去吧，你告訴侯爺，我不要他的俸祿和銀票，我再缺銀子，也能養活自己。」
「夫人，您別讓小的為難，侯爺的差事小的辦不好，可是要挨罰的。」余亮一臉苦色，今日他們侯爺出府前才又特意交代了一番。
雲喜陰沈著一張臉，大聲吼道：「你沒聽夫人說不要嗎？侯爺要罰你與我們無關，趕緊拿著你的東西走！」
余亮兩頭受氣，哀嘆一聲，偷眼瞟了瞟雲喜，無奈地轉身離開。
陸伊冉一邊給循哥兒餵粥，一邊吃驚道：「妳膽子越來越大了，連余亮都敢吼，可有些不像妳的性子。下次別那樣對他，他也只是聽命行事。」
「夫人，您就是太過心善，處處替別人著想，可別人並不會感激您。就那芙蕖，昨夜聽說要搬到玲瓏軒去，眼睛都笑沒了！」雲喜最不喜的就是芙蕖這樣表裡不一的人了，之前還有些同情她，如今看清她的真面目後，忍不住要埋汰她兩句。「天不亮，人就過去了，剛剛在院門口，還使喚起了余亮幫她提東西。也不看看自己是什麼東西，遇竿就上，還是若辰老實些。」

陸伊冉心中了然，勸慰道：「她本就是侯爺的人，侯爺都願意了，有什麼可惱的？」

「奴婢就是替您不值。」雲喜手上拿著紗帽，小聲抱怨著。

循哥兒一見雲喜手上的紗帽，就知道他娘親要出府了，於是粥也不喝了，開始哭鬧起來，反手抱住陸伊冉的脖子不放手，咬字不清地嚷道：「布……布，走……」

鬧騰了好一陣，直到奶娘抱著他去坐木馬，才肯罷休。

陸伊冉帶著雲喜和阿圓，輕手輕腳出了如意齋。

出了側門，她對等候的陸叔說道：「叔，去糕點鋪子。」

馬車轉過崇仁坊，向御街駛去。

阿圓撩開紗簾向外張望，不由得想起昨日在鋪子裡聽到的消息。「夫人，幸好您把糧油鋪早早關了，聽人說，許多糧鋪到了晚上都有人搶糧呢！」

受去年南邊旱災影響，糧價市場活躍，糧商們隨意抬價，賺得是盆滿缽盈，底層百姓們哪裡還買得起糧？

陸伊冉心善，見不得人餓肚子，做了個大膽的決定，虧損賣出比平常還少二成價的糧，於是大家都跑到她家店鋪去買糧。

這麼一來，其他商戶如何受得了？幾條街坊的糧商遂聯合起來排擠她的鋪子，迫於無奈，不到半年就關了門。

「我們後院的糧去年就賣光了，想搶也沒有。」陸伊冉幽幽嘆道。

三人心中不禁一緊，想起近日不太平的尚京城，都是缺糧鬧的。

旱災鬧了一年，早不搶、晚不搶的，偏偏謝詞安要湊糧草的時候才開始搶，別人不知道這其中的內情，陸伊冉活了兩世，自然明白是為何。

有人要阻止謝詞安籌糧食。

不過他們都小瞧了謝詞安，屍山血海他走過無數次，豈會被這些小伎倆絆倒？

她記得清清楚楚，最終謝詞安不但籌到糧草和軍餉，還讓他堂兄謝詞佑連升三品。

這也是她連活兩世，知道些先機，也不敢與他硬碰硬，只能遠離他的原因。

主僕三人到糕點鋪時，店裡還沒有多少客人，最忙的時候要數午時左右。

雲喜和阿圓在前面招呼客人，陸伊冉和肆廚牛嬸熬製各種果醬，余芳嬸則帶著雀兒繼續做她的糕點。

不怪陸伊冉凡事親力親為，畢竟她如今的收益全押在這間糕點鋪子上。

糧油鋪關了，絲綢生意也沒什麼起色，好在她的絲綢是從青陽娘家作坊進的貨，不然早關門大吉了。

陸伊冉的父親雖說只是一個六品縣令，入不了這些尚京貴族的眼，可她外祖父家的絲綢生意在青陽的名聲可是響得很。

她外祖父去世後，生意在她舅舅手上敗落下來，她母親憑一己之力，把江家的絲綢生意又扛了起來。

隨著各處旱災鬧糧荒，商賈們都把心思花在糧食上，絲綢生意越來越難做。她倒不是很擔心自己的五家鋪子，而是擔心母親那麼多的商鋪和兩個大作坊。

眼看人人都要換行當改做糧商，農戶們也都棄養桑蠶，轉種糧食，她母親卻還在堅持。多少有些家族責任在，想把她外祖父的名聲繼續傳下去吧？只是這行不知道還能堅持多久。

母親江氏在青陽雖被稱為縣令悍妻，但她對自己的一雙兒女還是十分疼愛的。

陸伊冉出嫁後的一切吃穿用度幾乎全部備齊，就連糕點鋪子的兩個肆廚牛嬸及余芳嬸，都是她母親從青陽挑選來的可靠人。

午時左右，鋪子坐滿了客人，送走一撥又一撥。有的客人見鋪子無空位，便裝上一陶罐湯飲，配上糕點帶走。

幾大筐的果醬冰酪酥和幾缸消暑湯即將售罄時，已到申時。她們草草用過午膳後，陸伊冉準備去絲綢鋪子看看。

她讓阿圓留在鋪子幫忙，帶著雲喜出門。

兩人剛出糕點鋪，一個小廝就衝了過來，把陸伊冉撞得趔趔趄趄，紗帽也被撞翻在地。

「怎的如此莽撞！」雲喜扶住陸伊冉，不由得一聲喝斥。

那小廝手上抱著一大茶罐，看樣子是要去店鋪裡買消暑湯。見撞了人，小廝連忙賠禮。「兩位姑娘，實在過意不去，還請見諒！」

小廝長得白白淨淨，說話也斯斯文文，應當是大戶人家的家丁，況且他是自己店裡的客人，陸伊冉哪會計較？連連擺手作罷。「無妨，你去吧。」說話間，眼角餘光正好看到路旁的豪華馬車，和車上一雙癡癡望著自己的眼睛。

陸伊冉臉色一沈，連忙戴上雲喜從地上撿起的紗帽，幾步上了馬車。

那馬車停在糕點鋪子旁，實在太過顯眼，想忽視都難，四角宮燈上皆是一個「穆」字。

陸伊冉心中一怔，猜出車上那人應是長公主的長子穆惟源。雖只一眼，但那張過分俊美的臉龐，不會有錯。

他霽月公子第一美男的名聲，在尚京城不是白叫的。

府上二姑娘謝詞婉苦苦愛慕他多年，還讓她長兄作媒撮合兩人，但穆惟源都不為所動，即便是後來他腿殘，依然不願娶謝詞婉，最終謝詞婉只能另嫁他人。

……腿殘？前世聽她姑母說過，穆惟源出事是在老太太壽宴後幾天，在靜香園林出的事。她剛剛轉身時，好似聽到那小廝說了靜香園林，難道是今天？

陸伊冉心中天人交戰了一番，見穆家的馬車已緩緩駛出巷口，她才急急喊道：「陸叔，快追上剛剛那輛馬車！」

雲喜和陸叔都呆愣住，不明所以。

陸伊冉沒時間跟他們解釋，大聲催促道：「快，別磨蹭！」

陸叔駕車又快又穩，一刻左右就追上了穆家的馬車，並把對方逼停在官道上。

穆家的車伕正要發火，見車上走下一位戴著紗帽的娘子，對他微微頷首，態度客氣有禮，他心中便知對方應當是有事要找他們主人，隨即喚了聲。「世子，是位姑娘，應當有事尋您。」

穆惟源正為了去赴約遲了而有些不悅，此時還有人來攔車，他以為又是一些愛慕他的女子做的無聊之事，便和往常一般，坐在車廂裡沈默不語，車伕領會後自會驅趕。

誰知，車伕不但沒趕人，他反而聽到一道溫婉柔和的嗓音傳來——

「穆世子，妾身無意打擾，是有要事相告。」

穆惟源心神一怔，沒聽清說的什麼，急忙撩開車簾，便見姑娘窈窕秀美的身影出現在他眼前。雖戴著紗帽，但穆惟源一眼便知，是剛剛那位讓自己失禮的姑娘。此刻她出現在此，穆惟源有些喜出望外，臉色微紅，正欲躬身出去，卻被她阻止。

「世子不必起身，妾身說完就走。」

一句「妾身」讓穆惟源失落異常，剛剛那點猝不及防的心動，也只能以黯然收場。

「世子，此趟可是去靜香園林赴友人的詩會？」

「正是，妳……這位娘子如何得知？」

陸伊冉也不與他兜圈子，直接說道：「這不重要，世子能否聽妾身一句勸？今日的詩會還是莫要前往了，只怕世子前去會有性命之憂。」

「這……」穆惟源不知該如何作答，心中閃過質疑、驚訝，甚至覺得有些荒謬。

「世子，你母親曾幫過妾身，妾身絕無嬉弄之意。聽妾身一句勸，不要貿然涉險。妾身知道世子實難相信此事，但與性命相比，孰輕孰重，世子心中應當有答案。如果今日是你母親聽到此言，她必會阻止。世子好好思量，妾身告辭。」

陸伊冉說完後，也不等一臉懵的穆惟源表態，微微施禮，轉身快步上了自家馬車。

馬車裡的雲喜一臉訝異，她適才聽得真真切切的，她們夫人好似神婆上身！

「夫人，往日偷看您的人多得很，今日怎麼這麼記仇，還追上去把人戲弄一番？私自面見外男，被太夫人知道又要罰您了。」

「我從不戲弄人，剛剛是在救人。」陸伊冉一臉神秘，合眼靠在車壁上，輕聲說道。

雲喜不相信，還想再多說幾句，卻聽到陸伊冉淡淡說道——

「別問了，我昨晚夢見長公主的兒子有難。」

雲喜捂嘴，瞠目結舌半天，說不出一句話。

陸伊冉不是多事之人，別人的決定她左右不了，但一句善意的提醒，或許真的可以幫助對她有恩惠的人。

前世，她與婆婆陳氏去雲山寺為謝詞安故去的父親點長明燈時，不小心把燈油灑到地上。本是無心的一件小事，擦乾就好，卻被陳氏借題發揮，罰她跪在佛堂懺悔兩個時辰。

寒冬臘月，佛堂清冷，常人根本難以忍受。

寺廟住持紛紛勸阻，但陳氏卻一意孤行，聽不進去。

正巧，碰到了前來祈福的長公主，她知曉事情經過後，不顧無理取鬧的陳氏，執意拉起跪在地上的陸伊冉，並為她出頭，把陳氏好一頓訓。

陳氏被罵得灰頭土臉，回府後，多日都不願見陸伊冉。

還有，在宮中謝詞微為難她時，也是長公主多次幫她解圍的。

點滴恩惠，陸伊冉銘記於心。如果今日在明知道長公主的兒子有危險的情況下，她卻為了自己的名聲而選擇沈默，事後只怕她自己都不會原諒自己。

結果如何她不知，至少她盡力了。

第四章

謝詞安住在衙門幾天，籌糧的事還沒解決，糧商們糧食被搶的事又層出不窮，日日都有人到京兆府去擊鼓報案。

京兆尹蘇齊伍焦頭爛額，又跑來找謝詞安。「都督大人，下官實在想不出任何法子，這些刁民太多了，抓一個又來一個，怕是只有你們皇城司的人才能治這幫刁民啊！下官本想處理好這些刁民，也盡一份綿薄之力，與都督大人一起籌糧，可如今自己手上的公務都辦不好，實在慚愧。」

蘇齊伍已年過半百，在官場上摸爬滾打半輩子，圓滑得很，他這是想撂開此事，誰都不得罪。

這搶糧的人正好趕在謝詞安籌糧的當口上，深挖下去定有內情，他可不想自己惹一身腥。

「蘇大人，籌糧是經皇上允准的，你這是也要仿效兵部張大人和戶部裘大人，想把京兆府的差事交由本官去做嗎？」謝詞安坐於正廳上首，臉色陰沈，語氣冰冷。

「哎喲，下官不敢！下官絕無冒犯大人的意思！下官這是沒轍了，才想讓都督大人指點迷津呀！」蘇齊伍是人精，連忙奉承改口。他只是想先探一探謝詞安的口風，可不敢真去摸老虎的尾巴，幾年前謝詞安一劍刺穿刺客的場面可還歷歷在目呢！

「想讓本官指點迷津，蘇大人可想好了用什麼來換？」說罷，謝詞安不再搭理他，開始低頭查閱尚京名門大戶名單。

去年南方旱災，尚京城的大戶們已被戶部薅過一次，此次用普通的手法只怕撬不開他們的糧倉。

「這……」蘇齊伍這下倒是進退兩難了，本想撂開此事給皇城司的，不料鍋沒甩掉，反被謝詞安將了一軍，他心裡窩火卻又不敢作聲。

「蘇大人，如果沒想好，就請回吧。」謝詞安也不想與他兜圈子，直接下逐客令。

被謝詞安趕走不丟臉，如果他繼續查下去只怕會丟命啊！

若繼續敷衍放任不管，這夥人會把尚京城攪得烏煙瘴氣，到時他這個京兆尹不用等御史臺彈劾，皇上就會撤了他的官職。

他想自保，只能拉皇城司來墊背了。

片刻間，蘇齊伍把利害關係想得明明白白，趕緊先巴結好謝詞安。「別、別！都督大人息怒，下官不是正在想嗎？」

「不用想了，本官已替你想好。」

蘇齊伍有種上當的感覺，猶猶豫豫地道：「大……大人請說。」

「你把尚京城所有糧商的名單交給本官，本官還要他們旱災前半年的進帳數額，然後你今夜再上道摺子，向皇上稟明需要皇城司協助，可辦得到？」

先帝在時，有商會管理此事，後來當今皇上登基後，為了遏制商會的權限，便交由京兆府接管此事，因此這個名單，謝詞安只能從蘇齊伍這裡拿。

蘇大人臉色慘白，這可是在斷他的財路呀！他的油水就從這些名單上來，大家各自心照不宣。

他以為自己今日要交代在此時，誰知峰迴路轉，又聽謝詞安說道——

「蘇大人放心，本官做事向來不會趕盡殺絕，我只要他們檯面上的帳本。」

蘇齊伍聽了，好似又活了過來，嘴角微顫，哆哆嗦嗦地道：「下官多、多謝都督大人，下官一定會謹記大人的大恩大——」

「好了，蘇大人，本官忙得很，沒空聽你這些虛言，去辦吧。」謝詞安是武將出身，不喜這些無用的客套話。

「好咧，都督大人放心，下官一定會辦好此事！」臨走時，蘇齊伍突然想到一事。「大人，關掉的糧鋪可也算？」

「糧食行情如此緊俏，還有人關店鋪？」謝詞安有些不信，畢竟糧食緊缺，人人都能抬價，誰還會關店鋪？

「都督大人，您真是貴人多忘事，貴夫人的糧店不是已關許久，難道您忘了？」見謝詞安神色不明，沈默半天沒答話，蘇齊伍像是得到了鼓勵，又自顧自地說道：「哎，都督大人應當與下官一樣，平日不怎麼理會她們婦道人家的事。您可能不知道，您家夫人小小年紀心地好，在尚京城名聲好得很，被人喚作活菩薩呢！旱災時，她賣的糧價比平常少二成，比別家少了四成，得虧多少啊！她那樣做生意，關了也是對的。」麻煩解決了，蘇齊伍心頭暢快，像村頭婦人似的嘮了半天的家常。

謝詞安既沒趕人，也沒回答，只是沈默不語地走神許久，不知他想了什麼。

直到京兆府衙役在外小聲催促，蘇齊伍才告辭離去。

謝詞安這廂也收起雜亂的心思，繼續翻看名單。

不知不覺從酉時到戌時，兩個時辰過去了。

官署其他官員早已下衙回府，只有謝詞安的屋裡宮燈還亮著。

余亮提著食盒叩門進去後，見謝詞安依然埋首於書案，未停歇一刻，遂輕聲道：「侯爺，該用晚膳了。」他把膳食擺在窗牖下的案桌上，候在一旁。

連番催促，謝詞安才放下手上狼毫，用筷箸挑起卻僅用一口，又隨即放下。

余亮手上的藥膳還沒端到他跟前，就被他用手推開，又起身回了書案後。

「侯爺？」

「撤走吧，我沒胃口。」

主子不想用膳，他也沒轍，自從這膳食改由侯府大灶房烹製以來，他們侯爺的胃口就一日比一日差。

不像以往如意齋小廚房做的，他們侯爺定會用完。

但這是余亮不敢再提的事，他猶猶豫豫後只能勸道：「侯爺，要不重新換位廚子吧？這樣下去，您的身子如何吃得消？」

謝詞安神色一愣，隨後臉色突變，嫌余亮聒噪，冷聲對他道：「出去！」

余亮趕緊噤口，麻利地收拾後，準備退下。

腿還未邁出去，又聽到書案後的謝詞安淡淡問道——

「她今日還說了什麼？」

余亮愣了愣，瞬間明白謝詞安問的，是早上他們夫人回拒銀票和俸祿的事。他欲言又止，一時間不敢開口。

「說。」

「夫人說、說……她再缺銀子，也能養活自己。」撂下這句話後，也不敢去看書桌後謝詞安的神色，余亮匆匆關門，逃也似的離開。

謝詞安半天不能釋懷，心口像是堵上一塊異物，極不順暢，手上的名單也未再翻動一頁。

半餉後，他喚進余亮，說要回府。

回到內院，謝詞安不急著回霧冽堂，而是立於霧冽堂和如意齋的甬道口，怔怔出神半天，才進了自己的院子。

在院門口等候多時的芙蕖，一見來人是謝詞安，神色歡喜，帶著怯意地喚了聲。「侯爺。」

謝詞安腳步一頓，神色恍惚，與記憶中許多個他一入院門的場景重疊了。

芙蕖見他不像往日那般冷漠，便壯著膽子輕輕說道：「侯爺，奴婢在屋裡為您泡好了熱茶，不知侯爺可願去奴婢屋裡坐坐？」

余亮心中冷笑，他家侯爺定不會上鈎的。

誰知謝詞安卻說：「好。」

余亮愣住了。

這是芙蕖第一次聽到謝詞安言語柔軟、神色溫和，心裡頓時像是吃了蜜一樣甜，腳步彷彿踩在棉花上，輕盈柔軟得要飄起來。她在前面帶路，小碎步能邁出花來。

謝詞安幾步踏進玲瓏軒，裡面的景物擺設和如意齋大不相同，再一看前面帶路人的背影和姿勢，他神色突變，恢復之前的清冷，倏地停了下來。他怪自己一時走神鬆懈了，而後冷聲開口道：「誰准許妳住進來的？」

芙蕖腳步一個踉蹌，還未反應過來，又聽謝詞安繼續說道——

「余亮，即刻讓她搬出去！」

「侯爺，是夫人讓奴婢搬進來的……」芙蕖心神飄揚了一陣後，總算被謝詞安的疾言厲色給拽回現實，小聲哭泣道。

侯府哥兒們的主院基本上都會有個小偏院，到了懂人事後，家中長輩會安排通房或近身伺候的丫鬟住到偏院裡。

謝詞安從小就住霧冽堂，十五歲時，陳氏有意給他指兩個丫鬟，被他一口回絕了。

他從小心氣就高，十分勤勉，早早就給自己定下了登科入仕的目標，哪有心思去想這些？為此，這個偏院就空置了下來。

他十六歲考中進士，雖不及他堂兄謝詞佑的探花郎風光，卻是以二甲第六名的成績及第甲榜，也算風頭無兩了。

倘若不是他父親戰死沙場，他選擇棄文從武、建功立業這條路，只怕以他的決心和作為，在六部的官職不會比謝詞佑低。

後來，陸伊冉見這院子無人居住，連名字都沒有，她便擅作主張取名為玲瓏軒。

謝詞安沒有異議，陸伊冉第二日就把門匾都給掛上了。

那晚，謝詞安以為只是陸伊冉的一句氣話，根本沒放在心上，誰知她竟一意孤行，真讓旁人住進來。一時間，陸伊冉要脫離自己掌心的感覺越來越強。

他挫敗地捏了捏自己的鼻梁，疲憊地說道：「讓她即刻搬走，從今以後沒有本侯的允許，任何人都不准住進玲瓏軒。聽清楚了嗎？余亮！」最後兩個字是咬牙說出的。

余亮膽戰心驚地回答道：「聽清了！侯爺，屬下不會再犯了！」

如意齋內。

陸伊冉回到府上已是傍晚，循哥兒八爪魚似的抱住她不停喊娘。

就算疲憊不堪，她依然滿足。

晚膳後，陸伊冉鼓勵循哥兒在院中平整的青石板上走路，他走得搖搖晃晃，兩眼笑成月牙，張著兩手向她撲過來。

「娘的循兒真乖！」

兩個親吻鼓勵後，循哥兒張著小嘴，笑得前俯後仰。

母子倆笑鬧一番，也惹得其他幾人開懷大笑，直到兩個身影怪異突兀地出現在她們眼前。

仔細一看，是余亮揪著雞仔似的芙蕖，連拖帶拽地把人揪回了如意齋。

他把人往地上一扔，什麼話都沒留，唯留了個瀟灑的背影。

方嬤嬤幾人心中對芙蕖敵意滿滿，誰都不願搭理她。

芙蕖躺在地上不願起身，抽抽噎噎地哭個不停，只有若辰還願意去扶她起身。

陸伊冉抱著循哥兒漫步過去，柔聲勸道：「別哭了，這事也怪我，過兩日我再去問問他。他不讓妳住玲瓏軒，妳就安心住在如意齋吧。」

事到如今，她一個小小奴婢又能如何？幸好還有陸伊冉願意要她，也算萬幸。

若辰扶著芙蕖走去她原來住的廂房。

看到兩人相攜入內，陸伊冉才收回視線，又對院中的方嬤嬤她們幾人開導起來。「妳們也不要再埋怨她，以後在如意齋，她願意做事就做，不願意我們也不勉強。她畢竟是皇后娘娘的人，做得不可太過。」

方嬤嬤哀嘆一聲，說道：「您啥都替別人想，我們還能如何？夫人還是想想明日怎麼應付大太夫人她們吧！」

今日晌午，袁氏就來過如意齋了，說是應皇后娘娘的要求，府上每位主子必須交糧二千石協助謝詞安一起籌糧。

明日早上，在雲展敞廳過秤。

前世陸伊冉差點把自己嫁妝上的糧食全交了，也未換來謝詞安一句暖心的話。

這一世，她一顆糧食都不會交。

次日，雲展敞廳中。

袁氏和周氏在一旁記帳，鄭氏則帶著僕人們在一邊秤糧。

一房挨著一房，就連老太太也到場了，糧食堆滿了整個大廳。

也因此，陸伊冉空手帶著兩個丫鬟到場，就顯得太過惹眼了。

她一進敞廳，每個人都停下手中的事，抬頭看向她，就連老太太也有些驚訝。

「弟妹，我昨日去如意齋可說得清清楚楚的，為何到了你們二房就成兩手空空了？」袁氏撂下帳本，臉色也垮了下來。本來交糧這件事大房心中就有怨言，覺得謝詞安一個人攪得整個侯府都不得安寧，到時籌到糧，賞賜也是他們二房的，與他們大房無關。

三房鄭氏心中就算有怨，也不會吭聲，畢竟上次要不是謝詞安幫他們出頭，只怕他們一家早被平陽侯給收拾沒了。

陳氏見袁氏給自己甩臉子，頓時氣不打一處來，問道：「陸氏，妳的糧呢？」

「回二太夫人的話，我沒糧可交。」陸伊冉鎮定地回道。

「豈有此理！難不成妳的瘋病還沒好？趕快叫人去把妳庫裡的糧食搬出來，免得丟我們二房的臉！」

「就算二房要丟臉，也不是妾身丟的，妾身的臉沒那麼大。」

陳氏氣得捂住心口。

謝詞儀當即跳起來喝斥道：「看妳幹的好事，把我母親氣病了，我長姊和長兄定饒不了妳！」

「她還真有臉來！」周氏怨氣極重，小聲罵道。

敞廳裡，三房的幾位主子齊齊指責陸伊冉，就連奴僕們也竊竊私語起來，一時間七嘴八舌、毫無章法，整個敞廳倒像是巷子口婦人們嚼舌根的齊聚地。

老太太氣得用枴杖重重拄地，大聲怒道：「都給老身住嘴！嗡嗡的，吵得老身頭都疼！

看看妳們的樣子，哪像有頭有臉的侯府主子？老身看妳們倒像是閒來無事愛編排人的長舌婦人！」

被老太太一頓罵後，眾人都不敢再出聲。

老太太又接著對陸伊冉說道：「安兒媳婦，今日可是妳的不是了。作為府上的一分子，況且夫妻一體，妳就這樣給眾人做榜樣，她們當然不服。」

「祖母，孫媳未吃過謝家的黍米，為何要為謝家交糧？」

此言一出，震驚了全廳的人。

而袁氏和周氏婆媳倆，臉色卻是瞬間灰白一片。

「安兒媳婦，不可妄言！這話傳出去，可是要讓人戳謝家的脊梁骨！」老太太見陸伊冉有點不上道，還越說越離譜，急忙阻止她。

「祖母，孫媳有沒有妄言，您可以問一下大伯母和灶房的僕人們。我嫁進謝府快兩年，每日送來如意齋的，不是殘羹剩湯，就是清湯寡水，就連孫媳生循哥兒時，送的都是寡水湯。孫媳嫁到謝府不是來討飯的，我如意齋一院子的人，三餐都是出自父母贈與我的米糧。我沒糧交，也算合情合理吧？」這些年她默默忍受著欺辱和不公，無人為她說一句公道話，今日一吐為快，道出滿肚子的心酸委屈，原以為自己能無動於衷，誰知卻是淚流滿面。

這一瞬間，大廳內鴉雀無聲，無人說一句話。

陳氏也知內情，但從來都是睜隻眼、閉隻眼，此時她臉色難堪，自知理虧，有些訕訕然，只能生硬地拿出她婆母的氣勢說道：「這是什麼場合，說這些無用的做啥？妳自己不想交糧，還怪在我們身上，盡找些沒用的藉口！也不想想自己的身分，還有臉在這裡鬧！」

「妾身有沒有找藉口，太夫人心知肚明。」

「妳！」

沈默半天，老太太終於開口阻止。她知道三個兒媳都嫌棄陸伊冉身分卑微，不待見她，卻沒想到會這般過分。

自從老太爺走後，她也無心再管侯府的勾心鬥角，通常是能避就避，避不開就撂給晚輩們，她只想沒有負擔地安享晚年，更不願為了誰去得罪誰。唯一能讓她上點心的也只有謝詞安的仕途，和自己那個婚姻不順的女兒了。

陸伊冉嫁進謝府時，她也是打從心底不願的，以為她和宮中傳言的安貴妃一樣，沒什麼本事，就憑一張臉事人。

這樣的女人娶進家門，既不能鎮宅，更會消耗男人在外拚搏的熱情和決心，長此以往將鬧得家宅不寧，大家都沒好日子過。

但日久見人心，近兩年來，老太太看得清清楚楚，陸氏孫媳全心全意地對自己的孫兒，是個能好好過日子的人，她不僅心思良善還識大體，為了家宅安寧忍氣吞聲，從不搬弄是非，對下人也是和顏悅色。

因此，老太太內心深處早就接受了這個孫媳。

到了此刻，她再不表態，只怕這場鬧劇難以善了。

「安兒媳婦這個糧不必交。」

「母親！」三房兒媳皆異口同聲地反對。

「祖母，我──」周氏反對的話還未說完，就被她婆婆袁氏推了推。

袁氏努嘴指向已進大廳的謝詞安。

眾人都有些驚訝，一般在上午的後院，很少會見到謝詞安。

大廳裡再次陷入沈默。

尤其是袁氏，見到謝詞安冷著一張臉時，她心中有點發憷。

謝詞安漫步到陸伊冉身旁，垂眸靜靜看向身邊的妻子，臉上神色難辨。

陸伊冉感覺到謝詞安的氣息靠近後，她微微側身，看也未看他一眼，與他拉開距離。

陸伊冉受了委屈，不但沒有找自己相幫，反而對自己愛理不理的，儼然是把他當成了跟她們一夥的人。

謝詞安心中一空，澀意漫過心口，執著地看向陸伊冉，就等她像往常一樣回應自己。

「安兒，既然你在府裡，那此事就由你來處理吧！」老太太向來如此，該甩手時絕不拖泥帶水，當即起身，由僕人扶著出了廳堂。

陳氏見老太太走了，氣焰又恢復如初。「兒呀，這陸氏是越來越不像話了，竟然當著眾人的面拆你的臺，我看她最近是太閒了，膽子倒是越來越──」

「夠了母親！」聲色俱厲的一聲，響徹整個大廳。

陳氏嚇得半天都沒吭聲，袁氏和其他人也是一臉懼意。

她們從未見過謝詞安發這麼大的火。

謝詞安臉色陰沈，對眾人吩咐道：「廳裡只留主子，其餘人等退下！」

話音剛落，廳裡的僕人眨眼間作鳥獸散，就剩下三房主子。

「大伯母，我想再問一次，陸氏她說的可是真的？」謝詞安的目光越過幾人，直直看向袁氏。

「她……她這是誣陷！不信問問你母親和你三嬸！」袁氏自是不會承認。府上三房，誰沒欺壓過陸伊冉？她料定謝詞安只是虛張聲勢，不會真為陸伊冉出頭的。

「余亮，把人帶上來！」謝詞安大聲對外喊道。

袁氏和陳氏一看，被捆進來的幾人全是灶房的廚娘，兩人心中一咯噔。

陸伊冉在余亮帶人進大廳時，就離開了大廳，她不想再看這些人的嘴臉，也包括謝詞安。

灶房的幾人不明所以，跪在謝詞安面前，個個心驚肉跳。

「本侯問妳們，如意齋的膳食為何不送？最好老實交代，本侯的耐性向來不好。」

幾個廚娘不禁嚇，立即一五一十地全盤托出，甚至將為陸伊冉坐月子時熬的千年人參湯，實際卻進了大房袁氏和周氏肚裡的事，也全都抖了出來。

聽到最後，謝詞安的臉色已變得鐵青。「拉出去，全部杖斃！」

「侯爺，饒命呀！」

「侯爺，是大太夫人叫我們這樣做的啊！」

此起彼伏的哭喊聲，一聲蓋過一聲。

余亮帶著侯府侍衛，把幾人拖出了大廳，片刻間，大廳內又恢復了剛剛的寧靜。

三房主子全嚇得瑟瑟發抖。

陳氏不相信自己兒子真會為陸伊冉出氣，哆哆嗦嗦地開口道：「安兒，你、你是不是瘋了？為了那個女人這樣對待我們？」

「那千年人參是皇上賞賜給她的，十分稀有。我讓余亮拿去灶房燉的，妳們竟然……」到最後，謝詞安有些難以啟齒，說不下去。

大房婆媳倆和陳氏三人聽後，瞬間毛骨悚然。如果這事被宮裡那位知道了……她們根本不敢往下想！

鄭氏黑著臉，不知是在為侯府擔心，還是在為沒喝到那人參湯而懊惱。

「我就知道我兒孝順，不會真維護她，是為了侯府的安危著想。」陳氏穩定心神後，走到謝詞安身邊拍了拍他的手臂，臉上露出欣慰的神情。

「侯府安危的確要緊，可我也不會再任由妳們這般對她。既然大伯母做不到該有的公允，那這管家權我此刻就要收回。」

「安兒，你這是要做什麼？一點小事而已，就要收回你大伯母的管家權？」陳氏就怕這管家權落到自己身上，她害怕麻煩，不願管中饋。

「母親放心，我會讓陸氏來管，不用您插手。」說罷，他頭也不回地逕自出了大廳，關於交糧的事一字不提。

而後，謝詞安穿過迂迴曲折的遊廊，到了霧冽堂卻並未回自己院子，而是踏步跨入後院的甬道，去了如意齋。

陸伊冉從敞廳回來後，收拾一番就準備出府。

今日她不去鋪子，而是要去城外給她表姊祝壽，打算把循哥兒也帶上，讓他出去透透氣。

循哥兒穿了一身紅色錦袍，更加玉雪可愛，惹人喜歡。知道娘親要帶自己出門，他歡喜地咧嘴一笑，自告奮勇下地，硬是顫巍巍地走了半個院子。

稱讚聲霎時響起一片，個個搶著抱他。

這和敞廳裡冷肅揪心的氣氛，形成了鮮明的對比。謝詞安駐足在院門，腳步反倒遲疑起來。

一想到剛剛陸伊冉在大廳中漠然的神色，心中又泛起煩悶，他大步邁進院中。

歡笑聲戛然而止。

院中方嬤嬤幾人見狀，屈膝見禮。

芙蕖一臉委屈地藏在若辰身後，連頭都不敢再抬。

循哥兒看到他後，從奶娘懷中掙脫下來，搖搖晃晃地撲向他。

謝詞安心中一陣柔軟，嘴角微揚，一把接住自己的兒子。

「爹爹！」今日循哥兒心情好，聲音大而清楚。

「你娘親呢？」

循哥兒還不會說，用手指了指東次間。

謝詞安便抱著循哥兒，大步走進廂房。

珠簾的碰撞聲，把屋內正在換衣衫的陸伊冉驚得猛地一抬頭，她身上只穿了件裹胸和底褲，見謝詞安就這樣貿然闖進來，驚得她連忙躲進內室，滿臉通紅。

雲喜急忙拿著玫紅色軟煙羅薄褙和長裙，也跟了進去。

那一身白得晃眼的身形玲瓏有致，尤其是胸前豐盈更甚以前，謝詞安突見春光，臉龐不禁發熱，耳背微紅，喉結滾動，愣在原地不動。直到循哥兒在他懷中掙扎起來，他才醒神過來，把循哥兒放到榻上後，自己隨意坐在榻邊。

穿好衣裙後，陸伊冉神色有些不自然，撩簾走了出來。

看陸伊冉這番穿著，猜測她定是要出府，謝詞安更加堅定心中想法。

「侯爺來，是有何事？」

「我沒事就不能來？」謝詞安心頭煩悶，隨口回了句。

陸伊冉臉上一陣詫色，她竟從謝詞安的語氣裡聽到一絲怨氣。隨即再想，自己想多了，管他來幹什麼，今日她可沒什麼罪讓他問責。

她自顧自地坐到梳妝檯前，讓雲喜為她梳髮。

「妳先出去。」謝詞安對梳妝檯前的兩人說道。

雲喜放下梳篦，自覺地退下。

屋內剩下三人後，謝詞安又沈默下來，他眼神一軟，看向已轉過身來的陸伊冉。

「之前……以後有事一定要告訴我，如果我不在府上，可到衙門找余亮。」想起陸伊冉在府上受過的欺壓，謝詞安除了自責外，如今更多的是一種連自己都掌控不了的慌張。糧鋪降價、關門的事她不說，在府上被眾人欺辱她不說，執意讓別人搬進她親手取名的院子她也無所謂，次次留宿都被她趕走，甚至連他數日不回府她也不過問。

「不用了，妾身的事自己能解決。」陸伊冉語氣篤定，神色平靜，沒有一點起伏。

謝詞安目光灼灼，想在她臉上找出一絲破綻，卻沒有看見。他心中空落落的，不死心地問道：「為何不用？」

「侯爺忙。」

簡短有力的一句話，讓謝詞安心中荒涼，不知如何作答。

「侯爺，你過來究竟有何事？」

道。

「穿得這般隆重，是要去何處？」這些小事以往謝詞安從不在意，此時他卻固執地想知

「去城外給表姊祝壽。侯爺不允？」

謝詞安低咳一聲，轉身撿起循哥兒扔在地上的娃娃，不自然地說道：「那讓童飛送妳去。」見陸伊冉不答，又解釋道：「最近尚京不太平，帶上他可護著妳。」

「陸叔也能護著我。」

「他年紀大了，身手自不如童飛。」最後他失了耐心，語氣強硬起來。「否則妳近日就少出門！」

「侯爺的糧尚未籌齊，來如意齋，不會是來和妾身聊閒話的吧？」

猶豫片刻，謝詞安開口說道：「我收回了大伯母的管家權，以後就由妳來管中饋。」

陸伊冉以為自己聽錯了，與他成婚快兩年才把俸祿交給她的人，如今竟要把整個侯府的管家權交給她？

謝詞安見她半天不答話，又主動解釋道：「往日我一心放在公事上，不曾留意後宅之事，沒承想大伯母把侯府管成如此模樣，連妳的用度和膳食都要剋扣，以後管家權在妳手上，就無人敢這般對妳了。我知道妳受了委屈，但她們是長輩，我也只能如此。」

「侯爺就不怕我公報私仇？妾身管不了，侯爺還是找別人吧！」反應過來的陸伊冉想也沒想就急著拒絕。

「妳以後是侯府的當家主母，管家權本就應由妳來接。妳的品行我放心，這事我已經定下，不准再推辭。不然，妳那幾家鋪子，我讓人去幫妳看顧著，這樣妳就有時間留在府裡了。」

這般直接的威脅，讓陸伊冉不敢與他硬著來，不然她的計劃只怕要落空。她只能先示弱，委屈兮兮地道：「妾身的身子還沒養好呢……」

「妳放心，我會讓三姑母幫妳的。」謝詞安心中一軟，把她的小心思看得明明白白，卻也不拆穿。

陸伊冉心知胳膊擰不過大腿，目前只能聽之任之，走一步、看一步了。

去外城一路暢通無阻，並沒遇到謝詞安口中的不太平事件。

前世陳氏很排斥陸伊冉的娘家親戚，表姊夫妻倆上門來尋她，都會被看門小廝轟走，陸伊冉出府找她表姊夫看病也是偷偷摸摸的，幾次三番後，便與表姊一家生了嫌隙，慢慢的也就不再走動了。

她在尚京本來親戚就少，這一世她不會讓此事發生，定會好好維繫，多多往來。

趕到她表姊家時，正好到午時。

表姊江錦萍今日過雙十年華的生辰，來了不少賓客好友，皆是她來尚京後認識的手帕交，和她夫君郭緒認識的病人。

他們大多是靠手藝營生的匠人和小販們，見到陸伊冉的排場，都有些畏首畏尾。好在表姊是個活潑性子，話多人豪爽，不一會兒氣氛又活絡起來。

陸伊冉拿出她店鋪裡賣相好的幾款糕點來招待眾人。

大家見陸伊冉態度隨和，沒有一點大戶人家的架子，才敢用她的糕點。

他們對陸伊冉的手藝讚不絕口，沒一會兒江錦萍的那些手帕交，就能暢所欲言地向陸伊冉請教起糕點的做法了。

午膳後，客人們陸陸續續離去，陸伊冉才得空和自己表姊說上體己話。

江錦萍嫁給郭緒這個窮大夫前，江家人是全員反對的，但架不住她一哭二鬧三上吊，最終還是妥協讓她下嫁。

兩人婚後就來了尚京，江錦萍用她的全部嫁妝幫郭緒開了這個醫館。

郭緒憑自己的醫術，幾年下來在這地帶也算小有名氣，兩人目前有兩兒一女，夫妻和睦，也算圓滿。

循哥兒有奶娘陪著，搖搖晃晃地跟在三個孩子後頭，開心地笑個不停，無奈腿短走路不穩，偏偏江錦萍的兩個兒子也隨了她的虎性子，見循哥兒走路不穩，耐心一過，就不再理他，循哥兒跟著跑了一會兒後也只能乾著急。

只有最小的女兒鈴鐺，性子像郭緒，文文靜靜的，願意等著循哥兒，還給他用草摺鳥兒、蟲子。

見幾個孩子在屋外蹦蹦跳跳，姊妹倆感覺又回到她們小時候，自然而然地想起了老家。

「冉冉，我娘昨日來信，說我爹的身子一日不如一日。我想帶郭緒回去給他瞧瞧，可我怕他……」江錦萍自從嫁給郭緒後，她父親就和她斷了來往，這些年只有她母親和她通信。

「那還等什麼？選個日子就回去吧。舅舅應是老毛病，萍姊姊妳別擔心。」

陸伊冉的舅舅江致庭，因頭疾時常發作，對家中生意都難顧及，是陸伊冉的母親江致清幫忙打理的。

「那妳何時回青陽，我們一起可好？」

陸伊冉心頭一沈，自己已有半年未回娘家了，她作夢都想回到父母身邊，再也不來尚京；可在沒找到替母親的生意分憂的法子前，她還不能回去。

母親的店鋪連關數間，她得想法子幫母親度過這個困境。起碼自己手上糕點鋪子的盈利如今還是可觀的，能積攢一些是一些。

且自己一走就是月餘，先不說謝詞安是否同意，要她管中饋的事都還未處理好，她哪裡能撂手回青陽？

思忖一番後，陸伊冉回道：「萍姊姊，妳先回去，告訴我爹娘，等我賣完這一季消暑湯，到時就回去。」

江錦萍隨口問道：「那要到何時？」

究竟要到何時，陸伊冉自己也不知道。

姊妹倆本想晚上好好說說話，可還未到酉時，童飛就開始催促了，說是侯爺的命令。

陸伊冉心中窩著一肚子火，也只能忍著。

童飛把他們送回侯府門口，就急忙要離開。

陸伊冉趕忙叫住他。「童飛，你們侯爺今晚何時回府？」

「回夫人，這幾日是侯爺籌糧的關鍵時候，只怕今晚回不了府，夫人還是別等了。」說罷，掉轉馬頭，眨眼的工夫就不見人影了。

待陸伊冉反應過來後，臉色倏地一紅，對著童飛離開的方向嚷道：「誰要等他！」

接連十多日，謝詞安都未回府，住在衙門裡。

奉天殿內。

孝正帝坐於御案後，一臉陰沈。

薛公公侍立一側，也是斂聲屏氣，不敢出聲，偷眼一看銅漏，都亥時過半了。

「薛祿，再派人去看看京兆府鬧成什麼樣了？」

「是。」薛祿躬著身子退到外面，對殿外近侍吩咐一通後，又回了殿內。

孝正帝沒想到，不到半個月的時間，謝詞安就設法籌到糧了。

謝詞安劍走偏鋒，掐住糧食的源頭，在西門碼頭搶到糧食。

與其說是搶，不如說是合理繳糧。以治理尚京治安為由，把糧食全弄到他這個皇城使手上。無人再搶糧食，城內也恢復之前的平靜。

但商戶們氣不過，到京兆府狀告皇城使謝詞安。

京兆尹蘇齊伍卻駁回他們的狀子，並怒斥他們阻礙皇城司執法。

接連十日，天天都有皇城司的人在西門漕運碼頭，一家一家地卸糧。

糧商們怨聲載道，連連喊冤卻無可奈何。他們先前擅自抬高價格，本就擾亂糧市，不利百姓，官府沒人管，糧商們就更加猖狂了，百姓們叫苦連連卻無處訴說。

如今糧價恢復到從前的價格，百姓們不再餓一頓、飽一頓，人人都稱讚皇上做了件利民利國的善事。

今日，有人動員全城糧商去京兆府狀告皇城司，數百人被攔在衙門外，鬧得人心惶惶。

一刻鐘後，剛剛那位領命辦差的近侍，躬身入了奉天殿覆命。

孝正帝一臉怒色，問道：「說吧，如今府衙是什麼情況？」

「回皇上，謝都督已把這場鬧劇給平息了。」

孝正帝聽聞後，臉上怒色更甚，拿起手上的茶盞狠狠往地上一摔，聲音響徹整個大殿。

近侍們嚇得不寒而慄。

片刻後，孝正帝才又問道：「他是如何平息的？」

「回皇上，謝都督吩咐衙役，一次只放一人進衙門，每進去一個，就按他手上的名單，算出他們抬價後賺的銀子，如果想要他手上的糧，就讓他們拿這其間賺的銀子去換。」那近侍哆哆嗦嗦地跪在殿中，說了個大概。

孝正帝不死心，繼續問道：「最後呢？」

「回皇上，進去十人後，就無人敢再進去了，最後各自散場離開。」

聽完後，孝正帝半天都不作聲，一臉凝重。

薛祿揮手把人趕了出去，如果可以，他自己也想消失。

孝正帝一場計謀又落了空。

東宮太子讓人搶糧，孝正帝是默許此事的。本以為可以讓謝詞安雪上加霜，逼他主動交出陳州軍的軍權，沒想到他反而將計就計，一箭三雕，讓他們父子倆偷雞不著蝕把米，反著了他的道。

那晚後，再也沒有糧商來皇城司取糧，城裡的糧食也無人敢隨意抬價。

此次一共籌糧三十五萬石，北境戰事的糧草算是備足了，還能抽出一部分解決北境農戶們的缺糧危機。

衙門內，謝詞安坐於上首，聽童飛匯報完籌糧情況，隨即又想到接下來的軍餉。

「侯爺，軍餉還差半數，接下來到哪裡去籌？」

童飛看過帳本後，一臉愁意。他跟隨謝詞安多年，主僕倆還是有些默契的，想的是同一個問題。

謝詞安一臉平靜，不慌不忙地說道：「軍餉不急，我自有辦法。」

「侯爺，萬不可再動用您的私產了，這大齊的名門大戶可不只護國侯一家呀！」謝詞安的那些私產，都是他用軍功和命換來的，童飛實在不忍他這般大公無私，全搭進去。

軍餉已籌集二十萬兩，其中一半都是謝詞安變賣自己私庫得來的，另外十萬則是皇后娘娘和謝家的親戚朋友一起捐贈的。

謝詞安把帳本翻閱一遍後，說道：「現在還不到與他們大動干戈的時候，軍餉不急。」在尚京的這些大戶和謝家有著千絲萬縷的關係，雖大多都是名利場上的往來，卻不能不顧。

「糧食先不移交戶部，暫留在皇城司。」

「是，屬下記住了。」童飛點頭應下後，回了帳房。

突然，外面響起一陣說話聲，謝詞安不悅地輕蹙眉頭。

他處理公務時，向來不喜人打擾，正想叫余亮把人趕走時，卻見他推門而入。

「何事這般吵鬧？」連日的忙碌，讓謝詞安的嗓音有些沙啞和疲憊。

余亮回稟道：「侯爺，長公主來了。」

「是為何事？」謝詞安有些意外，謝府與長公主平時甚少來往。

「說是自願來捐糧和銀錢。」

長公主是當今皇上的同胞長姊，她夫君淮陰侯穆耀珣是尚京城有名的皇商，主要做藥材生意。大齊一半的藥材都出自他家，家產豐厚，富可敵國。

謝詞安不知她此次這般慷慨的用意，躊躇一息後對余亮吩咐道：「請她進來。」

余亮把人帶到正廳時，謝詞安已起身相迎。

長公主身分尊貴，平常對人都冷冷淡淡的，今日見到謝詞安卻是笑容滿面、熱情隨和。

謝詞安一時間有些丈二金剛摸不著頭腦，與長公主客氣一番後，把她請到大廳主位落坐，自己則坐於她下首右側。

余亮看茶後，謝詞安直言問道：「聽說長公主要捐糧和銀錢，謝某不才，不明白您為何要把銀糧捐到謝某手上，而不是直接交到國庫？」

不怪謝詞安要多問一句，上次南邊旱災，戶部去徵糧，長公主一顆糧都不願拿出來。此次這般大方，任誰都會忍不住多想。

更何況，她與當今皇上是嫡親關係，怎會幫自己解圍？

「謝都督，不必憂心本宮的用意，定不會害你的。本宮已讓人把糧運到你衙門來，黍米兩萬石，你此時就可以派人去秤收。」說罷，她身後的僕婦又從一個紫檀描金小盒中拿出一大疊銀票，交予長公主。「這裡是十五萬兩銀票，稍後你可讓人再清點一遍。你最近在籌糧銀之事本宮聽說了，本宮本當支持你這利國利民的差事。」

謝詞安見她態度誠懇，不像有別的動機，遂爽快接受。

「長公主為了大齊這般深明大義，謝某感激不盡，必會登記在冊，交予國庫。日後長公主有何吩咐，謝某自當盡力而為。」

「謝都督不必客氣，本宮倒不是那深明大義的英雄，拋開這皇室公主的身分，本宮也只是一個平常的母親，所求不過是望自己的孩兒平安順遂罷了，為此本宮更應該謝你。」

剛剛疑慮才消，她這般一說，謝詞安又開始不安起來。她孩兒的順遂和他有何關係？自己與她兒子並不相熟，宮中宴會也只是隔得老遠見過，只聽說她兒子霽月公子外貌出眾，尚京城喜歡他的姑娘能從皇宮排到朱雀大街。

「只怕長公主要謝的人不是謝某，所以這些銀糧，還請長公主三思。」

長公主撫了撫自己的袖口，漫不經心地道：「確切地說，本宮要謝的人的確不是你，而是你的夫人陸氏。」

長公主離開後，謝詞安腦中止不住地胡亂猜測起陸伊冉與穆惟源的關係。

雖長公主只說了一句「她的善意提醒，救了本宮的兒子一條命」，然對於謝詞安來說，這善意提醒的背後，埋藏了太多他不知道的情況。

最亂他心神的就是，陸伊冉近來一切的反常，是不是與穆惟源有關？

接下來好長一段時間，余亮進去送膳，被謝詞安趕了出來，進去點燈也被他轟走，他就坐在黑漆漆的廳中，一動也不動。

掙扎良久，依然過不了心中的那道坎，謝詞安喚來暗衛，核實當日的情況。

聽到兩人並未做出踰矩之事，謝詞安心下稍安，這才吩咐余亮回侯府。

第五章

回到府上，謝詞安逕自進了如意齋。

今日他回來得算早，晚膳才端上桌，陸伊冉還未動筷。

她隨口問了句。「侯爺用過晚膳了嗎？」

謝詞安冷冰冰地回道：「不曾。」

方嬤嬤自不敢怠慢，恭敬地回道：「奴婢這就去給侯爺添碗盞。」

兩人沈默用膳。

奶娘在一旁餵循哥兒吃米粥，一碗粥見了底。

陸伊冉抱過來親了親，忍不住誇讚他。

循哥兒捂嘴羞澀一笑，又轉身看向自己的爹爹等表揚，但自己這個爹爹有些木訥，只伸手摸了摸他的腦門。

膳畢，方嬤嬤帶著雲喜收拾一番後，抱起循哥兒，幾人麻利地退到屋外。

謝詞安淺飲一口清茶後，淡淡問道：「妳何時認識淮陰侯世子的？」

陸伊冉神色一愣，回道：「妾身不認識。」

謝詞安冷哼道：「不認識，妳為何要救他？」見陸伊冉半天不回答，謝詞安心中怒火條地躍起，繼續說道：「長公主今日特地到衙門來致謝，說妳的善意提醒救了她兒子一命，還特意發了請帖，要妳去參加她家惟陽郡主的及笄禮，難道這些會有假？現在，我就想問妳，如何知道穆惟源那天有難的？」

問題問得太突然，來不及細想，她怔怔地出聲。「回侯爺，妾身只是作了個夢，夢見穆世子有難，就如實告知，妾身與他並不認識。」

屬實荒誕，但謝詞安卻找不出反駁之詞。審視一番後，也未見陸伊冉臉上有半點慌亂。

「侯爺，妾身又做錯了什麼？」

「無事。」有些氣悶，但他不是無理取鬧之人，只好作罷，繼續說道：「我拒了長公主的邀請，日後，妳好好和三姑母一起打理中饋之事，妳的鋪子，我讓人幫妳打理。」

不讓她出府，之前的一切豈不是白費？可謝詞安一向說一不二，現在與他爭執，對她沒一點好處。

陸伊冉柔柔地回了句。「妾身知道了。」

沈默半天後，謝詞安抬眸，卻見她滿眼淚水，一副敢怒不敢言的委屈樣，心中一嘆，又忍不住說道：「我只是讓妳少出府，沒讓妳不出府；況且，妳還得照看循兒，身子如何吃得消？」

「眼看妾身的糕點鋪子剛有點起色，侯爺就不讓妾身打理，之前的努力全都白費了，妾身心中有點難受……」陸伊冉輕輕抹掉臉上的淚水，可卻越抹越多，眼眶微紅。

謝詞安忍著想為她擦淚的衝動，臉色也柔和不少，低沈說道：「費心思打理鋪子，不就是想多賺銀子嗎，那為何上次給妳的俸祿和銀票妳要退回來？」

「侯爺要籌軍餉，你的銀票和俸祿妾身不敢收。」

「為何不敢收？那是妳應得的，必須收下，不許退回來。」他一想到上次余亮帶回來的話，就有些心情不暢。「以後我的膳食，還是由妳的如意齋做。」謝詞安本想說讓陸伊冉親手做，隨即一想，她不得空，犯不著為了一頓飯累著她，方嬤嬤做也行。

陸伊冉想拒絕也拒絕不了，只能輕輕應了聲，又說道：「侯爺，那妾身的鋪子也不能不管……」

「兩日出府一趟。」

兩日總比不出府強，只能先這樣了，這已是謝詞安最大的讓步。

兩人說話間，余亮擅自作主把謝詞安的隨身箱籠拿了過來。

「夫人，這是侯爺的衣物和書冊。」他交給陸伊冉後，立即轉身離開。

陸伊冉一臉懵。

謝詞安臉色一紅，瞥了眼陸伊冉後，自顧自地進了內室。

方嬤嬤很有眼力，早已備好熱水。

陸伊冉聽到內室的沐浴聲，心中一緊，知道今晚逃不了要與他同房。

如果再拒絕，她不敢保證謝詞安的耐心會不會用光，若又不准她出府，就不划算了。

行。

與賺銀子比起來，其他一切都能忍。肌膚之親不費腦子，出力的也不是她，閉著眼就行。

兩人有近半年未同過房了，此次謝詞安說不上溫柔，又急又狠。

她緊緊圈住謝詞安的脖頸，忍著不適和脹痛，待緊張感一過，才感到一絲愉悅充盈著她的大腦和全身。

謝詞安健碩的胸膛上全是汗水，使得胸口的那顆紅痔越發紅豔，在陸伊冉眼前來回晃動。

陸伊冉粉嫩白皙的臉龐豔若桃紅，眼睛如一汪春水，讓他越發沈淪其中。

他像那鑿山的莽夫，強風激雨地摧殘著她，一直折騰到半宿……

次日一早，謝詞安就離開了，走時特意交代，日後膳食送到衙門門房即可，還不忘賞賜方嬤嬤和其他幾人。

陸伊冉睡到辰時才起身，方嬤嬤進來伺候時，一臉的歡快，把謝詞安交代的事一字不差地告訴她。

她表情平淡，拖著痠痛的身子下了床榻。

不由得想起，自己和謝詞安兩人前世今生的同房境況。

事前是她主動，上了床榻後，就是謝詞安主動。他蠻狠強勢，不給她留一絲餘地，自己則是溫順乖巧，被迫接受。

今日她身子不適，沒去鋪子，也沒去雲展敞廳，讓阿圓去給三姑母告一天假。

三姑母謝庭芳原嫁給宜陽侯祝鳴折，後來三姑母的長子病逝後夫妻離心，謝庭芳心中再無留戀，與宜陽侯和離。離開宜陽侯府後，她住在尚京別院，並未回謝家，怕影響謝家未婚姪女們的名聲。

那時府裡已是謝詞安當家，他二話不說就把謝庭芳接了回來，將她安置在老太太的隔壁院落，謝家其他人就算有意見，也只能私下抱怨幾句。

這次讓她們兩人管中饋，只怕又是一場浩劫。

她要設法把中饋管理權轉交出去，畢竟六年後，她離開謝家和謝詞安的計劃不會改變。

難得閒下來，陸伊冉便讓方嬤嬤在院中多摘些花兒，她許久未插花，手都有些生了。

方嬤嬤照樣拿出那一對陸伊冉寶貝得很的藍色琉璃花樽，擦淨灰塵，放於八角案桌上。

「嬤嬤，把這花樽收起來吧，四姑娘沒出嫁前，都不要拿出來。」

方嬤嬤不解地問道：「這是為何？」

「別問了，先收起來吧。」她自己從庫房裡拿出一支纏枝花卉小口梅瓶和一支白釉細腰高瓶。

循哥兒見自己娘親今日未出府，使勁掙脫開奶娘的懷抱，歡快地撲過去搗亂。

陸伊冉只好麻利地插完，放到屋內，準備給她爹娘寫封家書。

上次她爹爹在信中說，她娘親的店鋪已關了好幾間，她有些擔心，想問問具體情況。

還未提筆，就聽到院內有說話聲。

隨後阿圓把人領進來，見到謝詞婉難得出現在如意齋，陸伊冉有些意外。

「真是難得，二妹妹今日有空來如意齋。」陸伊冉私下很少接觸大房的人，且謝詞婉文靜內斂，平時兩人見面也只是頷首示意而已，連話都很少說。

「實在抱歉，打擾到二嫂了。」

「不打擾，二妹妹請坐。」

謝詞婉談吐優雅、容貌出眾，謝詞微有意讓她進宮，制衡陸伊冉的姑母安貴妃；誰知，人家志不在此，拒了謝詞微的好意。

「聽說長公主給二嫂發了請帖，不知到時可否帶上妹妹？」其實穆惟源作為謝庭毓的學生，與長房的謝詞佑關係親近，謝詞婉從小就與穆惟源十分熟絡，為此長公主的請帖老早就送到謝詞佑手上。長兄謝詞佑要上衙，不得空，原本是讓長嫂周氏帶著她去參加，後來被袁氏極力阻止。袁氏知道她的心意，是想讓她斷了這份念想。

陸伊冉自是不知道這些曲折，但她知道謝詞婉對穆惟源的心意，便明白謝詞婉今日來找她的目的。「只怕要讓妹妹失望，侯爺已替我拒了。」

謝詞婉不由得一陣失落，她勉強笑了笑，就要告辭。

陸伊冉與謝詞婉沒有恩怨，她也沒有像她的母親袁氏那樣欺壓自己，有時反而會幫自己解圍，比起謝詞儀和其他的謝府姑娘，她要好太多了。

突然間，陸伊冉很想勸她莫要再執著下去，陷得太深，傷的只會是自己。可她卻開不了口，情事二字除非自己看透，否則只有南牆才會讓人徹底醒悟。

她有些不忍心，開口道：「二妹妹莫要失望，請帖我去要回來就是，正好我也想見見我姑母。」

「多謝二嫂！」謝詞婉臉色微紅，燦爛一笑。

謝詞婉走後，陸伊冉卻犯起了愁，她要如何去要這個請帖，謝詞安才願意給她？

給家中寫好書信後，晚膳都未用，陸伊冉就忍不住睏意，倒在床榻上睡了過去。

醒時天已全黑，屋中點了盞琉璃燈，陸伊冉睜開惺忪的雙眼，隔著床帳看到羅漢榻上有人影，她邊撩床帳邊問道：「嬤嬤，什麼時辰了？」

「戌時。」低沈磁性的男聲響起。

陸伊冉的動作一頓，詫異道：「侯爺？」

謝詞安低聲說道：「起來用膳吧。」

「侯爺也還未用膳？」

「嗯。」

陸伊冉趿拉著絲履起身，心中納悶他不會是在等自己吧？

方嬤嬤和雲喜在廊簷下聽到屋內的說話聲，就知是陸伊冉醒了，兩人轉身進了小廚房，把膳食送進屋內，擺到案桌上。

「侯爺、夫人，用膳吧。」

今日嬤嬤備了蟹釀橙、粉煎骨頭、黃金雞、蜜煎櫻桃肉、糟豬蹄爪等，還有幾樣是陸伊冉叫不出名字的。她一陣心疼，有些怪嬤嬤太過浪費，平常她們幾人用膳，最多三、四道菜，為謝詞安鋪張實在不值得。

方嬤嬤廚藝好，擅長做南方菜式，陸伊冉的廚藝就是向她學的。

謝詞安對膳食其實並未多挑剔，只是吃順口了如意齋的味道，好似就放不下了。

見兩個主子坐在一起用膳，方嬤嬤心中才踏實，置之不理陸伊冉幽怨的眼神。她心中打著如意算盤，只要自己的膳食做得好，侯爺就會多來如意齋，夫妻倆才能和和睦睦、再添子嗣，她也才對得起陸伊冉對自己的一片心意。

陸伊冉最喜歡吃蟹，一盤蟹釀橙幾乎都進了她一人的肚子。

之前只要謝詞安在如意齋用膳，她都是小心翼翼的，顧及著吃相，就怕在他面前露醜，讓他不喜。如今她才不管，只要自己吃飽、吃回本，他喜不喜歡關她何事？

比起陸伊冉，謝詞安的動作就要優雅斯文很多，他喝完參湯，膳就算用完了。

案桌上的菜，也七七八八地用了大半。

陸伊冉輕撫了下自己的肚子，實在撐得不行了，只好也放下筷子。誰知，屋中的寂靜卻被她的一個飽嗝聲打破。

幾人驚訝地齊齊看向她，她臉色微紅，難為情地捂住嘴。

謝詞安隨即移開視線，神色看似與平常無異，揚起的嘴角卻出賣了他的內心。

雲喜和方嬤嬤收拾好碗盞後退下。

陸伊冉猶豫一瞬後，說道：「侯爺，郡主的生辰，妾身想了想還是想去，你能把請帖給我嗎？」

「為何？」謝詞安的身子逆著燈光，讓人看不清他的臉，卻能聽到他冷冷的語氣。

「妾身許久沒參加宴席了，也想去看看熱鬧，且聽說我姑母也要去，我想和她說說話。」

他審視陸伊冉半天，才不情不願地回了句。「等我下衙後，陪妳去。」

陸伊冉以為自己聽錯了，驚訝地道：「啊？」女子的及笄之禮，一般只邀請女眷，他一個大男人去，實在顯得怪異。

謝詞安手指抵唇，乾咳一聲，表情不自然地道：「長公主慷慨捐糧和軍餉，我本應上門一表謝意，正好帶上妳。」

還成了他帶她了？

膳用了，茶也飲了，陸伊冉以為謝詞安又要留宿，有些害怕他床榻上的虎狼之態，磨磨蹭蹭許久就是不願去沐浴。

「今晚我還有事，要回霧洌堂，妳歇息吧。」

像是看出了她的心思，謝詞安一句話讓她如釋重負。

「嗯！」陸伊冉不但不挽留，還語氣歡快地應了一聲。

謝詞安聽得心中不快，他一甩蔽膝，疾步跨出廂房。

匆忙的腳步快到霧洌堂時，才停了下來。腦中不由得浮現出兩人第一次同房後，她目光楚楚、滿臉淚痕，嬌羞地縮在床榻角落，一副無助又膽怯的樣子，他心中忍不住一顫，瞬間什麼怨言怒氣都沒了。

那以後，兩人每次同房，陸伊冉都有些戰戰兢兢的，怕他。

謝詞安自責又內疚，可又管不住自己想要得更多。

「明日提醒我，早朝後便下衙回府。」謝詞安對身後差點撞上自己的余亮吩咐道。

「屬下記下了。」余亮忙停下腳步，應道。

翌日早晨，一用過早膳，謝詞婉就來了如意齋，等著陸伊冉。

見到下衙回來的謝詞安時，她臉色霎時一白，支支吾吾地說道：「二哥哥，你、你今日怎麼回來得這般早？」

謝詞安不明所以，疑惑地看向已收拾妥當的陸伊冉。

陸伊冉像護雞仔似的，把謝詞婉護在身後，強作鎮定地說道：「二妹妹和郡主交情甚好，也請了她，正好我們一同前往。」

屋內光線有些黯淡，謝詞安剛剛還未注意陸伊冉的穿著打扮，隨著她的身子走到謝詞安眼前那刻，她說了什麼，他一個字都聽不清了，心思全在陸伊冉身上。

她一身碧色水袖細絲綾裙，玲瓏身形曼妙，頭上戴著一支翡翠玉簪，耳上戴了一對松石耳璫，整個人清新脫俗，美得讓人窒息。飽滿柔軟的紅唇上還稍稍描了層口脂，讓人忍不住想吻上一口，一親芳澤。

謝詞安喉結滾動，連忙移開目光，氣憤得把人拉進內室，冷喝道：「把衣服換了，嘴上的東西擦掉！」

陸伊冉實在不知他突然發的什麼瘋，有些惱怒地道：「我不！」

謝詞安動了氣，搶過陸伊冉手上的帕子就去擦她的唇，觸到柔軟的那一刻，又燙手似的縮回自己的手。他不由得想起兩人親密時，自己是如何瘋狂啃咬那處柔軟，攪動她的嘴，瞬間一股熱浪流過他的全身。

他急忙出了內室，匆匆留下一句。「換件褙子，我在車上等妳，不然今日都別去了！」

陸伊冉好好的心情被他搞壞了，可一想到等她多時的謝詞婉，又只能忍了，隨便換了件丁香色絲綢斜襟褙子。

三人巳時才到淮陰侯府，一進侯府正院，立刻引起一陣不小的騷動。

尤其是謝詞安，尚京城有誰不知道他？

再一看他身邊的陸伊冉和謝詞婉，兩人容貌絕色，氣質出眾，都開始竊竊私語地議論起來。

淮陰侯和長公主夫妻倆把他們三人迎到大廳，甚是熱情。尤其是長公主，拉著陸伊冉的手就不放，感激之情溢於言表。

長公主主動捐贈銀糧一事被眾人知道後，城裡的百姓們紛紛誇讚，以至於她家鋪子的生意都比平常好了不少。

尚京城的其他名門大戶們也不甘示弱，陸續到皇城司捐贈。

為此，不到十日，五十萬兩軍餉已全部籌齊。

此事長公主可算是幫了謝詞安大忙，因此他今日備的禮自然也不輕。光錦緞、紗羅、蜀錦這些名貴料子就有十足，更別說他獻給淮陰侯的文房四寶，個個都不是凡品。

接著，長公主吩咐僕人去喚穆惟源過來。

穆惟源正在自己書房招呼宗親兄弟，一聽他的救命恩人來了，心止不住地怦怦亂跳，腳步時快時慢，一進正廳，看到陸伊冉那刻，步子像生了根般，旁人說什麼，他一概聽不見。

「惟源師兄。」

直到謝詞婉清脆的呼喊聲才把他喚醒，接觸到謝詞安冰冷的眼神時，才慌張失措，向幾人微微拱手一禮。「見過謝侯爺、謝……夫人，和婉兒妹妹。」

「穆世子有禮了。」謝詞安淡淡回禮後，目光不停地在陸伊冉和穆惟源兩人身上來回，見陸伊冉對穆惟源並未表現出異樣的情愫，才稍稍把心放到實處。

反觀穆惟源，他一眼就看出了謝詞安的想法，廣袖下的兩拳握得緊緊的，心中暗下決定，不讓自己靠近陸伊冉半步。

這時，有僕婦在長公主耳邊說了聲「午時到了」，長公主便把謝詞婉和陸伊冉請到她女兒住的院落觀禮。

淮陰侯夫妻倆要參與自家女兒的及笄禮，只能讓穆惟源來招待謝詞安和族親男客們。陸伊冉和謝詞婉則隨著長公主和一眾賓客來到郡主住的蝶夢閣。

這時安貴妃也剛剛趕到，姑姪倆手拉著手就捨不得放開了。

惟陽郡主身穿彩衣，頭戴素白玉笄，面向高堂上的父母，跪坐在他們面前。

正賓高聲吟誦祝詞。

長公主平時一副嚴母形象，此時也忍不住淚流，偷偷地抹淚；淮陰侯也是眼眶微紅。

這幅景象，讓每個前來觀禮的女賓客都深有同感，個個眼裡有淚，忍不住感觸，陸伊冉和安貴妃也不例外。

祝詞誦完後，長公主起身來到小郡主面前，摘下白玉笄，為她戴上一支鎏金嵌寶石的髮釵。

淮陰侯也起身送上他的禮物，是一根馬鞭。

眾人都有些不解，小郡主卻高興得差點跳了起來，連聲說謝。

正廳這邊卻是火藥味十足，謝詞安和穆惟源兩人正在暗自較勁。

穆惟源本意，是稱讚謝詞安戰功赫赫、帶兵老練。

可到了謝詞安這兒卻變了味，聽不得一個「老」字，立刻回擊。「談老練本侯還算不上，本侯只比你大三歲。」

噎得穆惟源又另改話題問他。「侯爺，平常都看何類書籍？」

謝詞安回道：「不看書籍，只看公文。」

這在暗諷穆惟源白讀書，沒功績。

一來二去，穆惟源也察覺到謝詞安對他的敵意，只好噤了口。

可謝詞安卻不依不饒起來。「本侯對穆世子的出行有個建議，不知世子願不願意聽聽？」

穆惟源雖知不會是什麼好建議，但作為主人家，不能失禮，依然文質彬彬地回道：「謝侯爺請說。」

「職責所在，本侯想提醒一下穆世子，應當換輛馬車，不然姑娘們總追著你跑，手帕丟來丟去的，影響大齊的風氣。」

穆惟源臉色一白，謝詞安這是在嘲笑他一個男子，靠美貌在尚京行走，丟尚京的臉！是可忍，孰不可忍，他回懟道：「人人都說尚京城的謝侯爺武藝高強，用兵如神，今日惟源才知侯爺還有一樣本事也無人可及，那就是編排人的本事！」

一眾男客們看得膽戰心驚，生怕兩人動手打起來。

眼看謝詞安臉色鐵青，穆惟源的大伯立刻岔開話題，讓兩人熄了火。

誰知入席後，謝詞安依然不依不饒地挑釁道：「不知穆世子酒量如何？能否與謝某切磋一二？」

男人們的戰爭簡單粗暴，不是刀劍比試，就是吟詩作賦，今日兩人卻延伸到酒宴上。

穆惟源徹底被惹惱，儒雅人也是有脾氣的。

於是菜品還未上齊，一壺上好佳釀就被兩人喝光了，其餘幾人就只聞了個酒味。

詩詞歌賦也許謝詞安贏不了穆惟源，可論起酒量，什麼烈酒他沒喝過？等第二壺酒上桌時，穆惟源已醉得東倒西歪。

謝詞安湊近他身旁，悄聲說道：「離本侯的夫人遠點！」

酒宴後，長公主把女眷們請到自己的私人馬場，惟陽郡主最喜歡賽馬，因此長公主安排了賽馬、投壺、行酒令、音律古琴等，讓女客們玩得盡興。

長公主此番安排還有一個目的，就是為自己尋找合適的兒媳。

這麼好的機會，陸伊冉她們三人自不會錯過，早把謝詞安要她們宴席後就回府的囑託給忘得乾乾淨淨了。

謝詞婉此次來的目的就是為了穆惟源，都出府了，更不願那麼快就回府。

長公主的私人馬場設在外城，女眷們都有自家馬車，半個時辰後便陸陸續續到達。

這馬場比她們想像中還要大，聽說每日來賽馬的人絡繹不絕，今日特意關門一日。

客人們到時，場地早已布置妥當，女眷們各自去找自己喜歡的樂子。

謝詞婉是有名的才女，她的強項是琴技，早早就找了和她相熟的姑娘，坐到琴場上。

陸伊冉、安貴妃還有其他貴眷們，則被長公主帶到看臺上。

惟陽郡主一到馬場，就緊緊拉住她父親剛剛送給她的那匹汗血寶馬不鬆手，並吩咐馬場僕人去召集願意與她賽馬的女眷。

結果一圈詢問下來，只有稀少伶仃的幾個手帕交願意參加，還是之前被她逼迫的。

今日許多貴女都是為了穆惟源而來的，首先要讓長公主滿意，儀態尤其重要，別說她們多數都不會騎馬，就算會騎，上了馬背哪還有儀態可言？

已婚的貴婦們更不會出這風頭，她們的夫君不在意她們的馬上風姿，只希望她們做賢妻良母。

惟陽郡主見無人與她比試，心中失望，可又不想錯過今日這個特殊的日子，便又讓身邊的丫鬟一個一個去問。

這次要好些，找到了兩個，卻是年紀有點大的婦人，她們身形圓潤，只怕上馬都費勁，一看就是來湊人數的。

惟陽郡主哀嘆一聲，大聲吼道：「誰願意與本郡主賽馬？今日一過，這馬場就歸本郡主了，贏了本郡主的人，就可擁有這馬場三成的商股！」

穆家不缺銀子，長公主夫妻倆對這個女兒又十分寵溺，幾乎是有求必應。

為了讓人相信，惟陽郡主隨即讓人找來紙筆寫下憑據，並徵求看臺上長公主的意見。

長公主神色平靜，當即頷首示意，表示同意。

一側的陸伊冉和安貴妃都有些驚訝，沒想到這一家人都是來真的。

這馬場一日的收入絕不少於千兩，三成的話，一日就能有三百兩以上的收入，那一年算下來，可比陸伊冉幾個鋪子的流水強多了，她有點心動。

安貴妃看出了她的想法，搖頭制止，湊近她身旁悄聲說道：「冉冉還是作罷吧，郡主的騎術可是從小練就的，尚京城裡想要在馬術上賽過她的，只怕得像妳家侯爺那樣的才行。」

陸伊冉看了眼郡主身旁的汗血寶馬，比一般的賽馬腿長還健壯得多，只這麼一看，就能感覺到牠奔跑起來有多快。

這種情況下要贏過郡主的機會很小，可她又不甘心，因為條件的確很誘人。

如果這個馬場她能有三成的商股，那麼半年後，再加上她積攢的銀子，就可以幫母親周轉一二了。

重賞之下必有勇夫，旁邊十幾位年輕女眷紛紛加入賽馬。

陸伊冉也受到了蠱惑，拉著阿圓就下了看臺，任憑安貴妃在上面乾著急。

阿圓為陸伊冉換騎裝時，有些擔心，忍不住提醒道：「夫人，要不算了吧？大不了，我們如意齋日後只吃兩頓飯，我零嘴也不吃了，還不行嗎？」

「不行。」陸伊冉隔著簾子對阿圓說。片刻後，她穿好騎裝出來，才又繼續道：「做我的丫鬟連零嘴都沒有，我才不丟這個人呢！別小瞧妳家夫人，日後不但讓妳吃很多的零嘴，還讓妳天天不重樣地吃！」

陸伊冉一身玄色窄袖長衣，配一雙同色長靴。長髮用髮帶高高束起來，比平常多了一分幹練和英氣。

阿圓一臉癡迷樣，早忘了之前的擔憂，笑呵呵地說道：「夫人穿什麼都好看！」

一切準備就緒後，馬場僕人給陸伊冉牽來一匹棗紅色的高頭大馬。

那僕人躬著身子要給她當人肉墩，以為她和其他女眷們一樣，也只是圖個新鮮。

誰知，陸伊冉卻柔聲說道：「你起來吧，我上馬從不用這樣。」

腳踩在馬鐙上那刻，她的記憶好似甦醒了過來，身輕如燕地翻身上馬。

看臺上的安貴妃見狀，這才稍稍放心些。

十幾人坐於馬上一字排開，馬兒已躁動不安起來，就等著那一聲銅鑼響。

惟陽郡主的馬兒最醒目，居於正中。陸伊冉在她左側，兩人之間隔了三、四人。

陸伊冉輕輕摸了摸馬頭，貼著馬耳低低柔聲幾句，誰也聽不清她說了什麼。
這次比試的規則很簡單，起點亦是終點，沿馬場跑十圈，最先跑完的人獲勝。
馬場判官把規矩宣讀完後，手指一揮，銅鑼聲一敲。
馬兒嘶鳴，如離弦之箭，衝了出去。
惟陽郡主一身紅色騎裝，遙遙領先。
一圈下來後，陸伊冉屈居第三。
陸伊冉屏除雜念，耳邊只有呼呼風聲和規律的馬蹄聲，像是回到在青陽山林間無拘無束奔跑的日子，更像是她心中一直期望卻沒能去的那場賽馬節，縱橫在廣闊無垠的草原上。
第五圈下來，就只剩下惟陽郡主、徐將軍的嫡女徐蔓娘和陸伊冉三人。
三人一紅、一白、一黑，馬兒跑得極快，四蹄翻騰，遠望只能看到飛揚的三色人影。
惟陽郡主一直位居首位，陸伊冉已越過徐蔓娘，位居第二。
三人不近不遠地跟著，但到第八圈的時候，惟陽郡主明顯感覺到陸伊冉離她越來越近，她轉身就能看到靠近她的馬頭，她神色一振，危機感越來越強，揚起馬鞭用力拍打著馬，馬兒加速狂奔起來，一甩之前的漫不經心。
到第九圈時，陸伊冉又落後惟陽郡主一大截。
比試越來越激烈，許多女眷們都放棄了自己的遊戲，湊到看臺上來看三人賽馬。
第九圈過半時，徐蔓娘放棄了，她也看出了兩人的拚勁。

希望陸伊冉贏的人為她揪著心，但又覺得希望不大。

此時，已到場許久的謝詞安佇立在圍欄一角，他寧願自己看錯了，也不相信馬背上那個玄色騎裝的女子是陸伊冉。

一旁的余亮驚得嘴巴張大，都能塞下一個雞蛋了。他把眼睛揉了又揉，實在不敢想像，平日裡溫柔嬌弱的夫人，和如今馬背上英姿颯爽的女子會是同一個人。

「侯爺，那……那是夫人嗎？」

謝詞安無暇回答余亮，他的視線緊緊跟隨著陸伊冉，好似一眨眼她就會消失一般。不會騎馬的人不懂，以為她到此時已竭盡全力，但是謝詞安知道，她在等最後的衝刺機會。

適才他把穆惟源灌醉後，正想抽身帶陸伊冉和謝詞婉回府，就被淮陰侯請到書房，與他客氣寒暄一番後出來再去尋人時，卻發現整個院子都空了，一問才知道她們來了馬場。

就在惟陽郡主的馬兒離終點不足二、三丈時，大家都以為郡主必勝的瞬間，看臺上和圍欄外的女客們卻發出了陣陣驚呼聲。

只見陸伊冉側身單腳倒掛在馬背上，馬兒發了瘋似的越過惟陽郡主的汗血寶馬，往終點衝去。

關鍵時刻，謝詞安的心也提到了嗓子眼，他從未這般緊張過，屏氣凝神地為陸伊冉捏了一把冷汗。

點。

陸伊冉柔軟靈活的身子極快速地又回到馬背上，她輕輕捂住馬兒的眼睛，剛好到達終點。

全場靜默片刻後，歡呼聲四起，惟陽郡主像定在馬背上一般，晚陸伊冉幾步到達終點。

看臺上的長公主和安貴妃驚得倏地起身。

「侯爺，夫人竟然贏了郡主！」余亮在謝詞安身後歡呼道，竟然比他過年領了賞銀還要高興。

謝詞安一想到陸伊冉拚了命地贏惟陽郡主，只為了這馬場的三成商股，就抑制不住滔天的怒火，對余亮冷喝道：「回衙門！」

「侯爺，不等夫人和二姑娘嗎？」謝詞安說走就走，步子也邁得極快，余亮在後面小跑才能堪堪跟上。

「不等！」

馬場這邊。

惟陽郡主很不服氣，見陸伊冉將要下馬，忙說道：「妳等等！我們再比試一場如何？」

不只是郡主，只怕場上一大半的人，都不敢相信陸伊冉能贏郡主。

她們剛剛看到那驚險的一幕，倒更像是每個人心中的一場俠女夢。

同時間，長公主和安貴妃也從看臺上走了下來，見自己女兒如此無禮，急忙出聲制止。

「九兒，願賭服輸！」

安貴妃則是快步走到陸伊冉身邊，把她從頭到腳打量一番，這才放心。

「母親，我就是不服！在尚京還從未有姑娘能贏我的！」惟陽郡主見陸伊冉有些面生，遂問道：「對了，妳是哪家的姑娘？」

「回郡主，妾身是護國侯府的娘子。」陸伊冉屈膝行禮，從容答道。

「哦，原來已成婚了。」郡主不理僕人的攙扶，瀟灑地縱身跳下馬背，走到陸伊冉跟前，端詳一番後繼續說道：「長得比我還美，馬術也比我強，我不服！」

長公主低聲喝道：「九兒！怎能這般怠慢客人？她可是妳哥哥的救命恩人！」

「妳就是我哥哥的救命恩人啊？那我不和妳比了，輸了就輸了吧！」惟陽郡主拉著陸伊冉的手，俏皮一笑，湊近陸伊冉輕聲說道：「走，我們去看臺上，妳給我講講，妳的馬術是和誰學的？」惟陽郡主也不顧母親反對，拉起陸伊冉就走。

長公主和安貴妃兩人都被郡主弄得哭笑不得，跟著兩人又回到看臺上。

那一年，陸伊冉十一歲，而她胞弟陸伊卓十歲，她母親本意是讓她弟弟學騎馬，可她弟弟調皮頑劣，經常和鄰里的玩伴偷跑出去瘋玩，中途丟下他的師傅。

那師傅是個憨厚的性子，沒教人也不願白拿他們家的銀子，便要向她母親請辭。

陸伊冉怕弟弟被罰，便擅自作主，要那師傅教自己。

就這樣，陸伊冉跟著師傅學了兩年。

十三歲的陸伊冉長成大姑娘的模樣了，男女有別，母親便不准她整日纏著馬術師傅。於是，她就自己帶著阿圓和雲喜偷偷出府，在山林曠野間恣意瀟灑策馬奔騰。

十四歲那年，她舅舅的生意做到了關外，時常聽他提起草原上賽馬節的馬術表演。陸伊冉心生嚮往，回家後就按她舅舅說的花樣自己摸索著練習，卻常常摔得滿身是傷。她記得最嚴重的一次，差點摔斷了手臂。

她母親知道後，禁止她再騎馬，甚至把府上養的馬匹全都賣掉。但這依然阻止不了陸伊冉，養了兩、三個月的傷後，她又偷偷出府去馬場練習，摔倒了又爬起來，反覆練習，就為了去草原參加那裡的賽馬節。

她的馬術練了一年倒是進步不少，不料卻因進宮探望姑母，陰差陽錯地嫁給謝詞安，去草原參加賽馬節的願望終是落了空。

今日這一場比試，也算是圓了她多年的夙願吧。

安貴妃也只是從書信中知道自己的姪女學過騎馬，並不知道陸伊冉為學騎馬吃了這麼多苦。

陸伊冉輕描淡寫地說完她的練馬經歷後，安貴妃和阿圓皆眼眶微紅，惟陽郡主則是一臉崇拜，長公主和其他女眷對她也是佩服之至。

「陸姊姊，妳讓我輸得心服口服。」

惟陽郡主學騎馬時，總是一堆人圍著她轉，就怕磕碰到她，她的騎術是一群人哄著練起來的。

她騎馬的地方從未出過尚京城，最多只在尚京內城跑完一圈，僕人們就催著她回府了。人人說她馬術精湛，那也只是因為她在官道上跑起來的那份隨意和熟絡，已強過這不能做、那不能幹的閨閣姑娘們太多。

「全是郡主謙讓妾身，郡主騎馬章程有度，尚京的貴女們人人羨慕，妾身的野路子實在上不了檯面。」

「我就喜歡妳的野路子！有空了妳去郊外教我可成？」惟陽郡主再次湊近陸伊冉，悄悄說道。

「這……」陸伊冉遲疑著不敢答應。

「九兒，在那裡嘀咕什麼？可不能再對夫人無禮了。」惟陽郡主是小孩子脾性，脾氣來得快，去得也快，長公主總會適時地提醒她。

「母親，我是在告訴陸姊姊，那憑據作數的，她如今就有三成的馬場商股權了，您不會反對吧？」惟陽郡主長相甜美，笑起來好似整個世界都能跟著亮起來。

長公主回道：「有憑有據，母親自然不會反對，這馬場妳自己作主。」

隨後，僕人拿出蓋有長公主名字的圓章憑據，交予陸伊冉。

長公主又補充道：「謝夫人請拿好字據，往後每月的紅利銀子，我會讓人送到妳府上。」

陸伊冉拿到憑據，感覺像在作夢，傻愣住半天沒吱聲。直到安貴妃提醒後，她才趕緊行禮謝恩。

從長公主府回來後，謝詞安又是連著幾日未回侯府。

陸伊冉也懶得去問，因為她知道，謝詞安不久後將要出征北境，最近應是忙於備戰。

她把中饋推給三姑母謝庭芳後，心思依然放在自己的生意上。

謝庭芳為人隨和，以為陸伊冉是害怕與三房的人打交道，也不責怪她，只說她哪天想通了，隨時願意教她。

這晚回府後，陸伊冉才事趕事地想起，一年後，惟陽郡主將與七皇子大婚，他們還被邀請去看馬球。

那馬球場生意好得很，每日的客人極多。

她記得清清楚楚，那馬球場就建在城郊東邊皇家圍獵場的山腳下。

突然，陸伊冉腦中一頓，隨後心頭跳得怦怦直響，眼中燃起光。

尚京東郊的那塊山頭如今還未圈禁，也不是皇家圍獵場，而是一塊私產。

她翻倍賺銀子的機會來了！

北境那邊的北狄越發猖狂了，之前僅僅只是搶奪百姓們的糧食，如今他們的野心越來越大，聯合草原多個部落，不但開始屠村，還霸占北境十幾處郡縣。

一部分北狄人晚上還會混入城中，燒殺搶偷，無惡不作。

聞將軍加倍戒嚴，就等朝廷一聲令下進攻北狄，不料卻防不勝防，在他老母親的壽辰宴席上，被北狄人偷襲刺成重傷，至今一直昏迷不醒。

看樣子，北狄是徹底失去了耐心，不想再耗下去了。

如今軍中群龍無首，是聞將軍的部下在與北狄周旋，嚴防死守著北境城。

一旦北狄乘機攻破北境城，霸占整個北境，再踏過丹水河，那麼將會危及到西戎境地。

戰事刻不容緩，孝正皇帝當晚立即召集六部官員，商議出征之事。

首先是主帥人選，朝中人人都推薦謝詞安，他卻拒得乾乾淨淨。

皇上心中也是舉棋不定，想讓自己的心腹大將後軍大都督王嘯棟統帥。但王嘯棟吃過幾次敗仗，此次實在不敢讓他去挑大梁，更何況他已邁入花甲之年，許久未領過戰事。

之前有聞重打頭陣，孝正帝不懼後援將軍是誰，如今聞重倒下，這個統帥必須是能者居之。

無論誰任統帥，糧草皆須先行。

戶部主事到皇城司取糧時，表示只打算裝糧十萬石到北境，其餘全充入糧庫。

謝詞安知道後極力反對，他要求運送糧草物資二十萬石到北境，剩餘的依然存放在皇城司庫房。

雙方互不相讓。

戶部主事無奈地跑回官署區，向他們尚書裘同禹告狀。

裘同禹氣得直跳腳，急忙去奉天殿向孝正帝請示。

孝正皇帝這兩天急得頭上冒煙，統帥一事還尚未找到合適的人選，如今謝詞安又來鬧這一齣，當即喚人去把謝詞安請到奉天殿來。

謝詞安一進大殿，就能感覺到兩團怒氣直逼自己。

「謝都督，裝運糧草物資是戶部的差事，你無權過問，還不把你皇城司庫房的侍衛給撤掉！」孝正帝坐於御案上首，威嚴地吩咐道。

「皇上息怒，北境百姓已是水深火熱，此次這些糧草不僅是戰事需要，他們也需要，戶部主事打算裝運的糧草遠遠不夠。」謝詞安躬身抬手，向孝正帝直言道。

「如今守住北境城才是要緊之事，將士們的糧草儲備足夠即可，其餘的糧食須補充國庫。只要把北狄蠻子趕出北境，百姓們自會有好日子過。」孝正帝已有些怒火中燒了，他緊緊捏住茶盞，似要捏碎一般用力。

薛公公在一旁隱隱著急，裘同禹也是冷汗涔涔。

只有謝詞安一人還在據理力爭。「皇上英明，可如今部分農戶連家園都沒了，再沒糧食，只怕他們熬不到皇上所說的好日子。皇上，大齊的百姓都是您的兒女，那些農人也在其中，糧沒了可以再種，但農戶沒了，誰來種糧？皇上，可不能寒了農戶們的心呀！」

此話重重擊在孝正帝心上，他的心情久久不能平復，甚至在他權力和利益至上的執念中，竟隱隱生出一絲自責。

半晌後，孝正帝終於鬆口。「裘愛卿，就按謝都督說的裝運吧，你且退下。」

裘同禹雖心有不甘，也只能按聖意做。「臣遵旨。」

待裘同禹離開後，大殿再次恢復安靜。

孝正帝口氣一變，嚴肅問道：「既然謝都督心懷百姓，為何要推拒眾臣之建議？」

「回皇上，臣並非有意拒絕，按官職和能力，理應是大都督統領支援更為穩妥，臣作為下屬豈可踰矩？更何況，大都督往日與北狄交戰過，更了解敵方的情況，對戰事更有保障。」

孝正帝扶額哀嘆。「那你為何不說，他被北狄圍困時，要不是你祖父趕去救他，只怕他早已不在人世？」

「大都督只是一時不察，上了敵人的當。」

見謝詞安不卑不亢，看似是在為王嘯棟說情，實則推諉之意太過明顯。

孝正帝又試探地問道：「倘若朕執意要封你為援北大將軍，難道你要抗旨不成？」

「臣不敢，但臣會請皇上收回聖旨。上次越職的差事都未讓皇上滿意，此次就更不敢再接北征的聖旨了。」

薛祿差點噗哧一笑，好在及時收住了嘴。

孝正帝有些難堪地瞪了眼一旁的薛公公，清清嗓子，乾咳幾聲後，開口道：「此事是朕大意了，能及時籌到軍餉、糧草，你功不可沒。你想要什麼賞賜，儘管提，朕都會滿足你。」

「能讓皇上滿意，臣已知足，不敢要賞。」

皇上見謝詞安油鹽不進，心中雖有些慍怒，但思慮一番後仍是道：「既是如此，那就讓六皇子元哲明日去兵部與張徹歷練歷練吧。朕記得你長兄謝詞佑，他在工部幾年，能力提升了不少，擢升的摺子朕也看過了，剛好戶部許侍郎告假已有半年，這個職位一直空缺著，就讓他頂上吧。」

「臣，謝陛下隆恩。」謝詞安不再推辭，這是他該得的。

籌糧一事，讓謝詞安看得明明白白，謝家和六皇子想要在朝堂上一直站穩腳跟，光靠他的軍權和戰功是遠遠不夠的，六部必須要有他的人。

第六章

五日後，北境再度傳來急報，北境城岌岌可危。

孝正帝封後軍右都督謝詞安為援北大將軍，統領二十萬大軍，次日一早開拔。

聖旨是晌午下來的，一同來的還有謝詞佑擢升戶部侍郎的聖旨。

大房喜來，二房憂。

二太夫人看過聖旨後，滿臉的憂愁，老太太也是鬱鬱寡歡。

謝詞安已有三年未上過戰場了。

謝家眾人齊聚在雲展敞廳，七嘴八舌地說著北狄蠻子的野蠻和凶殘，聽得老太太一顆心七上八下的，最後乾脆轟走他們，只留謝詞佑和謝詞安兄弟倆。

老太太兩手緊緊抓著自己的兩個孫兒，語重心長地說道：「佑兒，你此次擢升，雖有你自己的努力，但也少不了安兒為你周旋。我們謝家，以前靠你祖父在外馳騁拚命，如今就是安兒了。你到了六部可要好好把握機會，兄弟倆齊心，把謝家好好支撐下去。安兒，戰場上刀劍無眼，一定要好好保重自己的身子，為了謝家，更為了你的妻兒。」老太太三言兩語就交代完，讓兄弟倆各自回去安歇了。

謝詞安未去陳氏的榮安堂，而是直接回了如意齋。

陸伊冉和方嬤嬤一下午都在給謝詞安準備行囊。陸伊冉本想假裝不知的，可余亮親自來傳話了，只好照辦。

但她心中無限歡快，因為謝詞安一走，她才能出府做自己想做的事。

晚上方嬤嬤備下一大桌的豐盛晚膳，余亮還拿來一壺酒。

「侯爺，今晚還是莫要飲酒了，你明早就得出發。」陸伊冉有些納悶，謝詞安平時很少飲酒，為何在這緊要關頭卻要貪杯？

「無妨，是果酒，妳嚐嚐。」謝詞安為陸伊冉斟滿一小盞後，又為自己倒滿。躊躇片刻後，終是問出了這些天讓他鬱結的另一個問題。「妳的馬術和誰學的？」

當晚回來，阿圓就告訴陸伊冉，謝詞安也去過馬場。陸伊冉不想在謝詞安走之前惹毛他，怕他禁止自己出府，便如實相告。「和我師傅學了兩年，十三歲時，母親就不讓師傅教了，我就自己摸索。」

謝詞安聽聞後，適才陰晴不定的臉色才有所好轉。

「我知道，妳是想為青陽那邊周轉，我會想法子解決的，妳切莫再為此事冒險。」

陸伊冉怔怔出神，她很難相信謝詞安會注意到這些，也很難相信謝詞安會幫她解決麻煩，正想拒絕，又聽他說道——

「我不在府上時，妳若有解決不了的事，儘量去找祖母和長兄。」

「多謝侯爺，妾身記下了。」陸伊冉沒那閒心去猜謝詞安究竟是何意，便拋開不想了。

她淺嚐一口果酒後，就有些停不下來了。果酒的口感甘甜清香，她十分喜歡這個味道，一口接著一口，一盞酒不消片刻就見了底。

「也別飲多了，容易醉。」謝詞安見她又給自己倒滿一杯，連忙勸阻。

可這話進了陸伊冉的耳朵，卻有了另一層意思——醉了也好，就不用與謝詞安同房了。

「妾身喜歡這個果酒，侯爺就讓我再飲一盞吧，就最後一盞可好？」一盞果酒下肚後，她臉頰潮紅，兩眼迷離，還意猶未盡地「嘖嘖」兩聲，紅唇越發嬌豔誘人。

謝詞安有些管不住自己的眼，他強迫自己挪開視線，把酒壺也換了個位置。

「侯爺，你再給我倒一點吧，我還想要……」陸伊冉把自己的酒盞倒扣過來，晃了晃，纖細白嫩的小手緊緊抓著謝詞安的手不放。

那細膩柔滑的觸感，讓謝詞安腦中一片空白，忘記了反應，喉結來回滾動。

她的聲音軟弱嬌憨，像一隻手在謝詞安心口撓著癢癢，他全身熱浪湧起，眸色一變，一把抱起陸伊冉，快步走進內室。

一旁伺候的方嬤嬤和雲喜兩人臉色微紅，退出房間。

謝詞安把人放到榻上後，急忙轉身進了內室，沐浴的速度比平常快了好幾倍。

可出來後一看，陸伊冉已睡得香甜無比，她白嫩的小臉在紅色雲被的襯托下，顯得越發嬌小可愛。

謝詞安輕聲一嘆，剛剛迫切的感覺也隨之消失。

他挫敗地躺在陸伊冉身旁，為她蓋嚴雲被，緊靠著她，聞著她身上熟悉的清香味，一夜好眠。

謝詞安離開後，陸伊冉的計劃也在緊鑼密鼓地進行中。

她賣掉了兩間關起來的糧油鋪，並準備把西郊的田產也賣掉一半，去買東郊的那片山林和山下的良田。

反正以後要離開尚京，這些田產跟鋪子遲早也要轉賣，還不如趁此時將它的價值發揮到最大。

陸叔和她身邊的人以為她又魔怔了，急忙阻止。

「夫人，莫要糊塗呀！京郊西邊水源方便，良田灌溉便利，今年三、四百畝旱地和水田都大豐收啊！」陸叔一向沈默寡言，今日也是急了，才說這麼多話。

方嬤嬤見陸叔勸不動，自己又接上話。「您再看看東郊山頭，除了樹木多，野畜時常出沒，晚上偷偷下山偷吃糧食、糟蹋良田外，還能有什麼？」

「陸叔、嬤嬤，我頭腦清醒得很。不用等一年，半年後，我就可以賺翻倍的銀子回來了。」陸伊冉不能透露真實情況，只能先安撫一通。

主子發了話，勸阻無用，陸叔只能照辦。

不出所料，消息才一放出去，就有人來問價。

最後以一百兩銀子一畝，賣給城內一戶要給女兒辦嫁妝的官宦人家。兩百畝的田產，一共售價二萬兩銀子。

接著，陸叔找到東郊山林的主人，說明來意後，那主人家聽說要買他的田產，二話不說就點頭答應了。

他正有此意，要把這片田產和山林賣出去，就是苦於沒人願意來買，如今見到買家，好似見到了救星。

後來陸叔用了一萬二千兩銀子，買下東郊的那片山林和山下的田產。

那戶主人當天就拉著陸叔去衙門把戶契過了，就怕他們反悔。

大齊的皇家圍獵場有好幾個，但都離尚京有些遠，最近的要數靈泉山圍場，離尚京往來也要一日的路程。

皇上已過五十，早失了青年心性，不想再舟車勞頓，已經有好幾年未舉行過圍獵了。後來有人提議在城郊圈禁一處山頭，當圍獵場。

皇上自當同意，這樣既縮短了路上奔波的時辰，離尚京近，晚上想回皇宮也方便，於是命欽天監的人選地，正好選中了陸伊冉買下的這塊山頭。

圍獵場一圈禁後，山下的田地就成了香餑餑，高門大戶和尚京巨賈們也爭相搶買。有的想開客棧，有的想開酒樓，大部分則想開一個馬球場。

郎君們在圍場上捕獵，女眷們則可以就近找樂子，打馬球、看馬球，一舉兩得。

只要一哄搶，這塊田產的價格就能抬起來，翻幾倍都不成問題。

後來聽說是一位神秘貴客買走的，就連長公主都未得手。

圍獵場徵地是年後的事，還有兩個月。

陸伊冉記得是謝詞安凱旋歸來後，皇上才讓人著手辦的此事。

田產爭搶，也緊隨在此事之後。

惟陽郡主及笄後，尚京城的名門望族們可有些坐不住了，就連宮中的皇后娘娘也是一副憂心忡忡的樣子。

六皇子元哲不但有了親王封號，在平康坊還有了自己的新王府，如今皇上又開了金口，讓他到兵部歷練。

這些好事都聚在一起，對謝詞微應說是三喜臨門，可最近在她臉上卻難得看到笑容。

方情把養顏的參湯端到她跟前，見她遲遲不動，隨即出聲安慰道：「娘娘，您且放寬心，長公主也沒明確拒絕，只怕還在篩選呢！只要郡主這婚事一日沒定下來，瑞王就有機會。」

那日惟陽郡主的及笄宴，謝詞微本人雖未到場，但禮品老早就送了過去，卻被長公主原封不動地退了回來，婉拒得徹徹底底。

「奴婢特意派人打聽過了，凡是打著與郡主結親所送的禮，長公主都退回去了。」

「倘若實在結不了這門親事，本宮只能退而求其次，讓哲兒娶鄭僕射家的孫女了。」謝詞微心中真沒把握自己的兒子能娶到惟陽郡主。

鄭僕射在朝中一直秉持清正，不參與黨爭。謝詞微想讓自己的兒子娶到他的孫女其實也不容易，不過她尚有八成的把握。

而長公主向來性子驕縱，她不願的事基本上是不留情面的。

惟陽郡主是長公主的寶貝疙瘩，想結親的人看中的都是穆家的家產和長公主的關係。

「娘娘，只怕殿下不會答應的，他從小就中意郡主。」

謝詞微聽聞後，把湯勺重重一放，落在碗中，發出「咚」的一聲響。

「他不同意又能如何？天家的人，向來就是利益大於一切。不娶惟陽也好，以他對惟陽的心思，只怕到時成天圍著她轉，反倒忘了自己的大事。向來都說紅顏禍水，妳看看清悅殿那個賤人，不知用了什麼招數，不僅把皇上揣在手中，如今連長公主都願與她來往！那狐狸精究竟用了什麼迷藥？」謝詞微一直有與長公主結親的打算，她經常巴結長公主，依然未換來半點交情，長公主對她愛理不理的，不料轉頭對安貴妃卻是一臉溫和，偶爾還會客氣地攀談幾句。「想起就來氣，她在宮中禍害皇上，那個小賤人也攪得侯府不安生，如今二弟把管家權都交給她了，這二人一日不除，本宮就難有清靜之日！妳買的那兩人，沒一個有用的，都多久了，聽說二弟都不願讓她們近身，妳們就沒有一個讓本宮省心的！」

謝詞微一想到陸伊冉姑姪倆，心口就堵得慌，臉色驀地發白，緊緊按住自己的胸口。

方情見她如此，急忙從藥箱裡拿出一顆藥丸，讓其服下，片刻後，謝詞微才好轉過來。

「娘娘，太醫囑託過，切莫動氣，否則傷肝。您不為您自己著想，也得為瑞王殿下著想呀！」

謝詞微身子好轉後，側躺在美人榻上，平靜地說道：「本宮無事。那兩個賤人不死，本宮怎能先她們而去？況且哲兒還需本宮謀劃，本宮怎會輕易倒下？」

謝詞微也曾試探過，讓皇上撮合元哲和惟陽郡主，豈料孝正帝想也沒想就一口拒絕了。

這讓謝詞微對皇上的怨恨達到極點，對安貴妃和太子也更加仇視。

多年前，皇上有意讓太子等幾年，娶惟陽郡主。誰知太子自己不爭氣，中了美人計，太子妃的位子被孝容公主家的長女截胡了。

自己最在意的兒子的婚事沒讓他如願，其餘的皇子他就沒什麼心思去管了，更何況還是元哲。

「娘娘，您這幾日一直為瑞王的婚事操心，奴婢說件事讓您高興高興。」方情滿面笑容地說道。

「能讓本宮高興的事？何事？」

「聽說，皇上已經好幾日沒在清悅殿留宿了，這幾日都去了清香殿的林妃那裡。」

謝詞微聽後，一臉喜色地問道：「當真？」

「奴婢就算向天借了十個膽，都不敢騙娘娘呀！今日一早，薛公公還讓人往清香殿送東西呢！」

「哼，本宮看那個賤人沒了皇上的依靠，如何在宮中立足？那個小賤人的舒坦日子也快到頭了，到時，看本宮怎麼料理她！」

謝詞微臉色陰狠，看得一旁的方情都忍不住一哆嗦。

轉眼就到了寒冷的冬天。

謝詞安率領眾將士，用了不到兩個月的時間，就把北狄霸占的郡縣全部收回。

如今他們形成一個包圍圈，把北境人牢牢困在城中。

倘若不是顧及城中的百姓，只怕早就攻進城中，把北狄人斬於刀下。

眼看北境城的天是越來越冷了，北狄人的氣焰又漲了起來。

當初謝詞安從尚京出發後，路上兩、三日才停歇一次，十五日後到達丹水河畔，就接到北境城破的消息。

他們隔著丹水河畔安營紮寨，只能遠遠眺望已被北狄人占領的北境城。

強勢奪下丹水河後，接著便速戰速決地收回北境郡縣。

謝詞安兵分兩路，他領一路親衛軍，追趕那些被他們打得落荒而逃的北狄蠻子。

另一路則由徐將軍帶領，圍在北境城外。

謝詞安特意交代，不可強攻，務必要與被困在城中的聞重取得聯繫。最好的方法就是不傷害城裡的百姓，裡應外合，攻入城內。

北狄人很狡詐，眼看附近郡縣被奪回後，他們的主力軍便撤走了大半。被圍困在城中的多數兵力，都是草原部落的人。

這也是謝詞安親自乘勝追擊的原因。追擊半月後，他越過草原邊際，眼看到了極冷的冰川下。北狄兵力也所剩無幾，至少這五年之內再沒有能力出來作亂了。

天氣越來越冷，為了大齊將士的安危，謝詞安不敢再貿然追擊，這才下令返回。同時留下一半的兵力，由他的副將孫宜統領，先駐紮在草原邊際，若草原上的小國不交貢，就不撤兵，限制他們的出入。

這樣勢必會擾亂城中那些草原部落的軍心，就看他們能堅持多久了。

年關之際，陸伊冉除了要照顧自己的鋪子外，還要幫謝庭芳一起打理中饋，實在有些忙不過來，每日回如意齋倒頭就睡，連帶循哥兒玩耍的時間都沒有。

孩子一日比一日大，一個如意齋已困不住他了。

循哥兒天天指著如意齋的大門，牽著奶娘的手，要去找玉哥兒玩。

袁氏和周氏婆媳倆，還有三房的鄭氏，對陸伊冉倒是客氣了許多。

大房雖沒了管家權，但謝詞佑的連升三品也算是對大房天大的恩惠了。

周氏隔三差五就會帶著玉哥兒到如意齋串門子，有時還會帶一些糕點和零嘴給循哥兒。

陸伊冉也只是表面上客氣地收下，實則從不讓循哥兒沾上一口。

鄭氏見大房的謝詞佑被擢升，心中不甘，卻也無可奈何。

就算謝詞安有心提拔，她家長子謝詞淮已連考兩次均未及第，比起謝詞佑的探花郎入仕，的確有些上不了檯面。

陳氏眼瞅著兩個妯娌對陸伊冉態度的變化，除了在心中把三人鄙視一番外，對陸伊冉的怨恨是越來越深了。

她前幾日入宮一趟，聽說安貴妃失了寵，加之謝詞安不在尚京，背後又有謝詞微的支持，因此她又憋著壞點子，想在陸伊冉身上挑毛病。

這日一早，她就讓楊嬤嬤去把陸伊冉喊到榮安堂來。

陸伊冉帶著阿圓來到榮安堂大廳，和往日一樣向陳氏問安後，靜靜佇立一旁。

「妳現在倒是神氣得很嘛，絲毫不把我這婆母放在眼裡，連早上這一趟都不願來了。」

陸伊冉不慌不忙地答道：「太夫人不想看到妾身，妾身來了也只能給您添堵。」

「還有些自知之明，知道自己不討人喜歡，那就做些討人喜歡的事。」陳氏不依不饒，一句話也能讓她逮住不鬆口。

「太夫人只怕還是要放寬心，侯爺只讓妾身管中饋，沒讓妾身管太夫人的事，所以太夫人喜歡的事也輪不到妾身來做。」陸伊冉也是話趕話地回了，不像往日那般慣著她。

「輪不到妳？那我問妳，如今這管家權在妳手上，我和儀兒的冬衣錦緞料子為何只有一套？往年妳大伯母管家的時候，都是兩套。」

「今年府上的情況，只能先給每房主子做一身錦緞和蜀錦，人人如此，太夫人和四姑娘也不能例外。」侯府今年籌糧又籌銀子，公中進項有所下降，尤其是這些名貴料子，更不敢像往年那樣大手大腳地採買了。

陳氏咄咄逼人，繼續追問道：「每房主子，那外人也算？」

這裡的外人，陸伊冉便知她暗諷的是謝庭芳。

陸伊冉嗤笑道：「侯府的外人，只怕是我們這些娶進來的婦人，按理說，太夫人也算在內的。但凡是姓謝的，她都不是外人。」

陳氏聽她護著謝庭芳，就更不想饒她了，冷聲喝道：「還想替別人出頭？也不看看自己什麼身分！想糊弄我們？那往年的料子不是還有嗎？花樣也不過時，為何不用？新年大節，到時儀兒去宮中給娘娘拜年，穿得太過寒酸，丟的可是侯府的臉！」

「往年的料子被侯爺送到長公主的府上了，難不成，太夫人要妾身去要回來？那才丟侯府的臉吧？」

謝詞安送料子是為了公務，也算是為了侯府；況且陳氏知道，謝詞微想巴結長公主還巴結不上，所以此時被陸伊冉一懟，也就悻悻地住了嘴。

「今年妳辦的年貨樣樣上不了檯面，實在不行，我看還是讓妳長嫂來管吧，免得日後吃穿用度，連那鄉里人都不如！」

大房袁氏管家時，陳氏也有一半的管家權，她們從不虧待自己，虧的都是別人和三房。

陸伊冉如何不知道她們幾人的小心思？也不想任由陳氏冷嘲熱諷，當即還擊道：「太夫人想讓長嫂管，那也得等侯爺回來，妾身作不了主；您也別老拿鄉里人說事，尚京的人再矜貴，他們也不知道您是誰。」

陳氏本想借年貨採買一事來挑陸伊冉的錯，誰知錯沒挑出來，反而被她句句回懟。「妳今日就是來跟我吵架的是吧？」

「妾身不敢，是太夫人要妾身來榮安堂的。」陸伊冉也不多言，就順著陳氏的話說。

陳氏心中憋著一口氣，半天不說話。因無處發洩，把茶盞重重往香几上一放，茶水灑出來，香几濕了一大片。

陸伊冉懶得再看她那張臉，屈膝行了禮，說了聲。「既然太夫人沒別的吩咐，妾身告退。」也不等陳氏答應，轉身就出了廳堂。

陸伊冉沒回如意齋，從角門的甬道去了三姑母的清月苑。

謝庭芳剛剛在雲展敞廳就聽說了陳氏叫陸伊冉去問話的事。

「姪媳婦，二嫂是不是為了料子的事找妳麻煩？」昨日謝庭芳手下的丫鬟送東西去，陳氏就當面發了火，今日陸伊冉又被叫去榮安堂，剛好對得上。她對自己這個二嫂的性子還是很了解的，跋扈慣了，什麼都想要好的。「要不，把我那兩套給她吧？我出府的時間少，是不是新衣也不要緊。」

「三姑母，那是您應得的，為何要送她？既然侯爺要我們管中饋，那一碗水就要端平，得從我們自己做起，我們不虧待自己，才能不虧待別人。」

「妳說得倒是新奇，不委屈自己。」謝庭芳回了侯府後，處處覺得自己比袁氏她們低一等，要不是看在謝詞安的面上，她也不想管這個中饋。她無牽無掛，也不想撈那麼多好處，做了反而招她們厭煩。但有時被陸伊冉一開解，倒覺得管中饋也不是什麼難事。

案桌上的帳本，一本接一本，昨日兩人剛把侯府的入帳算明白，今日要算出採買的細帳。

兩人一個算細帳，一個重審再總帳。

陸伊冉做事向來喜歡速戰速決，等謝庭芳剛總完一本帳，陸伊冉已算好兩本細帳。

謝庭芳輕輕一笑，有些心疼她。「這帳本就讓我來算吧，妳回去歇歇。一邊要管府裡的事，一邊要管鋪子的生意，還得操心循兒。」

「不礙事的，三姑母。」

「怎麼不礙事？妳回去也給安兒回封信呀！聽說他走了這麼久，妳一字都未給他寫過？」

「我們之間不用寫信，用心靈感應。主要是我感應他，知道他一定會再傳捷報，凱旋歸來。至於他吧，應當是沒時間的。」隨即在心中冷哼道：給他寫信？我又不是閒得慌！

謝庭芳被陸伊冉隨意胡謅的一番話逗樂，說道：「妳個瘋丫頭，是不是想安兒想魔怔了？不過快了，安兒應當要回來了。」

新歲之日這天，侯府燈籠高掛，處處喜氣洋洋，並未因少了謝詞安而顯得冷清。老太太也是神采奕奕，一掃多日的憂心。

昨日從北境傳來捷報，謝詞安率領眾將支援北境，大獲全勝，不但收回北境多處失地，趕走了入侵者，讓他們損失慘重，滾回了老家，還要回了附屬小國的朝貢。

流離失所的村民也安置好了，半月不到，北境城內又恢復戰前生機。

新歲一過，便要凱旋回歸。

侯府一向低調，不愛喧賓奪主搶別家的風光，今年新歲卻一改沈寂，晚宴時，最先放起第一聲辭舊迎新的花炮。

火光照亮了整個崇仁坊，而後響起的是隔壁的國公府，接二連三，一家挨著一家，響徹整個尚京。

玉哥兒拉著循哥兒的手，兄弟倆蹦蹦跳跳，一點兒也不懼怕花炮響聲，高興地追逐打鬧起來。

奶娘亦步亦趨地跟在循哥兒後面，就怕他摔倒。

「哥哥，摘……摘！」循哥兒指著天上綻放的煙花，以為像樹上的果子般，可以摘下來。

重複幾次後玉哥兒才聽清，拉著循哥兒跑到桌邊開始笑道：「母親，循哥兒真傻，他要我去摘花炮！」

孩子童言無忌，逗得一家人哈哈大笑。

循哥兒也不明所以地跟著笑起來，眼睛瞇成月牙，全身紅色，玉雪可愛，頭上頂著兩個髮髻，像極了財神爺身邊的招財童子。

看著越長越像謝詞安的臉龐，老太太抱他起來忍不住親了一口。

一旁的陳氏心中癢癢，也想抱過來逗逗，可瞅了眼下首的陸伊冉，臉上又恢復成冷淡模樣。

「太奶奶，玉兒也要抱！」玉哥兒過完年就八歲了，由於性子有些驕縱，府上人人讓著他，凡是別人有的，他也要有，也不管老太太老腿、老胳膊的，一屁股就往她腿上坐。

「好好，太奶奶再抱一個。」隨後，老太太又看向鄭氏，開口說道：「三媳婦，別一天天老盯著淮兒讀書，他的親事也該考慮了，過完這個年，就二十一歲了。」

鄭氏經常是被眾人遺忘的那個，心中正憋屈時，突然聽見老太太提到自己，有些詫異，趕緊回道：「兒媳正為此事著急呢！」

「也不用太著急，淮兒一表人才，又是我們侯府的嫡子，還怕找不到好的姑娘嗎？」

老太太的一句話，像是給鄭氏吃了一顆定心丸，當即歡喜道：「有母親的這句話，兒媳心中也有了盼頭。」

自從她家次子在老太太的壽宴上出了那件醜事後，老太太已有幾個月未搭理過三房，謝庭舟和鄭氏幾次去仙鶴堂請安，老太太都閉門不見。

今日老太太主動提起她長子的婚事，她那口氣算是徹底平下去了。

「循兒，到娘這兒來，太奶奶累了。」

陸伊冉擔心老太太的身子，哪禁得起這兩人蹦躂，連忙抱走循哥兒。

玉哥兒這才緊跟著下來，但卻不依不饒，兩手一伸說道：「太奶奶，我母親說，您要給我們金瓜子可是真的？」

周氏羞得滿臉通紅，低聲喝斥。「玉哥兒，不可無禮！」

「有，每人都有！」老太太也不生氣，樂呵呵地讓老嬤嬤拿出一籃子荷包和香囊分發下去，人人都有份。

「多謝祖母，祝祖母身體康泰，大吉大利。」

「多謝母親，希望母親在新的一年，一切順遂。」

此起彼伏的謝意和祝詞，聽得老太太心情舒暢。

老太太帶了頭，下面三房媳婦也不能空著手。

一來一去，每個人今晚都能滿載而歸。

當老太太回到仙鶴堂時，已過了亥時，神色雖有些疲憊，可心情卻極好。

謝庭芳把她扶到羅漢榻上後，讓人端來熱水為她泡腳。

漱洗完畢，謝庭芳從箱籠裡拿出兩身新衣，一件是褐綠緙絲鑲金邊褙子，一件是石青色錦緞交襟長襖。她滿眼笑意地說道：「母親，快試試看合不合身？」

老太太有些訝異。「何人裁製的？」自己這女兒的女紅拿不出手，而府上年年採買新衣，買來買去都是那幾套單一的老樣式，許久沒人願意花心思特意為她裁製新衣了。老太太迫不及待地穿上褐綠緙絲鑲金邊褙子，合身得很，衣服上還熏了香，她有些捨不得脫下來，對身旁的老嬤嬤吩咐道：「明日大年初一就穿這身，哦，到時安兒回來去接他時，再穿那件青色的。」

「好的。」老嬤嬤趕忙應下。

「神神秘秘的，究竟是誰做的？」

「是安兒媳婦。」謝庭芳見她喜歡，也不再瞞。

「是她親手做的？」老太太有些不相信這是陸伊冉的手藝。

「那還有假？給我也做了一身呢！您說她整日忙碌，還能抽得出來時間，真是有心了。」

老太太一臉滿足，說道：「手藝真好，難怪安兒穿的那些袍子，件件華貴合身。今年的新袍只怕早給安兒備好了吧？她越來越像我們謝家人了！」

轉眼就到了元宵節這日，街道兩旁早早就站滿了尚京城的百姓們，尤其是內城主幹道和朱雀大街的交接處，簡直是人山人海，比屋簷朱樓上的各式燈籠還熱鬧。

因為這裡是援北大將軍班師回朝的必經之路，他們都在等謝詞安。

年輕姑娘們則是盛裝打扮，心思都寫在臉上，她們手持梅花是來碰碰運氣的。

皇城司謝侯爺既是大齊功臣，又長相英俊，雖有正妻，可還無妾室，要是今日被他一眼看中，做他的小妾，那也是八輩子才有的福氣。

婦人們手上的籃子裡則裝著雞蛋和大餅，如今一家老小能填飽肚子了，大都想感謝謝詞安上次把糧價給壓下來。平常很難見到他，只有今日才有機會碰上。

上至八十歲的耄耋老人，下至懷抱中的襁褓嬰孩都有，他們不懼寒冷，已足足在這裡等了一、兩個時辰。

當今皇上則是帶著文武百官在神武門前相迎，並讓護國侯府謝家與眾人一起等待。

陸伊冉被人推到顯眼的位置，她幾次想悄悄躲到人群裡，又被三姑母謝庭芳和方嬤嬤推到居中的老太太身旁。她本披著一件月白素袍，硬生生被方嬤嬤換成正紅色鑲金絲大毛斗篷，心中不願，渾身都不自在。

玉哥兒帶著循哥兒在人群裡鑽來鑽去，早忘了大人的囑託。

突然，一面黑紅繡金邊的旌旗一角飄進大家的視線裡，人群中立即有人大聲吼道——

「他們回來了！我看到謝都督了！」

眾人紛紛踮起腳、伸長脖子，向視線盡頭張望過去。

片刻後，便見到走在最前面手持旌旗的將士，而後是重甲騎兵。

隨著一聲震耳欲聾的歡呼聲響起，謝詞安才慢慢出現在大家眼中。

他一身銀甲，騎著一匹高大健壯的青驄馬，身形挺拔，劍眉星眼，威風凜凜。

所有人的視線都在謝詞安身上，只有陸伊冉的目光，緊緊鎖在謝詞安身旁的一個小侍衛身上。

當那個小侍衛轉過正臉時，陸伊冉心口一窒。

隨著隊伍越來越靠近，她更是看得清清楚楚。

是女扮男裝的陳若芙。

後來陸伊冉是如何回到侯府、如何回到如意齋的，她統統記不清了。

她只記得前世今生，陳若芙給她帶來的傷害和影響。

今日發現那小侍衛是陳若芙的，遠不只陸伊冉一人，侯府眾人幾乎都認出來了。

方嬤嬤把幾個丫鬟都趕了出去，只剩她一人陪著陸伊冉。她見陸伊冉半天不作聲，擔憂得很。「夫人，您別著急，侯爺這樣明目張膽地把人帶回來，老太太都不會答應的，實在不行，我們就去皇上跟前——」

「嬤嬤放心，我沒事。我的心早已不在他身上，他們如今傷不了我了。」陳若芙在此時出現，的確讓陸伊冉很意外。前世謝詞安還朝回京時可沒帶陳若芙，她是在兩個月後陳氏的壽宴上才出現的。說罷，陸伊冉起身脫下那件斗篷，換了件厚實的褙子，繼續道：「我只是有些意外而已，這樣也好，我的計劃可以提前了。」

方嬤嬤越聽越不對勁，她們夫人不哭不鬧，反而說些莫名其妙的話，忙問道：「我的祖宗，這話讓我老婆子瘆得慌啊！什麼計劃？什麼提前？您倒是給句明白話呀！」

「嬤嬤，妳到時就知道了。」

仙鶴堂裡，老太太和謝庭芳也是一臉憂色。

「芳兒，妳去叫老二媳婦把人支走，她陳家這是要幹什麼？」老太太許久未發火了，此時把案桌拍得砰砰響。「前面有個陳若雪害了欽兒一生，又來一個想來害安兒，我絕不答應！陳氏和微兒打的什麼主意，我心裡明白得很，我絕不會讓她們得逞的！」

老太太發完一通火，已累得氣喘吁吁。

謝庭芳不敢再多言，只好順著她的意思勸道：「母親，您先別急，等安兒回來問明情況後，讓他自己處理。」一眼瞅著老太太不依，謝庭芳又解釋道：「我們長輩一出面，旁人定會以為安兒與陳家大姑娘之間有什麼不可告人之事，反倒讓安兒說不清、道不明。」

經女兒一分析，老太太覺得自己的確有些操之過急了。

這事自己真不好插手，只能適當提醒自己的孫兒。

謝詞安在宮中參加完酒宴回到府中已是亥時，他走到如意齋院門外，見院內漆黑一片，連盞燈都不願給他留，他心中惱怒，對陸伊冉更是怨氣十足，心中對她的那點思念，全變成了無法宣洩的苦水；又想到自己在北境數月，她連一封家信都沒有寫，心中澀意滿滿，沒有絲毫猶豫，拂袖轉身離去。

一進霧冽堂，就見到榮安堂的楊嬤嬤等在院門。

「侯爺，太夫人在榮安堂等著您，讓您回來了過去一趟。」

「煩請嬤嬤告訴母親，今日太晚，就不去打擾了，明日自會前去請安。」謝詞安撂下一句話後，大步走進自己的院子。

余亮為他準備好沐浴衣袍後，杵在他面前一動也不動。

謝詞安輕蹙眉頭，坐在書案後，神色不悅地說道：「你又有何事？」

「侯爺，今日您帶表姑娘回來時，夫人也看到了，您要不要和她解釋一下？」

「有何可解釋的？人家根本就不會放在心上！禹州才同的路，路上那麼多雙眼睛看著，難不成我還能做什麼出格之事？」謝詞安越說越惱火，最後把手上的文書狠狠一摔。

余亮嚇得趕緊閉嘴，立在屏風旁邊，時不時地探頭望一眼書案後的謝詞安。

只見他疲倦地坐在圈椅裡，沈默半天都不再吭一聲，手上的公文也不曾翻動一頁。

余亮正想厚著臉皮再提醒他該沐浴時，卻聽到謝詞安對他吩咐道——

「去告訴方嬤嬤一聲，明日我去如意齋用早膳。」見余亮一臉懵，謝詞安出聲催促。

「此刻就去。」

「是，屬下這就去！」

方嬤嬤昨兒懸了一天的心，在聽說侯爺要來如意齋用早膳時，才落到實處。

今日天不亮她就在小廚房忙開了，老早就把阿圓和雲喜叫起來幫忙。

兩個丫鬟聽說侯爺要來如意齋用早膳，亦是動作麻利，幹勁十足。

方嬤嬤做好早膳後，急忙去房內叫醒陸伊冉。

陸伊冉聽了，覺得謝詞安有些莫名其妙。以前他若是在府上，不是在榮安堂用早膳，就是去老太太的仙鶴堂，不知今日他發哪門子瘋，要跑到如意齋來。

方嬤嬤催促無效，只好把陸伊冉從床榻上拉起來，讓雲喜和阿圓進來為她梳妝打扮。

聽到院中循哥兒喚了聲「爹爹」後，屋內的阿圓和雲喜兩人也加快了速度，在謝詞安進屋那刻終於收拾妥當。

循哥兒拉著謝詞安走進來。「娘親。」看到陸伊冉已起身，他果斷地放開自己爹爹，撲進娘親懷中。

陸伊冉抱起循哥兒，抬頭看向來人，輕聲說了句。「侯爺來了。」

「嗯。」

兩人數月未見，四目相對，相互打量一番後，一時之間都沈默了下來。

「娘親，我要吃！」他指了指案桌上的糕點。

循哥兒軟軟糯糯的聲音打破了兩人之間的無言氣氛。

陸伊冉順手為他挾來一塊糕點，塞到他手上，柔聲說道：「小饞貓，就知道吃！爹爹回來了，高不高興？」

循哥兒只顧著吃，含糊不清地答了句。「凹興。」

謝詞安的目光在母子倆身上久久停駐，在外的警惕和疲憊，在這溫馨的一刻也消失殆盡。他目光柔和，輕聲開口道：「妳和三姑母把府上打理得很好，辛苦了。」

謝詞安昨日一回府，管家就堵在路上，把府上的一切都對他交代得清清楚楚。

「不辛苦，侯爺為國為民才辛苦。」

「侯爺、夫人，用膳吧。」方嬤嬤見兩人客客氣氣的，越看越像外人，遂出聲打斷，並悄悄朝陸伊冉擠眉弄眼，讓她多說些夫妻間的私密話。

方嬤嬤為兩人各盛了一碗鮑魚粥後，便帶著循哥兒出了屋，兩個丫鬟也見機退下。

謝詞安想起余亮昨日的提醒，斟酌一二後還是開口道：「芙兒是我在禹州碰到的，剛好她的馬車在路上壞了。」

陸伊冉手上挾菜的動作一頓，淡笑一聲，接道：「是嗎，可真巧呀。」

「妳是何意？難不成是她或者是我故意為之？」謝詞安被陸伊冉那冷淡的口氣激怒，臉色有些陰沈，語氣冰冷。「本侯做事向來光明磊落，也無須向妳解釋。」言畢，他放下了手上的筷子，有些落寞地凝視著陸伊冉，不願就此離去。看著她嬌美如花的臉龐，心中越發不願起身。

在北境時，只有想起這張臉龐和她溫柔如水的模樣時，他才覺得有盼頭。

追擊北狄人時，謝詞安不慎中了對方的毒箭，軍醫為他拔箭時，他把懷中的枕頭當成陸伊冉香軟的身子緊緊抱著，好似這般痛感就能消失。

此時，他不知道該說些什麼才能打破這種凝滯的氣氛，他想在陸伊冉身邊多待一會兒，哪怕只有這短暫的一餐早膳也好。

他更希望陸伊冉像之前那般，問問他在北境過得好不好？或者問他為何不給她寫信？他都願意耐心地講給她聽，不會再像從前那般嫌她聒噪。

殊不知，陸伊冉不但沒有多問，反而對他說道：「侯爺有事先忙吧，妾身就不留你了。」

她一句話，成功地把謝詞安氣走。

謝詞安離開後，方嬤嬤氣得捶胸頓足。「祖宗啊，您這不是把人往外推嘛！表姑娘昨日一直沒回陳府，留在榮安堂。她把侯爺纏得那麼緊，侯爺前腳剛進如意齋，那邊就立即讓人來催了，要不是哥兒的奶娘在外攔著，只怕人都要進來喊了。」

「那就讓他去吧，人在我這兒，心早飛到榮安堂了。如今我也不稀罕，他愛去哪兒就去哪兒。嬤嬤，妳還是操心妳家丫頭的婚事吧，其餘的妳別管了。」

方嬤嬤長吁短嘆一番，直嚷嚷著懶得再管了。

謝詞安怒氣沖沖地回到霧冽堂。

楊嬤嬤也一路緊跟在他身後，不把人請去榮安堂，她不好交差，乾脆便堵在院門口。「侯爺，榮安堂備了早膳，太夫人還等著您呢！」想到陳氏的特意囑託，又說道：「表姑娘也在等您。」

這一句話猶如點了爆竹的引線，謝詞安臉色鐵青，大聲喝斥道：「誰准許妳這般不知禮數地磨纏？真把自己當成主子了？來人，本侯不想在侯府看到她，把她給本侯趕出去！」

余亮以為自己聽錯了，這可是太夫人身邊的老嬤嬤啊，遂猶豫道：「侯……侯爺？」

「囉嗦什麼？還要本侯再說一次嗎？」

「不敢，屬下這就辦！」余亮不敢怠慢，走到楊嬤嬤身邊，客氣地請她出府。「楊嬤嬤，請吧。」

楊嬤嬤這才反應過來，她惹惱了謝詞安，當即撲通一聲，跪倒在地，哭喊起來。「侯爺，老奴是冤枉的，是太夫人叫奴婢來的啊！」

已踏上廊廡的謝詞安微微側身，冷聲說道：「余亮，若本侯再看見她，你也不用再回府了！」

「侯爺……侯爺，老奴錯了，您就饒了老奴吧！」楊嬤嬤大力掙扎，也難敵余亮和府上侍衛，人被直挺挺地抬去了榮安堂。

第七章

聽了余亮的轉述，榮安堂的人都懵了。

「太夫人，您可一定要為老奴作主呀，老奴是按您的吩咐辦事的啊！」

陳氏一臉灰敗，見余亮把管家都喊來了，便知此事沒有轉圜的餘地。

管家也不敢忤逆謝詞安的命令，建議道：「二太夫人，既然侯爺發了話，我們做奴才的也只能照辦；要不，先讓楊嬤嬤去莊子上待一段時日吧？」

陳氏知道謝詞安的脾氣，同意了管家的提議。

楊嬤嬤也噤了口，為今之計只能等謝詞安消氣了。

管家把人送走後，陳氏周身的力氣像是被抽走了，只留下謝詞儀和陳若芙兩人。「芙兒，妳先回陳府吧，昨日妳表哥已有些不悅了，這樣硬來也不是辦法。」

陳若芙到此時人依然是恍惚的，她無論如何都不相信，她人都到他府上了，謝詞安私下還是不願見她。

兩年前謝詞安大婚後，就對陳若芙說得明明白白，讓她不要再來纏磨。

但陳若芙不甘心，因為尋遍尚京城也沒有幾個可與謝詞安相比的，年紀輕輕就官居二品，還用軍功承襲侯位。

再一看，她當時的未婚夫婿，孝敏郡主家的長子，外表不及謝詞安高大英俊，雖也是進士入仕，可在官場上能力平庸，無半點上進心，全靠祖蔭庇護。

她更恨陸氏，一個縣令之女，如何配得上她表哥？

後來，又聽她姑母陳氏說，謝詞安對陸氏沒有半點情意，還厭惡陸氏，等過個兩、三年，就讓謝詞安與陸氏和離，再迎娶她過門。

於是，她更加確定，謝詞安有不得已的苦衷，也更堅定她要搶回謝詞安的決心。

為此，她離京到禹州暫避親事，這一去就是兩年，好不容易退了孝敏郡主家長子的婚事，一心等著謝詞安與陸伊冉和離。

這兩年，她從陳若雪口中得知，陸伊冉在府上人人嫌棄，她表哥對她也是不聞不問，心中歡喜的同時，還讓陳若雪時常出手刁難、打壓陸伊冉。

唯一不滿的是謝詞安沒為她守身，與陸伊冉同了房，兩人還有了孩子。後來聽說是御臺彈劾，謝詞安不得不碰陸氏，她心中才稍稍釋懷。

陳若雪幫她傳了幾次私信給謝詞安，他一封都未回；她偷偷回京，私下相約幾次，他人也未到。

如今少了陳若雪這個眼線，對謝詞安的情況她不得而知，心中更加慌亂。

尤其是知道皇后娘娘給謝詞安送了兩個妾室，他留下準備收房後，心中頓失了主意，便不顧自己的名聲，設計了在禹州的這一場偶遇，甚至有意為之地在眾人面前露了臉。

「姑姑，之前您說，要我安心等待表哥兩、三年，他定會與陸氏和離的，為什麼姪女覺得表哥他變了？」陳若芙有些不確定了，畢竟謝詞安從未親口在她面前承諾過。

「芙兒，我是妳親姑母，難道還會害妳？他與陸氏是皇上賜婚，現在你們不能太過張揚。那日妳太衝動了，雖穿著鎧甲，只怕有心的人已認出了妳。」

謝詞儀也趕緊搶過話題，接著說道：「大表姊妳放心，我兄長肯定不會喜歡陸氏的。那個妾室也只是因為長得像妳，兄長才留下來的，沒有收房，他應是睹物思人罷了。」

「儀兒，妳說的是真的？」陳若芙眼中又重燃希望。

「自然是真的，我長姊和母親，還有我，都希望妳做我們二房的長媳，陸氏她不配！」

這廂余亮剛回霧冽堂，便見迎面而來的謝詞安大步往外走。

余亮以為他要去衙門，本想提醒一句，皇上特意讓他休沐三日了。

誰知謝詞安卻說：「去望月樓。」

余亮越發不解，問道：「侯爺，可是有何公務？」

「沒有公務要辦，你去把魏之武給我請到望月樓來。」

「侯爺，魏大人今日要上衙。」

「怎如此囉嗦？去請，就說我請他飲酒！」話音剛落，謝詞安已頭也不回地穿過抄手遊廊，往侯府大門走去。

望月樓的廂房中，魏之武稀裡糊塗地被余亮請來後，就被謝詞安不分青紅皂白地連灌三盞。

魏之武自從在戰場上落下病根後，酒量就大不如前了，第三盞剛下肚，見謝詞安又給他續上，魏之武按住酒壺，忙道：「不能飲了！今日這是吹的什麼風？什麼話都不講，就一直讓人飲酒，你倒是快說說，我還得回官署區呢！」

魏之武是鄉野出身，性子大剌剌，但卻武藝高強，在戰場上英勇無畏。

他和謝詞安在同一年參軍，兩人年紀相仿，那時魏之武並不知謝詞安的身分，很快地兩人就成為無話不談的好友。

後來，謝詞安靠自己的戰績在軍中慢慢積累些聲望後，謝詞安的祖父便把魏之武安排給他做副手。

上下級的關係，並未讓兩人關係疏遠，私下關係依然如故。

後來在一次激戰中，魏之武為了救謝詞安而奮不顧身，結果傷了腿，落下跛腳的毛病。謝詞安就用自己的人脈在禮部為他謀了個六品官職，並在尚京為他置辦一份家業，還保媒把謝家一個旁支庶妹嫁給他。

此時，謝詞安一言不發，臉上流露出幾分黯然和挫敗。

魏之武何時見過他這般模樣？忍不住問道：「我的謝侯爺，你倒是說句話呀！學什麼不好，偏偏學別人借酒澆愁。」

謝詞安依然沈默寡言，自斟自飲起來。

「凱旋而歸，又軍功加身、賞賜不斷，還有何煩心事？你——」魏之武見謝詞安不理人，就胡亂猜測起來。

「能不能把你的嘴先閉上？才入六部幾年，嘴碎得很！」謝詞安出聲打斷他。

魏之武見他說話了，咧嘴一笑說道：「嘴碎的毛病，是跟你謝家人學的，沒辦法，只怕這輩子改不了了。」

「越來越沒出息，跟個婦人一般。」

「婦人就婦人吧，每日能摟著內子、孩兒一覺到天亮，這才叫日子啊！」魏之武吃了一口下酒菜後，樂呵呵地說道：「不過你不懂。」

「我為何就不懂？我也是有家室的人！」謝詞安低吼道，心中有些懊惱找他來了，不但沒為自己分憂，反而添堵。

「你的夫人又不是你的心上——」魏之武知道自己失言，暗叫不好，立刻住嘴。見謝詞安狠狠地瞪著自己，他心中直哼哼。瞪我有什麼用？人人都這樣說啊！「不是公事，那是家事嘍？侯爺大人，你倒是說說看，看我能不能給你出出主意？」

被魏之武問煩了，謝詞安只好委婉地說道：「倘若有一日，八妹妹不在意你去何處，何時歸府她也不問，她身上的秘密也越來越多，你該怎麼辦？」

「侯爺，你問錯人了，靈兒絕不會這般對我的。首先，我要去何處、何時歸家，我都會主動告訴靈兒，不會讓她去猜，更不會讓她空等，秘密就更不可能了，我倆知根知底，眼中、心中只有彼此，哪來的秘密？」魏之武一說到自己的妻子就眼中泛著光，開心得嘴巴也合不上。

他這副樣子看得謝詞安心中更加煩悶了，再次後悔今日找了他。說到最後，好似全是自己的錯。

謝詞安單手撐著自己的額頭，嗤聲說道：「的確問錯人了，也找錯人了，我今日就不該找你來。」

「侯爺，不是我這個當妹夫的嘴碎說你，你的夫人除了出身低點，其餘一切你都不吃虧。」魏之武淺飲一口後，又繼續嘮叨起來，完全不顧謝詞安陰沈得能滴出水來的臉色。兩人私下飲酒的場合很少，謝詞安時常說飲酒易誤事，上一次喝還是謝詞安被孝正皇帝逼著娶陸伊冉的大婚前一晚。此時再請他喝酒，魏之武大概也能猜到是因為內宅之事，便大膽地替陸伊冉抱不平。「別再整日想著和離什麼的，聽說你打仗都不忘記帶著紅顏知己，何時添了這癖好？」

謝詞安心中的怒火差點漲到天靈蓋，這句話又成功讓他想起今日府上的事，他對魏之武冷喝道：「你可以走了！」

「那你總得讓我帶點東西回去吧？被你喊來，你就讓我這麼空手回去？」魏之武厚著臉皮提要求。

「這裡沒要給你的東西，余亮，把人給我趕出去！」謝詞安真動了氣，又讓余亮趕人。

魏之武忙說道：「別的不行，你讓我給靈兒帶份糕點回去吧？她最喜歡吃這裡的如意糕了。」

余亮見謝詞安不發話，只好客氣地請人。「魏大人，請吧。」

「謝侯爺，你衝我發什麼火啊？昨日全尚京城都傳遍了，說你那紅顏知己，很像你的青梅竹馬，陳家表妹，你不會到現在還未忘記她吧？」魏之武又自顧自地坐回原位，也不顧謝詞安氣得鐵青的臉龐。「你也別氣，如今城中的賭館都為你專門開了賭盤，有人賭你三年和離，也有人賭你能撐五年，總之人人都盼著你和離。」

謝詞安倏地起身，終於失了冷靜，把酒盞狠狠一放。「你和他們一樣，就見不得本侯好是吧？」

「我沒有！」魏之武不知自己哪句話又戳到他了，連連擺手。

「本侯不會讓你們如願的！」

謝詞安懶得理會魏之武了，見他趕不走，自己撩袍離去。

余亮知道謝詞安今日心情不好，亦步亦趨地跟在他身後，也不敢吭一聲，決定做個啞巴。

謝詞安沒去衙門，也沒回侯府，而是去了皇城司的練武場。

他換了一身青色勁裝，襯得身形越發修長健壯，拔劍出鞘，一人持劍立於練武場中，一副拒人於千里之外的氣勢，往日會與他切磋的屬下也不敢貿然上前討教。

他一躍而起，動作乾淨俐落，沒有虛招，劍花挽得層出不窮，讓人眼花撩亂。時而凌空回刺，劍氣狠戾；時而單腿掃地，如疾風颳過，沒有一絲痕跡；時而正面劈來，劍氣凌厲，讓場外的人不由得心一緊，不自覺地倒退幾步。

他的動作流暢有力，身形優雅俊美，就是周身的寒氣讓人不敢大聲喝采，只能在心中默默誇讚一句好劍法。

突然，他周身戾氣湧現，將長劍直直地射了出去，剛好刺在余亮身後一棵粗壯的樹幹上，發出陣陣劍鳴聲。

余亮雖也是習武之人，此時也是一動不動，嚇得臉色發白。

謝詞安氣息急促，胸膛劇烈起伏，腦中想起魏之武那句「人人都盼著你和離」，像一根刺一樣扎得他生疼；又聯想到陸伊冉今日回他「可真巧呀」，好似他是故意為之一般。

他心中越發肯定，陸伊冉定是聽信了謠言，以為他與自己的表妹有不清不白的關係。

出現在謝詞安人生中的謠言都可以編成一本傳記了，之前他從不理會，此刻卻有種把那些造謠之人統統屠之的想法。

謝詞安中進士後，他舅舅陳尚書對他十分滿意，有意撮合他與陳若芙兩人。

那時謝詞安的父親謝庭軒也還在世，雙方一合計，就把兩人的親事給定了。

謝詞安一向不擅長與女子打交道，與旁人相比，陳若芙相對要熟絡些，所以便未反對。

後來他與祖父入了陳州軍，在戰場上有勇有謀，掙下軍功無數，闖出了自己的一片天。

他入軍第五年擢升至後軍右都督，然而，他的祖父老護國侯卻因病去世。

謝詞安繼承了陳州軍權，一時之間成了尚京城炙手可熱的好兒郎，要不是他與陳家提前訂了親，只怕媒婆要踏破謝家的門檻。

這讓陳家越發滿意，兩家早就選好吉日，把婚期定在年尾。

如果一直這樣下去，也許謝詞安與陳若芙也能作對相敬如賓的夫妻。

誰知，謝詞安卻因保護皇上而受了重傷，在床上一躺就是半年。

這半年裡，大家都以為他傷了腿，也傷了根本，很難再好起來。他自己也消沈不少，不願與外人接觸，任何人都走不進他的內心。

陳若芙來看過他幾次，都被拒之門外。

一來二去，陳家也就失了耐心，為陳若芙另議了一門親事。謝詞安知道後，心中並無太大的波瀾。

不僅是他舅舅，就連他母親陳氏和他長姊謝詞微都對他改變了態度。

除了他祖母，一日又一日地安慰、鼓勵他，看著他跌倒又鼓勵他站起來，祖孫倆堅持了兩個多月，他才慢慢好起來。人的毅力被激發後，往往是不可估量的，他又用了半年的時間，讓自己的武藝恢復如初。

陳家後悔莫及，尤其是陳若芙。

此時，謝詞安揮手招來驚魂未定的余亮，對他淡淡吩咐道：「你去望月樓訂個雅間，今晚我要宴請徐將軍和舅父。」

當天晌午，如意齋這邊才聽到太夫人身邊的楊嬤嬤被趕出侯府的消息。

方嬤嬤聽了，本已放下的碗又端了起來，讓雲喜幫她再添了一碗黍米。

其他幾人也覺得心中舒坦，這些年她們受楊嬤嬤的白眼可不少，謝詞安也算是為她們報了仇。

陸伊冉聽說後也只是淡淡一笑，之後又要出府。

方嬤嬤見狀，搖頭嘆氣起來。「夫人，您就不能再等兩日嗎？侯爺正在氣頭上呢！」

方嬤嬤這幾日為她的事費心不少，陸伊冉神秘一笑道：「嬤嬤，妳先把眼睛閉上，我有東西給妳。」

方嬤嬤無奈地低喊一聲。「夫人！」

「嬤嬤，快些。」

拗不過陸伊冉，方嬤嬤只好依言行事。她聽到身後響起櫃子拉動的聲音，接著手上就被塞了張紙。

「嬤嬤，睜眼看看。」陸伊冉笑嘻嘻地說道。

方嬤嬤睜眼一看，霎時便熱淚盈眶。她雖不認識幾個字，可地契上「方宅」兩個大字，她還是認識的。「夫人，您讓我這老婆子說什麼好呢……」

「那就什麼都不要說。我說過要給妳買一間宅子養老，就不會食言的。」

方嬤嬤出身商戶，七、八歲時家中遭了劫難，為了養活一大家子人，父母只好把老宅賣掉。後來她父親去世，生活過得更加艱難，她母親就把方嬤嬤送給她如今的夫家做童養媳。夫家也是一般的農戶，方嬤嬤生下小女兒後，便被陸家選中，做了陸伊冉的奶娘，這一當就是十八年。

「這宅子只怕不便宜，您還要為青陽娘家那邊周轉，哪有這麼多銀子？」

陸伊冉一邊為嬤嬤擦眼淚，一邊開導她。「嬤嬤，大哥哥今年也快成婚了，妳就安心收下吧！」

方嬤嬤的擔心絕不是杞人憂天，陸伊冉上月剛寄了一萬兩銀子給母親江氏周轉，誰知幾天後，錢莊的小廝就找上門來，說青陽那邊把錢退了回來。

就在陸伊冉一籌莫展之時，她母親的家信也及時送到了，說是有人幫忙解決了銀子周轉的問題。

她母親的性子她了解，困難都是留給自己處理，既然說解決了，就絕不會收她的銀子。

陸伊冉打算把東郊的地和山林賣出去以後，親自回青陽一趟，再把銀票帶回去，到時銀子更充裕，就能為她母親多分擔些。

也因此，陸伊冉這才有多餘的銀子，為方嬤嬤買這座老宅。

至今，她還在疑惑是誰幫她母親解決了銀子短缺的問題。

難不成，是她母親為了不讓她擔心而故意找的藉口？

只有回了青陽，這一切疑惑才能找到答案。

余亮離開後，謝詞安並未停下，他又喚來在一旁觀看的侍衛，赤手空拳要與人對練。

那人哆哆嗦嗦，就是不敢出拳。

謝詞安不悅地喝道：「出手都不敢，還有何資格讓本侯帶你上戰場！」

這個侍衛不是別人，正是魏之武的小舅子，謝詞安旁支族弟謝詞川。

「二哥哥，小弟……小弟不敢。」謝詞川瞟了眼還扎在樹幹上的長劍，不但不出拳，反而往後退了幾步。

惹得練武場上的其他人，鬨堂大笑。

謝詞安想到魏之武在戰場上的英勇，再一看他族弟這熊樣，實在覺得看不過去，不由得低聲吼道：「這裡沒有二哥哥，只有謝都督！」

「舅舅，他不敢，我敢。」

忽然，一道洪亮的男聲從練武場的大門口傳來，謝詞安和眾人轉身，便看到一身錦衣華服的瑞王趙元哲，身後跟著九皇子趙元啟。

趙元哲今年十七歲，他身分尊貴、容貌出眾，天生的優越感讓他自信滿滿，走路有風，疾步來到謝詞安身前。

眾人一見是兩位皇子駕臨，謝詞安及眾人紛紛跪下行禮。

「參見瑞王和九皇子殿下。」

趙元哲讓眾人起身後，見趙元啟依然佇立原地，躊躇不前，便催促起來。「九弟過來呀，本王的舅舅他不吃人。」

謝詞安這才抬眸看向還站在門口的趙元啟。

趙元啟今年八歲，聰慧好學，深受皇上寵愛。

如果說皇上對太子是寄予厚望和責任，那麼對他這個九皇兒則是發自內心的喜歡。

可九皇子連自己父皇都不怕，卻有些怕這個謝都督，他的表姊夫。

今日九皇子本意是與自己的皇兄來練武場上練習弓箭，誰知卻碰到了謝詞安。

趙元哲幾次催促後，趙元啟終於慢騰騰地挪到謝詞安面前。

謝詞安頷首示意，淡淡道：「臣見過九皇子殿下。」

「謝大人……哦不，謝都督，免禮！」

看見趙元啟慌慌張張的樣子，逗得趙元哲哈哈大笑道：「不是說大齊的英雄是你的表姊夫嗎，今日見了面，反倒害羞起來了。」

趙元啟被自己皇兄一笑，臉頰通紅，更不敢抬頭看謝詞安了。

「瑞王殿下慎言。」謝詞安對這個口無遮攔的外甥很不滿，見一次提醒一次，但就是沒多大改變。

「知道了，舅舅。」

「殿下，記得叫臣謝大人。」謝詞安一板一眼地糾正他。

「知道了，謝大人。」在宮中被他母后糾正這、糾正那的，出來了還要被他舅舅訓斥，趙元哲心中很不得勁，就怕謝詞安再提他在兵部的公務，急忙移步到靶場去。

趙元啟緊跟其後。

「謝大人，你離京也有一段時間了，要不今日檢驗檢驗本王的箭術？」

謝詞安教授趙元哲騎射及劍術多年，也算小有成就，剛剛說要與謝詞安切磋不是一句空話。

趙元哲熟絡地左手握弓，右手持箭，箭離弦而出，正中靶心。

謝詞安今日沒心情搭理他，也懶得指導，只立於一旁，心不在焉地瞅了眼。

他的目光越過趙元哲，停在躍躍欲試的九皇子身上。

他記得，之前陸伊冉總愛在他耳邊說她的表弟九皇子是如何聰慧，五歲就能與太傅辯論國策，又是如何乖巧，能一整天不動地看完一本書。

謝詞安記得那時的陸伊冉笑意盈盈，眼中像是有星星，見他直視她時，會一臉羞澀，兩眼含情，那樣子能把他的整個心都融化了。

如今一看，還是那雙能迷惑人心的杏眼，可眼中再無情意，只有敷衍和疏離。是從什麼時候起，他失去了那眼中的柔情？

想到此，他心中止不住地抽痛，湧起一陣挫敗。

「九弟，你學問尚可，為何拉起弓來卻軟趴趴的？」趙元哲耐心有限，指導兩次就開始數落起來。

「九皇子不是無力，是姿勢不對，讓臣來教他吧。」謝詞安在兩人身後說道。

兩位皇子和身旁的近侍皆神色錯愕，有些不敢相信。之前謝詞安見到九皇子時，從來都是冷冷淡淡，連個好看的臉色都沒有，今日竟會主動教他，實在讓人費解。

謝詞安走到九皇子身後，屈膝扶正他的手、肘及腿的姿勢，並詳細告知發力點，耐心十足。

隨著謝詞安一聲「射」，九皇子射出去的箭羽正中靶心。

趙元啟高興得連蹦帶跳，倒看得一旁的趙元哲心中一酸。

趙元哲不滿地道：「謝大人，你可真有耐心，教本王的時候可沒這麼心平氣和。」

謝詞安不自覺地嘴角上揚道：「瑞王殿下何時學會了吃味？」

「哼，本王才沒有！」

趙元啟在謝詞安的指導下，箭術大有進步，要不是身旁的近侍一再催促，只怕天黑前都不想回宮了。

趙元啟跑到謝詞安面前，揚起紅通通的臉龐，已沒了之前的懼怕，輕聲問道：「謝大人，你空閒時，本宮可以來找你學騎術和劍術嗎？」

趙元哲連忙阻止。「謝大人整日忙碌，哪有空教你？父皇給你請了武藝太傅，你去找他學吧！」

趙元啟一聽，臉色微紅，低頭不語。

「只要臣有時間，九皇子和瑞王都可以到此找臣。」謝詞安溫聲答道。

「舅舅！」趙元哲小心眼起來，不滿地喚道。

「殿下，你們都是皇上的子嗣，臣本該一視同仁，不可這般顧此失彼。」

趙元哲實在不解他舅舅的變化，心中胡亂猜測起來，難道舅舅不想做都督了，要改行當太傅？

趙元啟一回到清悅殿，就止不住興奮地把這個消息告訴自己的母妃。

安貴妃自是不相信，拉過九皇子就開始訓斥。「你是不是忘了母妃交代的事了？不要去打擾你六皇兄，他如今有公務，不能帶著你到處瞎晃悠！」

「母妃，兒臣記下您的話了，今日是六皇兄帶兒臣去皇城司的。謝大人真的教授兒臣箭術了，還答應以後要教兒臣騎術和劍術，不信您問小寧子。」

「回娘娘，九皇子說的句句屬實。」身旁的小公公佝僂著身子，如實答道。

趙元啟撥開安貴妃的手，拿起炕几上的茶盞就開始喝起來，一口氣就見了底。

連秀在一旁瞧得直心疼，不時提醒道：「殿下慢些喝，別嗆著了。」

安貴妃卻未注意，她還未從震驚中回過神來，喃喃自語道：「這怎麼可能呢？」

謝詞安準時到達望月樓，穿的依然是在練武場上那套窄袖勁裝。

他到望月樓時，徐將軍徐永興也剛到。

徐永興一身鴉青色緞面圓領袍，已入不惑之年，長相粗獷。

同樣是武將出身，和他對面的謝詞安一比較，簡直就是天壤之別。

兩人之前雖同朝多年，私下卻並無太多交集，直到此次出征北境，兩人才對彼此有所了解。

徐將軍是大都督王嘯棟的女婿，已是從三品雲麾將軍，此次出征北境時擔任援北副統領。

皇上的用意很明顯，要用他來制衡謝詞安在軍中的權力。

兩人也是揣著明白裝糊塗，客氣相處，跟沒事人一樣。

「謝都督，此次找屬下來不知有何事吩咐？」

兩人都是武將出身，不會文謅謅地繞來繞去。

「徐將軍無須客氣，你我之間不存在上下屬關係，更談不上吩咐。」謝詞安三言兩語繞過官場那些客套，直言今日正事。「謝某記得徐將軍有一子儀表堂堂，聽說是兩年前中的進士，不知是否婚配？」

徐永興聽聞謝詞安不談公事，反倒談起了自己的兒子，心中有些疑惑，遲疑不決地回道：「謝都督說的，正是徐某的大郎。不知都督是何意？」

謝詞安親自煮好清茶，並為徐永興滿上，輕描淡寫地說道：「謝某能有何意？這麼好的郎君，自然是想給他指門姻緣。難道徐將軍不願？」

「原來如此，徐某怎會不願？謝都督願保媒自然再好不過，如果能成，徐某感激不盡。」徐永興心頭納悶，這謝詞安究竟安的什麼心，要為他家大郎保媒？但面上仍平靜問道：「不知謝都督說的是哪戶人家的姑娘？」

謝詞安將茶盞握在手中，溫聲道：「你見過，在禹州與我們同路，一起回的尚京。」

「你說的是陳尚書家的長女，你的表妹？」徐永興神色一緊，放下茶盞，驚訝道。

「正是。」

禹州到尚京需要兩天的路程，路上陳若芙與謝詞安關係如何、清不清白，謝詞安縱有一百張嘴也說不清，可同路的旁人卻是看得一清二楚。

陳若芙雖退過親，年紀也不小，但憑她的出身和容貌，在尚京城依然是許多高門大戶想結親的第一人選；甚至對於陳家另一個女兒的醜事，人們也早已淡忘。

徐永興思慮到，他岳父王嘯棟與陳家在官場上立場是敵對的。

謝家和陳家是六皇子瑞王背後的依仗，而他岳父王大都督看似效忠皇上，實則歸屬太子一黨。

隨即徐永興腦子一轉又想到，如今岳父年事已高，皇上對岳父也不如往日那般器重了，此次讓自己做副統領看似要制衡謝詞安，實則是給他岳父一個臺階下。

自己則是沒那個本事入皇上的眼，也沒那個實力與瑞王和謝家抗衡。

如今謝詞安放下身段，主動示好，而他也看得仔細，雖然謝詞安與陳姑娘訂過親，可一路上兩人連話都很少講，關係清白。

此門親事若能成，倒是對他家大郎的仕途有益。「只怕我們徐家高攀了，就怕陳尚書不會答應呀！」

「答不答應，謝某不敢作主，不過陳尚書馬上就到，你到時可以問問他。」

果然片刻後，謝詞安的舅父陳勁舟來了。

陳勁舟與謝詞安的母親眉眼有幾分相似，眉清目秀、長相儒雅，今日穿著一身靛藍色錦緞直裰。

見到謝詞安那刻，陳勁舟神色歡喜，可看到一旁的徐永興時，眉頭輕蹙，有些莫名，隨即臉色和顏悅色起來，客氣有禮地問候道：「徐將軍也在此，本官這廂有禮了。」陳勁舟任工部尚書多年，拿捏場面自不在話下，霎時就能做到與政敵和氣閒聊起來。

徐永興立刻起身回禮。「陳大人客氣了，請。」

兩人落坐後，謝詞安直言道：「舅父，外甥今日請您來，不為公務，只為芙兒的親事。」

聽謝詞安當著外人的面提及陳若芙的婚事，陳勁舟心中驀地生出一股不祥的預感，忐忑地問道：「不知安兒何意？」

「外甥今日冒昧一次，替您引薦徐將軍家的大公子，不知舅父可願意？」

陳勁舟的臉色凝重，完全沒想到謝詞安竟會當著外人的面，把他與陳若芙的關係撇得乾乾淨淨，中間還直接越過他的母親。

這與之前陳氏承諾的相差甚遠。

陳勁舟半晌不答，謝詞安也不催促。

一旁的徐永興卻有些坐不住了，主動挑明道：「陳大人不必為難，要是覺得不妥，我們絕不勉強。」

「這關乎兒女的大事，本官實在不好直接回覆，等徵得小女的意見後，自當託人告知。」

「既是如此，那徐某便回去等候佳音了。」徐永興看出他的勉強之意，也不好再待下去，只能先行告辭。

謝詞安讓余亮把人送出酒樓。

待雅間只剩下舅甥倆後，陳勁舟臉色陰沈，冷聲問道：「安兒，你這是何意？難道你忘記了之前的約定？」

「外甥從未在舅父面前承諾過什麼，倘若之前母親對舅父應允過什麼，那也只能代表我母親的意願，她代表不了我。之前我與芙兒的婚約，是舅父主動退掉的，外甥心中從不怨誰。如今我已有家室，也請舅父看好芙兒，不要惹一些不必要的麻煩，既對她名聲不好，也怕對舅父在官場中的聲望有所影響。就算之前我們兩人有口頭婚約時，外甥與芙兒也是清清白白的，見面最多問候兩句，並未做過任何踰矩之事。」謝詞安不懼陳勁舟的厲色，直言不諱，說得明明白白。

「你怎能如此絕情？芙兒對你的心意，難道你不明白！」陳勁舟氣得大手一拍，震得茶盞中的水濺得只剩半盞。

謝詞安神色平靜，毫無懼意地答道：「外甥大婚後就與她說得清清楚楚了，叫她莫要糾纏，也將她的信件外甥全部歸還，此次在禹州碰見，外甥只能硬著頭皮答應她一同回京。她這樣不管不顧，可有為外甥想過，為她自己想過？男女之情，在三聘六禮之前，都應當約束好自己的行為，擅跨雷池一步，都是災難，上次雪兒的教訓，舅父還未領會嗎？希望舅父好好管教自己的女兒。」

眼看謝詞安的腳即將跨出雅間，陳勁舟在他身後忙道：「安兒，你別忘記了，你是謝家的當家人，娶了芙兒對你才有最大的益處！」

「舅父，謝家的利益，從來都是我自己去爭取來的，不靠一門親事。」謝詞安並未轉身，只是微微側身回答。

陳勁舟不依不饒，見他對此事不鬆口，又改了另一話題。「你實在糊塗，徐家與我們立場不同，如何能有婚事牽絆？」

「王大都督已是棄子，我們主動示好，皇上不但不會反對，反倒能讓他放鬆警惕。至於徐永興大郎徐書禹，此人有些才能，只是因為他外祖父的關係，皇上不願用他。」謝詞安既然能為兩家保媒，其中的利害關係早已看得透澈。

話說至此，陳勁舟也聽得明明白白了，他如何不知謝詞安的言下之意？只是徐書禹與謝詞安相比，依然相差甚遠。

陳勁舟不願罷休，只能厲聲警告。「皇后娘娘不會答應的！」

謝詞安腳步一頓，直接轉身看他，堅定地道：「舅父，您忘記了，我自己的事，從來都是我自己作主，皇后娘娘也干涉不了。」

謝詞安一回侯府，剛過垂花門，就聽到孩童的哭聲。

他聽出是循哥兒的聲音，忙疾步朝哭聲處趕去。

就在大房與二房的院門口，見到自己兒子和大房的玉哥兒。

奶娘抱著循哥兒哄勸半天，都無濟於事。

玉哥兒大聲吼道：「你就是笨蛋！自己的名字都不會寫！」

循哥兒越來越大了，知道說他「笨蛋」是在罵他，不像以前還樂呵呵地傻笑。他是個倔性子，一邊哭，一邊掙扎著從奶娘懷中往地下溜，不願服輸，吵又吵不過，只會乾著急，喊了一句。「哥哥壞！」

「你是笨蛋！大笨蛋！」玉哥兒指著循哥兒的額頭罵道。

「哥哥壞！」循哥兒揚著臉龐，倔強地往玉哥兒身前湊。

僕人趕緊把兩個孩子分開。

玉哥兒見循哥兒話都說不索利還敢回嘴，更來氣了，一把推開婆子們，揚起手，準備打循哥兒，但巴掌還來不及揮下，就聽到威嚴的警告聲響起。

「玉兒！」

玉哥兒一見來人是謝詞安，徹底蔫了，立刻變乖，佇立在一旁不敢動。

循哥兒一見是謝詞安，哭聲更大了，撲進他懷中，告起狀來。「爹爹，哥哥壞！」他滿臉的淚水和鼻涕全都糊在謝詞安的衣袍上，哭得身子打顫。

謝詞安接過奶娘遞來的手帕，擦乾循哥兒臉上的淚水，柔聲安慰起來。「循兒乖，我們回去找娘可好？」

循哥兒一聽找娘，也不哭鬧了，當即止了哭聲，溫順地趴靠在謝詞安的肩頭上。

臨走時，謝詞安不忘對玉哥兒囑咐道：「弟弟還小，不能打他，否則二叔父會家法伺候你，聽清了嗎？」

「聽清了。」玉哥兒輕聲應道。

因哭鬧了一番，還未到如意齋，循哥兒就躺在謝詞安懷中睡著了。

謝詞安把他抱回東廂房，放到羅漢榻上。

方嬤嬤也跟了進去，躬身問道：「侯爺，可用過晚膳？」

「不曾。」

「奴婢這就去準備，侯爺稍等片刻。」

陸伊冉正在內室沐浴，忽然聽到謝詞安的說話聲，心中一慌，立刻要起身穿衣，誰知起得太急，身子一歪，撞到後腰，差點摔出浴桶，疼得她「哎喲」一聲。

謝詞安一驚，疾步入了浴室。

陸伊冉聽到腳步聲，忙出聲阻止。「侯爺，別進來！」

「發生何事了？」謝詞安著急問道。

陸伊冉捂住後腰處，忍著疼，回道：「無事。」

「可要我叫妳的丫鬟？」謝詞安不死心，立於屏風旁，雖沒繼續進浴室，但也未離開。

「……嗯。」陸伊冉半天才應一聲。

謝詞安心中一急，也顧不上去叫什麼丫鬟了，徑直越過屏風，直接闖了進去，結果就見陸伊冉披著一件薄袍，赤腳蹲在地上。

「侯爺，你……」陸伊冉裡面什麼都沒穿，趕忙捂緊衣領，但遮得了上面，就遮不住下面，露出雪白的一截小腿和一雙粉嫩可愛的玉足。

他忙背過身去，眸色一暗，臉頰暈紅，像個做錯事的孩子，支支吾吾道：「我、我抱妳出去。」也不再與陸伊冉廢話，打橫抱起她，幾步走出浴室，把她放到內室的床榻上。眼睛也不敢亂瞟，就怕像上次那樣慾火焚身，陸伊冉卻不願給他紓解。

謝詞安放下床帳，把陸伊冉嚴實遮在裡面。

恰巧方嬤嬤此時來送膳食，化解了兩人的尷尬。

謝詞安在一側用膳，然而床榻裡面窸窸窣窣的穿衣聲，總能干擾他的視線和心神，再美味的膳食他也如同嚼蠟。

剛剛他的餘光瞧見方嬤嬤為陸伊冉拿的是件藕荷色的肚兜，他記得，那個顏色的肚兜，兩人剛圓房時，陸伊冉經常穿。她膚色白得發光，像一朵高雅又不失嬌媚的玉蘭花，每每讓他移不開眼。而肚兜下包裹的風景，才是最亂他心神的利器。

等謝詞安平復好心緒時，陸伊冉也換好衣衫，撩帳坐於床榻邊。

那日兩人不愉快的爭吵後，倒讓兩人此刻有些不知該說些什麼。

謝詞安在腦中搜索一番，乾巴巴地說道：「我與芙兒雖訂過親，可我們之間清清白白的。今日我為她和徐將軍家的大公子保媒，徐將軍在回京路上一路與我同行，看得清清楚楚，他很滿意這門親事。」

陸伊冉神色一怔，不相信謝詞安的說辭，畢竟六年後，兩人大婚的事實不會改變。

她淡淡一笑。「侯爺，你不用對妾身解釋，妾身自是信你的。」

「真的？」謝詞安臉色一喜，可看到陸伊冉一臉的淡漠，神色又黯然下來。他苦澀一笑，輕聲嗤道：「我怎麼就忘記了，妳早就不在意了。」

陸伊冉裝作沒聽見，低頭忙碌地縫製循哥兒的袍子。

謝詞安突然有些羨慕起自己的兒子了，在陸伊冉眼中，無人能與循兒比，樣樣都是她親力親為。

心口驟然一痛，想起她以前也是這樣對自己的，從什麼時候起，自己變成了她眼中的陌生人？

他只能挫敗地安慰自己，這樣也好，兩人相敬如賓，共同養育一個孩子。她還是自己的妻子，何須兒女情長，庸人自擾？

於是謝詞安又主動找話題。「今日我在練武場上碰到了九皇子。」

果然，陸伊冉一聽見自己的表弟，便放下了手上的針線活，神色也有幾分好奇。

「他與瑞王來練武場上練習，我還特意指導了他。」謝詞安見陸伊冉淺淺一笑，恬靜又柔美，他心頭舒暢，心情也跟著好了起來。

「那會不會耽擱了侯爺的公務？」

「不會，下次得空，只要他願意來，我還會再教他。」

謝詞安用指腹摸索著茶盞上的梅花花紋，動作輕柔。他記得陸伊冉有一對這樣的耳璫，此時就好似在輕輕撫摸著她的耳背般。

「侯爺有公務要忙，可別勉強。」

謝詞安有些心不在焉，好似沒聽見陸伊冉的話。

陸伊冉正想找個藉口趕人，外面卻淅淅瀝瀝地下起了雨，正是應了那句人不想留、天要留。

兩人漱洗後，先後上了床榻。

謝詞安並未像往日那樣直奔主題，而是把他的大手貼到陸伊冉的後腰處，輕輕揉捏起來。「可還疼？」

陸伊冉輕輕一哼，回道：「好些了。」謝詞安濕熱的氣息就噴在她的耳背上，她一轉頭，就撞進謝詞安那雙好看的星眼中，他眼中的炙熱好似要把她吞噬一般。她小心地挪過腿，膝蓋卻撞到某個硬物，聽見謝詞安的呼吸突然變粗，陸伊冉便不敢再動了。

殊不知，無意中她的衣衫已然滑開，雪白的溝壑躍然眼前。

衣衫全壓在謝詞安身下，她紅唇親啟。「侯……」後面的話全被謝詞安含到嘴裡，連餘音都被他吞噬殆盡。

身體是最誠實的，像是久旱逢甘霖，氣血流竄全身，各自做著本能的反應。

謝詞安含著她的丁香不鬆口，在裡面橫衝直撞。

陸伊冉用雙手推拒著他熾熱、厚實的胸膛，卻反而被他輕而易舉地以單手扣在頭頂，不能動彈。

今晚的謝詞安比往日溫柔許多，他的吻激烈卻不失技巧，所到之處讓陸伊冉有些受不住地吟出了聲，身體的空缺處，被謝詞安填得滿滿當當。

謝詞安的熱吻一直未停歇，繾綣不捨，想要更多。心口的荒涼在擁有陸伊冉時，才覺得踏實。

靈肉合一時，謝詞安低吼道：「夫人，這段期間可有想過我？」

陸伊冉眼神迷離，半晌都未回他。

謝詞安不死心，執著地不願抽身，用動作無聲地抗議起來，他的唇在陸伊冉的耳朵和纖細的脖頸處流連忘返，帶著蠱惑又沙啞的嗓音問道：「有沒有想我？有沒有？」

陸伊冉不敢回沒有，被謝詞安纏得太久，周身沒有一點力氣，差點虛脫，只能違心道：「有。」

謝詞安聽聞後才肯罷休，抱起被他折磨得癱軟如泥的陸伊冉進了浴室。

浴桶裡，陸伊冉無意間摸到謝詞安背後又多出兩條傷痕，軟綿綿地問道：「你這次又受傷了？」

「妳會在意嗎？」

陸伊冉沒有回答，也不想回答。假話說多了，她怕自己再一次迷失。

謝詞安輕嗤一聲後，也沒再追問。

次日一早，等陸伊冉起身時，謝詞安早已離開。

她第一件事，便是從床櫃裡拿出一顆藥丸服下，結果剛好被進來給循哥兒拿衣袍的奶娘看見了。

陸伊冉裝作沒事人一樣，淡淡地問了聲。「循哥兒呢？」

奶娘答道：「在二房院門口玩。」遲疑一息後，終是勸說起來。「夫人，那藥丸對身子有害，還是少吃為好。我娘家妹子就是這般，後來想要孩子時，就再也沒懷上過了。」

「知道了，別告訴嬤嬤她們。」

「嗯。」

奶娘走後，陸伊冉心中一陣迷茫，又想起之前沒了的那個孩子。過了這麼久，她依然止不住地難受，甚至會忍不住猜想著，那個孩子是個哥兒，還是個姑娘？如果是姑娘，會不會長得像自己？

直到院外方嬤嬤的說話聲響起，才把陸伊冉驚醒。她摸了摸滿臉的清淚，把藥丸藏好，起身出了屋子。

第八章

和前世一樣，過了二月二，皇上要圈禁園獵場一事便開始籌劃了。

山下的那塊地，如陸伊冉料想的那般，開始被爭相搶購起來。

陸伊冉提前核實一番後，山林的部分她打算要翻兩倍的價格才出手。

而山下的地，爭搶得太過激烈，裡面有許多商戶與謝家有著密切的關係，她怕暴露了自己，決定用拍賣的方式競價。

本以為，一切都是板上釘釘的事，誰知情況還是出現了意外。

二月初十這日，戶部主事找上門來了。

陸叔把他帶到官署區旁的茶樓，洽談山頭價格之事。

那主事只願給一倍的價，陸叔自不會答應。雖說是朝廷徵地，但只要地主不願意，他們也無可奈何。

雙方互不相讓，只好各自回去稟明情況。

他們剛出茶樓，正好與外出辦事的童飛撞了個正著。

陸叔回府後只向陸伊冉說了談價的事，並未提及撞見童飛這件事。

誰知，晌午謝詞安就找了過來。

謝詞安一進屋，就劈頭蓋臉地問：「為何賣掉西郊的果林和田產，買下東郊的山和地？」

陸伊冉還未從第一個問題反應過來，他的第二個問題又接踵而來。

「和上次救穆惟源一樣，妳為何又事先知道這片山頭會被朝廷徵用？」謝詞安暴喝道：「說話呀！」

陸伊冉怔怔地望著謝詞安，不知要怎麼回答。

「不要告訴我又是夢見的！東郊那塊地，根本無人會買，倘若不是提前知道有轉機，妳也不會貿然行事。」謝詞安分析得頭頭是道。

思忖一番後，陸伊冉答道：「是算卦先生幫我算出來的。」

「上次是作夢，這次是算卦，難不成天下的先機都能被妳窺探？」說到最後，謝詞安有種拳頭打在棉花上的感覺，洩氣而沮喪。他覺得陸伊冉離他越來越遠，秘密也越來越多了，她究竟要做什麼？

陸伊冉怕他一氣之下干涉自己的計劃，只好搪塞一通。「侯爺，這個只是巧合，誰不想手上多積攢一些錢財？多備些，以後循兒大了用銀子的地方還多著呢！」

謝詞安實在不想聽她胡說，低聲吼道：「這個不需要妳一個婦人操心！」

「可妾身想吃好的、穿好的，不行嗎？之前她們剋扣如意齋的吃穿用度，你怎不說？」陸伊冉邊哭邊說。

一雙無辜的杏眼，一眨眼淚水便像斷線的珠子般掉個不停，和循哥兒委屈地哭時如出一轍。謝詞安嘆氣一聲，心一軟，聲音也小了不少，柔聲道：「現在管家權都在妳手上了，誰還敢剋扣？」

「妾身就想多掙些銀錢，又不違法，侯爺也不允嗎？」陸伊冉淚眼矇矓地看向謝詞安，一雙眼已哭紅，顯得嬌弱又可憐。

謝詞安哪裡還能說出半句責怪的話來？只好道：「那塊地，妳打算要多少銀兩才肯出售？大家都在爭搶，我怕到時反對妳不利。」

陸伊冉走近他身旁，輕輕吻了吻他的嘴角，笑靨如花，俏皮一笑道：「侯爺不要管妾身的事可好？妾身自有辦法。」

謝詞安被她一吻，腦袋瞬間空白，只能懲罰性地撈過她的腰身，把她放在他腿上，加深了這個親吻。

關於地的事，未再提半句。

不知是不是謝詞安用了什麼手段，沒過兩日，戶部主事主動找上門來，也不砍價了，就按之前的價格徵收。

田產競價也未間斷，到第十日終於定價，以六萬兩的最高價成交。比陸伊冉想像中的還要多，翻了十倍。

加上東郊圍獵場賣出的價格，一共進帳七萬二千兩銀子。

陸伊冉作夢都能笑醒。

可第二日到戶部讓中間人轉交地契時，陸伊冉卻改變了主意，反悔不願轉手。

她寧願多賠償那出最高價的買主五千兩銀子，也要選擇賣給出價次高的那家。因為陸伊冉到場才知道，那位神秘的買主竟是皇后娘娘謝詞微。

由於陸伊冉不能露臉，便等在車廂裡，卻突然聽到一道熟悉的聲音，她又豎著耳朵聽了半天，確定是皇后娘娘身邊的管事宮女方情，與中間人正在攀談。

從他們的談話中，她才知道謝詞微也看中了這塊地。

等方情和兩位宮女走進戶部衙門後，她便讓陸叔當即回絕了中間人，言明她要選第二家，不願賣給原先這家。

晌午就讓中間人找來第二家，以五萬五千兩的價格成交了。

幾人皆不明所以，無奈陸伊冉十分堅持，旁人也只能照辦。

方情回宮後，才一稟報，謝詞微就氣得當場砸了手上的茶具。

一通發洩後，謝詞微咬牙吩咐道：「去給我查，我一定要知道背後的賣家是何人。」

「是！」方情不敢有片刻懈怠，當即就帶人出了宮。

皇后娘娘的私庫，自從上次捐過軍餉後，一直沒機會讓她收回損失，經人提醒盯上了東郊那片田地，誰知卻是這個結果，讓她怎麼能忍下這口氣？

陸伊冉這邊，雖少賺了一萬兩銀子，也算完美收場。

接下來，她便要想法子讓謝詞安鬆口，她要回青陽老家，這樣就能徹底甩開府上中饋的事務。

想像是美好的，傍晚時分，宮中就傳來消息，皇后娘娘要見她，要陸伊冉馬上入宮。

如意齋的幾人都懵了，膽戰心驚，不知她們夫人為何又惹到謝詞微？只有陸伊冉一人心中明白是為何。

宮裡的小公公等在一旁，自是不能耽擱。陸伊冉稍稍安撫好方嬤嬤她們後，帶著雲喜，隨小公公一路進宮去。

華陽宮緊靠皇上的太乙殿，富麗堂皇，裡面的一磚一瓦盡顯奢華。

前世陸伊冉每次都很懼怕來這裡，戰戰兢兢，大氣都不敢出，只能亦步亦趨地跟在陳氏身後。

她們高興時，她像一個透明的人；她們心中不痛快時，她就是出氣筒。

終是被帶到了謝詞微的寢殿，她坐在美人榻上，一臉陰沈，身旁的侍女們垂首侍立，不敢發出一點聲音。

陸伊冉一踏進這裡，就能感覺到撲面而來的壓抑氣氛。

主僕倆屈膝跪下給謝詞微行禮，謝詞微也不宣兩人起身。

「本宮聽說，東郊那塊山頭是妳的私產。」

雲喜嚇得一哆嗦。

陸伊冉平靜地回道：「回娘娘的話，正是妾身的。」

「妳此次倒是賺了不少，因此才敢這麼狂妄吧？竟還敢欺負到本宮頭上！」謝詞微起身走到陸伊冉跟前，居高臨下地看著她，語氣凌厲。

「妾身不明白娘娘的話，此次能把地賣出去，都是靠運氣。」

「是運氣好，還是別的陰謀，本宮沒興趣聽！本宮只問妳，為何拒了首家，轉而選擇第二家？是不是知道是本宮要買，故意為之？」

「娘娘冤枉，妾身不知首家是娘娘，只知第二家是長公主，見她是熟人，這才退掉首家，還請娘娘見諒。」

陸伊冉也是過戶後，陸叔告訴她，才知道第二家買主是長公主。

謝詞微把裙襬一甩，拉開了與陸伊冉的距離，轉身又坐回榻上，喝道：「本宮不想聽妳這些歪理！現在妳只須辦一件事，明日就去拿回地契，這塊地必須是本宮的！既然六萬兩妳不要，那麼本宮就不客氣了，給妳三千兩也算合理吧！」謝詞微知道賣家是陸伊冉後，心中就有了別的打算。還給什麼六萬兩銀子？她想給多少就給多少！

陸伊冉心中冷哼，淡笑道：「只怕此次要讓娘娘失望了，地契已過了戶，那不是妾身的私產了。娘娘若想要那塊地，還是去找長公主吧。」

「妳說什麼？妳敢忤逆本宮！」謝詞微氣得拂袖，倏地起身喝道。

陸伊冉雖跪在地上，但語氣鎮定，沒有一點懼意，平靜回道：「忤逆娘娘這個罪名，妾身擔不起。」

「好一個擔不起！來人，掌嘴！」

方情舉步上前，揚手就要打。

陸伊冉眼疾手快，起身一把抓住她的手腕，反手就是兩耳光，打得方情眼冒金星，她冷聲道：「還想打我？妳自己先嚐嚐這滋味！這是妳欠我的，還有幾次先欠著，日後有機會再還給妳！」

想起自己前世，在這華陽宮不知被她打了多少耳光，那些屈辱的日子彷彿近在眼前。

這兩耳光是為了替從前那個軟弱的自己報仇，更是在向謝詞微表明，自己不再做任她隨意搓揉的羔羊了。

轉變來得太快，幾人都被震驚了。

尤其是謝詞微，她以為自己眼花了。

「皇后娘娘是一國之母，長公主是皇家公主，兩人身分都尊貴無比，妾身誰也不敢得罪，如果娘娘實在想要那塊地，就去與長公主協商吧，妾身愛莫能助。如果娘娘沒有別的交代，妾身就先回去了。」她們主僕倆跪在這冰冷的地板上，膝蓋都麻了，自己不快刀斬亂麻，只怕她們要跪到天亮。陸伊冉拉起渾身顫抖的雲喜，轉身往外走。

謝詞微反應過來後，大聲吼道：「給本宮站住！本宮這華陽宮豈是妳想來就來、想走就走的地方！」見陸伊冉步子停下，她繼續說道：「今日這般衝撞本宮，妳以為還能走得了？叫妳的丫鬟去淮陰侯府把地契拿來，否則妳今日就休想出華陽宮！」謝詞微疾步走近陸伊冉身旁，神色猙獰道。

雲喜不但沒走，反倒跪在地上苦求道：「奴婢求娘娘放了我們夫人吧！」

「把地契給本宮拿來，本宮自會放人！」

「只怕要讓娘娘失望了，地契沒有，命倒有一條！」陸伊冉決然地從衣袖裡拿出一支鋒利的髮簪，狠狠抵在自己的脖頸上。

幾人大驚失色。

「夫人！」雲喜驚呼一聲，哭喊起來。

謝詞微氣得臉色鐵青，怒聲道：「陸氏！妳莫非瘋了不成？」

「娘娘，今日若讓妾身順順利利走出這華陽宮，一切好說。」陸伊冉寸步不讓，神色堅定地與謝詞微對峙起來。

「妳……」謝詞微氣得渾身顫抖，從未有人敢這麼與她對著幹！

「侯爺、侯爺！」就在此時，殿外宮女的驚呼聲傳來。

緊接著，珠簾被粗魯地撩開，謝詞安高大的身影出現在她們面前。

他一臉慌張，來不及行禮，幾步跨到陸伊冉身邊，想奪下她手上的髮簪。

可她一臉防備，後退一步，眼中的警惕和懼意讓謝詞安心中一疼。

他嘴角上揚，柔和一笑，輕輕抹掉了陸伊冉眼角的淚水，柔聲道：「別怕，我不會傷妳，也不會讓別人傷妳。」

這時，陸伊冉才耷拉下肩，兩手一鬆。

謝詞安乘機拿走她手上的髮簪，緊握住她的肩頭，像是要給她一些力量。

「二弟！難道你也要來忤逆本宮不成？」謝詞微嚴厲地問道。

謝詞安側身摟住陸伊冉，淡淡道：「臣不敢，臣只是想告訴娘娘，凡事莫要做得太過，若因小失大，後果難以挽回，只怕對我們都沒好處。」隨後，他放開陸伊冉，微微抬手向謝詞微恭敬地說道：「這件事，臣會給娘娘一個交代，只是這地無論如何也拿不回來了，還請娘娘看開些。」說罷，拉著陸伊冉轉身要走。

「安兒，你知道你在做什麼嗎？最近接二連三發生的事，你太讓本宮失望了！」

謝詞微陰冷的聲音在他們背後響起，謝詞安停駐一息後，並未回答，拉著陸伊冉快步走出華陽宮。

一路上，謝詞安走得飛快，他拉著陸伊冉的手腕不放，陸伊冉在後面小跑著才能跟上。

雲喜不敢離得太近，和余亮一路跟在兩位主子身後保持著一定的距離。

陸伊冉上了馬車後，雲喜也不敢進車廂伺候。

車廂裡，謝詞安神色陰沈，剛剛在宮中那難得一見的溫柔也消失不見，他狠戾地問道：「為何定價後要反悔？為何要惹這麼多風波？妳究竟要幹什麼？」

陸伊冉就坐在他對面，平靜地看著謝詞安，回答不出半個字。

剛剛那場鬧劇，消耗了她大部分精力，她至今還未緩過神來。

「說話！若今日我不來，莫非妳真要戳死自己？」

半晌後，陸伊冉才幽幽地出聲道：「妾身嫁給侯爺以後，每年至少要去華陽宮兩回，每回去都須得謹慎小心，因為只要稍不留神，惹娘娘不快，就少不了方情的一頓掌嘴，要不就是跪地板。妾身算過，方情一共掌過妾身五次嘴。侯爺還要妾身說什麼？」她淚眼矇矓，轉過身去，背對著謝詞安。

是真情流露發洩也好，是答非所問矇混過關也好，她心口的疼意卻是真實存在的。

那種失控又自責的感覺，又從謝詞安的心頭冒了出來，他雖沒親眼看見，卻相信陸伊冉所說的遭遇，心中悶痛，不知道該如何彌補她。

他坐近陸伊冉，拉開她的衣襟，見未傷到脖子，才放下心來。

謝詞安緊緊握住陸伊冉冰冷的雙手，半天後才苦澀道：「日後不要自己進宮，如果宮中有傳召，一定要告訴我。」

從宮中回來後，陸伊冉就染上風寒，身子發熱滾燙，直到次日晌午後，人才有所好轉。

孩子雖小但也是懂事的，循哥兒見自己娘親一直昏睡醒不過來，又看到嬤嬤她們給自己娘親餵那黑黃色的藥水，他也喝過，知道娘親生病了，就和奶娘候在陸伊冉身邊，也不像往日那般吵鬧著要出去玩了。

實在無聊時，就去旁邊玩一會兒小木馬，或把他的小藤球、綿娃娃還有陶瓷小老虎全都搬到陸伊冉身邊，然後時不時地湊到她身邊，輕輕喚一聲「娘親」。

用過午膳後，哈欠不斷他都不願走，奶娘無奈，只好把他放到陸伊冉身旁，他才乖乖睡著。

陸伊冉醒來時，見自己兒子睡得香甜無比，怕把病氣過給他，讓奶娘將他抱回廂房。

「夫人，您總算醒了，哥兒都守了您一天了。」方嬤嬤理了理她額前的亂髮，為她披上褙子，又讓阿圓給她端來菜粥。

「嬤嬤，我不想用。」陸伊冉虛弱地推開碗盞，無力地起身，坐到圓凳上。

「您好歹也用一點，秦大夫說您是昨日受了風寒，依老婆子我看，是嚇的吧？雲喜那丫頭回來後也不說……」方嬤嬤擔心地嘮叨起來。

「嬤嬤，夫人她還難受著呢，妳就少說兩句吧！」阿圓心疼陸伊冉，把菜粥吹了吹，端到陸伊冉面前。「夫人，這菜粥是阿圓熬的，您就嚐兩口吧，可香了！」

陸伊冉被她那副饞樣逗笑，張嘴用了兩口，就搖頭不吃了，開口說道：「嬤嬤，我想我爹娘還有卓兒了，我想回青陽。」

「哎，回青陽一趟，路上來回就得二十多天，謝家怎會放人？」方嬤嬤看著陸伊冉才病了一日，人就消瘦憔悴了不少，也憐惜她嫁遠了，想回娘家一趟都不容易。

前世嫁人後的八年裡，陸伊冉回青陽的次數屈指可數，每次只要一提回娘家，陳氏立刻就會甩臉子，抱怨起帳沒人理，又或是她跟前沒人伺候。

也只有在此時，她在陳氏眼中才有點價值。

阿圓不像方嬤嬤那般瞻前顧後，幾乎事事都依著陸伊冉，也欣喜地提議道：「實在想回，我們去找侯爺說啊，不用找太夫人。有三姑奶奶打理中饋，侯爺定會答應的。我覺得，侯爺自從回京後，對夫人好了許多。昨晚聽說夫人發燒，在這裡守了許久，要不是余亮來喚，只怕就要歇在此處了。今日一早又來看過，還特意交代秦大夫，給夫人看仔細些。」

阿圓是粗心性子，連她都能看出來，方嬤嬤她們幾人心裡更是清楚，侯爺最近變了性子，開始在意她們夫人了。

陸伊冉發愣半天，既沒多少感動，也沒答話，只是淡淡地說了句。「誰都不用找，我自會有辦法。」接著她問道：「嬤嬤，明日是不是太后娘娘的生辰？」

方嬤嬤一怔，點頭道：「正是。明日三月十五，再過六日就是府上二太夫人的生辰。」

太后娘娘六十五歲生辰宴，百官朝賀，酒宴擺在齊宣殿。

場面熱鬧非凡，絲竹管弦聲不停，群臣百官觥籌交錯，傳杯換盞間人人都很開心，祥和一片，絲毫不見朝堂之上的劍拔弩張。

正廳上首御案坐著孝正帝和太后娘娘，右側以皇后娘娘為首，依次是宮中各妃嬪，左側則是以太子領頭，按序齒而坐的皇子們。

皇上今日龍顏大悅，此次北境大捷，草原附屬小國們送來不少養生滋補的藥材，鄰邦西楚送來各式瑪瑙、寶石，其他鄰近外邦也送來特色賀禮，擺滿大殿案桌，再現大齊國威。

下首諸位朝臣們向皇上和太后舉杯，共賀這難得的太平盛世。

氣氛漸入佳境，歌舞一起，大家更是身心放鬆。

壽宴進行到一半時，各國使臣對這軟綿綿的歌舞都好似不感興趣，跳來跳去就是那幾個動作。

尤其是與大齊國力相當的西楚，宣稱要見識一下齊國兒郎的雄風。

西楚使臣有備而來，還帶上了自己門下的劍客，想與大齊的武士們一決高下。

皇上聽聞後欣然答應，大齊劍術好的人多的是，當即就選了御林軍的幾個統領。

誰知，西楚的劍客卻不答應，指名要與大齊的常勝將軍謝詞安比試。

眾人一片譁然，一個普通的劍客竟然要挑戰謝都督？他可從不參與這種比試的。

謝詞安對眾人的猜測置之不理，依然自顧自地與幾位同僚舉杯對飲。

西楚使臣見謝詞安不為所動，誠意十足地說道：「謝將軍倘若願意與鄙國的劍客比試，勝出者，將贈與我西楚的並蒂花女子髮簪一枚。」

群臣聽後哈哈大笑，其中有人不齒地道：「知道你西楚出寶物，可謝都督一個男子要那女子飾物有何用？」

西楚使臣也不在意眾人的嘲笑，耐心解釋。「並蒂花是我西楚的神聖之物，寓意著夫妻百年好合、永結同心。我西楚兒女成婚之時，都會種上一株放在他們的廂房，夫妻就能長長久久，攜手到老。」

群臣一聽，頓時噤口，心中都暗罵這個外來的和尚亂唸經，若說別家夫妻百年好合還有人信，但這謝都督和他家那位夫人，能撐得過今年就不錯了。

豈料，謝詞安卻突然起身，對西楚使臣雙手拱禮道：「既是如此，這個比試本侯接了。本侯與內人定會如使臣大人說的那般，夫妻和睦，永結同心。」而後他大步跨到皇上和太后跟前，撩袍跪在兩人面前說道：「臣有個不情之請，如果臣能獲勝，望皇上和太后娘娘能賞臣一樣東西。」

太后娘娘精神矍鑠，今日她穿著一身雍容華貴的金色宮袍，目光炯炯有神。

今日是太后的生辰，她自能先皇上一步問道：「不知是何東西，竟值得謝都督向皇上和哀家開這個口？」

「雪蠶。」謝詞安恭敬地答道。

草原上的雪蠶稀有珍貴，對婦人進補大有益處，平常有價無市，很難買到真品，除了宮中賞賜。

孝正帝今日心情大好，立即應承道：「些許小事，朕准了，母后更不會反對的。」

太后娘娘暗鬆一口氣，又瞥了眼皇后娘娘，而後故意打趣道：「聽說尊夫人最近身子不適，謝大人可是為你夫人求的？」

謝詞安沒有片刻猶豫，當即答道：「正是。」

皇后娘娘一臉的懊惱，而陳勁舟也是一臉的灰敗。

孝正皇帝和安貴妃卻是震驚不已。

陸伊冉今日身子好了大半，謝庭芳帶了一大堆自己和老太太送的補品來看她。

近日陸伊冉在忙賣地的事，基本上沒管過府上的事務，都是謝庭芳一人打理。

謝庭芳這幾日為了籌備陳氏的壽宴，忙得不可開交，又要管府上平常的內宅事務，好在有管家在一旁協助。

陸伊冉早晚都要把中饋徹底甩開，私心裡對謝庭芳頗為感激，可一想到接下來的計劃，就更內疚了。

「都是姪媳不好，這些日子辛苦三姑母了。」

陸伊冉讓方嬤嬤為謝庭芳熬了碗血燕，端到她跟前。這血燕是安貴妃給的，平常陸伊冉自己根本捨不得用。

「妳我之間，何須這般客氣？這些東西妳自己留著用，我這老太婆，喝這東西太浪費了。」謝庭芳忙把燕窩又推到陸伊冉面前，柔聲道：「妳看看妳，才病了兩日，人就瘦了一圈，身子還未復原，更應該多加注意，花兒一樣的容貌可要呵護好。妳和安兒把日子過好了，我和妳祖母心裡才踏實。」

侯府裡真正關心陸伊冉過得好不好的，應當只有謝庭芳和老太太兩人。在這冰冷的府上，溫情顯得太過珍貴，陸伊冉心中一暖，忍不住淚水，微微轉身憋了回去。

見陸伊冉半天未動湯匙，謝庭芳不依不饒，反客為主地將碗端放到她手上，看陸伊冉用完了才罷休。

「我知道妳近日在忙鋪子的事，我不會怪妳。東西採買得差不多了，府上布置也有管家負責，就是這邀請客人的名單，妳得和安兒商量一下，主要是他朝中的客人，要他定奪。」

「三姑母放心，等侯爺晚上回來我就問他。」

晚上謝詞安回如意齋時，循哥兒已經歇下了。

陸伊冉剛喝完湯藥，也準備歇息。

他難得一回臉上有笑，坐到陸伊冉身旁，從懷中掏出一支鎏金鑲松石的並蒂花髮簪，那顆松石有拇指蓋那般大，圓潤飽滿，顏色絢爛，光彩奪目，讓人一看就捨不得放手。

謝詞安拿到陸伊冉眼前，柔聲道：「夫人，這是我為妳贏的彩頭，不知妳是否喜歡？」他眼中的歡喜藏不住，一直緊緊地盯著陸伊冉，不想錯過她臉上的任何表情，帶著幾分打量、幾分期待。

陸伊冉神色一頓，這簪子是她曾經所有美好的寄託，也是她最後夢醒的開始。

她接過髮簪，神色平淡，無一點歡喜，輕輕說道：「侯爺，你確定要送給妾身，不後悔？」

這一刻，謝詞安眼中所有的光彩都消失不見了，他腦袋一片空白，半天才找回自己的聲音。「看來……妳不喜歡。」接著他又苦澀地喃喃道：「我究竟要如何做，妳才能像從前那般？」隨即也不等陸伊冉回答，便落寞傷神地離開。

陸伊冉看著他離開的背影，沒有說出半句解釋和挽留的話。

謝詞安走後，方嬤嬤進屋，拿出一包雪蠶放到陸伊冉身側的炕几上，陸伊冉這才突然記起謝庭芳交代的事。

「夫人，您這是把侯爺往外推呀！這雪蠶是他在院門口交給我的，什麼話都沒留。」方嬤嬤見陸伊冉沒有絲毫動容，忙道：「這雪蠶定是宮中的貢品，矜貴得很，他這是把您往心尖上放了；您倒好，一直把他往外推。往日您不就是盼著這樣的日子，為何盼到了，卻又要撒手了？」

「嬤嬤，往日我錯了，如今我就得改。我只是看清了這世道的人心而已，與其讓別人對妳上心，還不如自己對自己上心。」

次日，謝庭芳又來問邀客名單的事，陸伊冉只好說謝詞安忙，未到如意齋來，對兩人之間的不快半句未提。

最後邀客名單的事是如何解決的，陸伊冉也不得而知。

只知道陳氏生辰這天，陸陸續續來的客人坐滿了幾個大庭院，吹拉彈唱一樣不少，熱鬧又喜氣。

陸伊冉身子也大好了，便與謝詞安站在門口迎接客人。

謝詞安今日一身暗紅色錦緞直裰，肩寬腿長，麥色肌膚，越發顯得他身形健壯，威嚴冷漠，氣勢逼人。

陸伊冉與他說話，他也不理，眼睛都沒抬一下。

客人進門，他只表情淡淡地說一聲。「裡面請。」

有女眷微微抬頭偷瞧他後，又立刻羞澀地垂首，不敢多看。

陸伊冉一身桃紅色提花窄袖褙子，胸圓腰細，窈窕有致，臉龐白嫩嬌美。

兩只紅寶石耳璫隨著她的動作微微一晃，像是盪在謝詞安心間。陸伊冉與客人寒暄時，他的目光總會有意無意地看向她細白的脖頸處。

最終目光越過脖子，看向她的髮髻，見她髮髻上戴的根本不是那日他送的髮簪，臉色更加陰沈了。

陸伊冉實在看不下去，開口提醒道：「侯爺，今日是你母親的生辰，妾身知道你看不慣妾身，但也不能對客人們太過冷淡。」

謝詞安卻不答反問。「為何不戴那日給妳的髮簪？」

陸伊冉聽他沒頭沒腦地提髮簪，又不能說出真實想法，就隨便找個藉口胡謅一通。「那髮簪和我今日穿的衣裙顏色不搭。」

謝詞安聽見這個理由，心頭堵得慌，壓抑著怒火，低聲問道：「那妳告訴本侯，什麼樣的衣衫才配？本侯此刻就去買！」話畢，拂袖而去，留下陸伊冉一人。

隨著最後一位客人姍姍來遲，陳氏的壽宴也正式開始。

謝庭芳又把陸伊冉叫到庫房，收拾客人們的贈禮。

這一忙，就忙到客人們用完酒宴，移步到後院的戲臺。

陸伊冉這才有空回如意齋喝口水，阿圓又給她端來午膳。

還未用完膳，就聽到有人撩簾進來，陸伊冉背向門口看不見來人，以為是阿圓，忙道：「妳別管我了，妳去看看循兒在何處？把他接回來。」

來人一聲未回，反而走了進來。

陸伊冉下意識地轉身，就看到陳若芙一臉人畜無害地佇立一旁。她一身水藍色襦裙，纖不盈握的細腰，容貌如清水出芙蓉般清麗脫俗，笑容明媚。

「表嫂，不知我不請自來可有打擾到妳？」

陸伊冉恍惚半天，心神才回籠。前一世，陳若芙可沒來過如意齋。她神色鎮定，說道：「表姑娘是不是走錯門了？如意齋可沒妳要找的人。」

陳若芙神色哀戚，一臉無辜。「表嫂這是何意？不喜歡芙兒？」

「我喜不喜歡不要緊，自然有人會喜歡。表姑娘請坐，人雖不在我這裡，不過茶還是要吃一杯的，怎好讓妳白跑一趟？」陸伊冉提示得這般明顯，陳若芙就是不接話，陸伊冉猜測她應當是有旁的事。

陳若芙的笑意不達眼底，在陸伊冉看不見的時候，才露出陰沈之色。見陸伊冉並不像陳若雪說的那般好欺負，她再次示弱。「表嫂，妳是不是對芙兒有什麼誤會？我沒有惡意，只是來看看妳。」

「多謝表姑娘還記得我。妳甚少來如意齋，有何事就明說吧。」

陸伊冉話鋒一轉，倒讓陳若芙有些不自然，她輕咳兩聲後才說道：「聽說表嫂如今掌家，不知忙不忙得過來？要是不嫌棄，芙兒正好可以過來幫幫妳。」陳若芙一邊打量陸伊冉，一邊又怕她直接拒絕。

「表姑娘能過來幫忙自然是好的，只不過，妳還得跟妳表哥說一聲。」陸伊冉心中冷笑。真是運籌帷幄的一家人，她這個正主還在呢，就想著來管家了，還堂而皇之地留在府上，背後有個當尚書的爹就是不一樣。不過這樣正好，她可以將計就計，也不須再和謝詞安纏磨下去了。

「表哥把管家權給了妳，表嫂自是可以作主的。這樣一來，表嫂也可以好好歇歇，多陪陪循哥兒。」

「既然表妹這麼為我著想，我再推辭，倒顯得不識抬舉，那就麻煩表妹了。」陸伊冉的計劃得逞，怎會在意陳若芙在府上如何折騰？連謝詞安這個男人她都不要了，哪有心思去管兩人在她眼前眉來眼去？如今兩人就是自己棋盤上的棋子，若不是為了自己的那些計劃，何須和謝詞安糾纏得這般久？

「表嫂，妳當真同意？」陳若芙太過震驚，臉上的野心昭然若揭。

「當真。」陸伊冉淡淡答道。

陳若芙心情雀躍，沒想到她的第一個計劃實施起來會這麼容易。正暗自竊喜時，又聽到陸伊冉說道——

「為了略表謝意，我要送表姑娘一個東西。」陸伊冉不慌不忙地起身，從妝奩中拿出謝詞安給她的那支並蒂花髮簪，親手遞給陳若芙。

陳若芙愣在當場，半天都說不出話來，一顆心七上八下的。

太后壽辰那日，她雖未親自到場，卻聽說了這支髮簪的來歷，也知道是男女情意的見證。這個彩頭她自然想要，卻不是從陸伊冉這裡得到。

「表嫂，這是表哥為妳贏的彩頭，芙兒不敢要。」

「表姑娘接著吧，我從來不奪人所好，該妳的，我早晚會還給妳。」

陳若芙眼中燃起些許希冀，可又想到自己此時的身分，只好裝作滿不在乎。

「難道表姑娘不想要？」陸伊冉見陳若芙扭扭捏捏，想要又不敢拿的表情，忍不住出言激她。「既然表姑娘不想要，那我就收起來了。」陸伊冉作勢要收回。

陳若芙立刻伸手搶了過來，事後又覺得自己太過魯莽，尷尬地解釋道：「芙兒先……先替表嫂收著，哪日表嫂想要了，芙兒定會給妳。」

「不用，收著吧，本來就應該是妳的。」陸伊冉心中冷笑。我才不稀罕！

謝詞安連著幾日未回侯府，因此不知府上情況。

陳若芙以協助陸伊冉管理中饋為由留了下來，陳氏自然很高興。

老太太卻是對她置之不理，畢竟她知道自己的孫兒做事向來有條有理，不會糊塗如斯。

大房袁氏婆媳倆見風使舵，以為陸伊冉在謝詞安那裡失了寵，轉頭就開始巴結起陳若芙，一個勁兒地往她跟前湊，就想再分一杯羹。

那日謝詞安回京時帶著陳若芙的畫面，府上人人都看得清清楚楚。

比起太后壽宴上逢場作戲的謝詞安，大家似乎更願意相信尚京的謠言，認為謝詞安和陸氏撐不過今年就要和離了。

這不，陳氏為謝詞安把下家都找好了。

鄭氏還在觀望中，畢竟陸伊冉和謝庭芳管家後，他們三房該有的東西都沒少過，好的東西也能分到。

倘若謝詞安再娶陳家大姑娘，那他們三房的日子可就不好說了。

如意齋內，陸伊冉懶得去聽外面那些糟心的事，一心準備起不久後要回青陽的行李。

謝詞婉就在此時，來的如意齋。

自從上次在惟陽郡主的及笄宴上，謝詞婉看出了穆惟源對陸伊冉的心思後，她心中難受，對陸伊冉也生了怨意，許久沒來如意齋了，平常見面也是掉頭就走。

但時間一長，她好似想明白了，陸伊冉有何錯？這幾日人人都在說她二哥哥不要陸伊冉了，她心中對陸伊冉的憐憫又多了幾分，遂主動找上門來，一探究竟。

謝詞婉一進院子，方嬤嬤就熱情地招呼她。

陸伊冉在屋內聽到聲音後，也大步走了出來。「二妹妹來了。」

「二嫂，我來看看妳。」

陸伊冉拉著謝詞婉，不但沒請人進屋，反而移步要出院門。「這幾日在屋內悶得慌，我們去後院蓮池坐坐可好？」

「好。」謝詞婉以為她是想找人談心，當即答應下來。

看著兩人攜手出院的背影，方嬤嬤一臉憂心。

謝詞婉問道：「二嫂，府上傳的可是真的？」

「妳二哥哥雖未明言，不過我想應當是真的吧？」陸伊冉沒解釋半句。

她模稜兩可的樣子，倒坐實了府上的謠言。

「二嫂，妳當真甘心二哥他這樣對妳，任他們這般欺負嗎？」謝詞婉平常知書達禮，聽到此，有些坐不住，為陸伊冉打抱不平起來。

「二妹妹，我為何要不甘心？放下了執念，自己便能一身輕鬆。」隨後她又繼續說道：「妳也應當如此。」她怕謝詞婉難堪，只點到為止地提醒一句。

陸伊冉輕聲的一句提醒，聽得謝詞婉心頭一顫。

方嬤嬤一整晚都未合眼，眼下的烏青越發明顯。

陸伊冉從後院回來後，就繼續整理自己的行李。

剛剛她不想讓謝詞婉進屋，只有方嬤嬤知道原因。

方嬤嬤忍不住開了口。「夫人，您給我們一句準話吧，回青陽月餘就要回尚京，為何要收拾這麼多行李？像是……像是不回來似的。」

陸伊冉手上的動作一停，溫聲道：「嬤嬤，此次回青陽後，妳就不用來尚京了。大哥哥家的孩兒也要生了，妳就在家好好照顧自己的孫子吧，一家團聚多好呀！」

方嬤嬤聽聞後撲通一聲，整個人癱倒在地。

阿圓和雲喜也是一臉驚慌，嚇得沒了主意，往陸伊冉身前湊。

方嬤嬤坐在地上不起來，心中難過，眼淚越抹越多，不由得小聲哭訴起來。「夫人，您是不想要我這老婆子了嗎？我還沒把您伺候夠呢……」

陸伊冉這才發現自己這話有些不妥，忙拉起地上的方嬤嬤，又拉近雲喜和阿圓兩人，輕聲說道：「不但嬤嬤妳不回尚京了，我們幾人也都不回尚京了。」

三人聽後，卻更是驚出了冷汗，一臉慘白。

「這件事一定要保密，我們先把行李用船運回青陽，別人問起，就說是妳們給家裡人托運的東西，絕不能讓任何人察覺。」

「夫人，您究竟要幹什麼啊？」方嬤嬤止不住懼意，忍不住問道。

「嬤嬤別怕，我們會名正言順地離開侯府的。」

一連數日過去，陳若芙厚著臉皮留在侯府，每日在府上忙前忙後，完全不把自己當外人，明目張膽地登堂入室。

陸伊冉這幾日閉門謝客，連如意齋的門都不出，謝庭芳以為她氣狠了，便沒去打攪她。

謠言越傳越離譜，謝庭芳差人出府採買時，竟有人說，是在為謝詞安採買再婚酒宴的用品；甚至還有人主動問府上丫鬟，他們侯爺再婚的日子定在何時？

謝庭芳聽見自己丫鬟回來轉述後，再也坐不住了，不得不把這情況告訴老太太。

老太太聽後，立刻喚人去喊謝詞安回府。她本以為這不實的傳言過幾天就能過去，也沒多在意，畢竟謝詞安平常公務繁忙，她也不好總去打擾，誰知越演越烈，竟鬧成這樣。

去衙門傳話的僕人不敢說實情，只讓余亮轉告他們侯爺盡快回府，老太太有事相商。

結果兩日過去，謝詞安依然未回。

老太太這下急了，便只能把陸伊冉先喊過來稍加安撫。

「安兒媳婦，妳別著急，此事萬不會讓妳受委屈，安兒也不會這般糊塗的。」

「祖母，孫媳無事，我相信侯爺會處理好此事。」陸伊冉的目的達成，自然不會多作解釋，對老太太的愧疚只能深埋心中。「您要好好保重身體，無論今後如何，您和三姑母對我的好，我都會銘記於心的。」

老太太見陸伊冉不但不鬧，還寬慰起自己來，心裡越發對這個孫媳感到滿意。

謝詞安一直待在衙門裡，根本不知府中之事，也還在生陸伊冉的氣。

近段時日，皇城司侍衛們的武藝校練任務量加重了，以往每日只需要晌午練習，但這幾日卻一整天都在操練，侍衛們也是敢怒不敢言。

謝詞川兩日都沒空回府用午膳，這日魏之武路過皇城司，正好給他小舅子送膳食來。

「姊夫，你和二哥哥關係好，你去跟他說說，讓他別再讓我們這麼不要命地練了，兄弟們好些都受不了了啊！」謝詞川坐在演武場的大樹下，狼吞虎嚥的間隙，不忘與自己姊夫訴起苦來。

魏之武狠狠地彈了一下謝詞川的腦袋，訓斥道：「說了多少次了，這裡沒有二哥哥，只有謝都督，你怎麼總是記不住！這點苦都吃不了，就你們這樣的，只怕一上戰場，北狄蠻子撲上來，除了哭爹喊娘，你們就只能做逃兵了！」說罷，魏之武又一下招呼過去，彈得謝詞川直喊痛。

「姊夫，你別再彈了，不然今晚回去，我就告訴我姊！」

魏之武一聽，立即悻悻地住了手，但嘴裡還是忍不住數落小舅子幾句，而後起身往謝詞安的大廳走去。

余亮老遠就看到魏之武的身影了，像是遇到救星似的，囑託他好好勸勸他們侯爺回趟府，老太太的人來喚了好幾次了，侯爺都不回。

這話倒讓魏之武有些吃驚，謠言都漫天飛了，他還坐得住？

謝詞安疲憊地靠在圈椅裡，兩腿擱在案桌上，抬頭看了眼來人後，淡淡道：「今日沒酒飲，你來此做甚？」

魏之武收起平常的嬉皮笑臉，說道：「聽說老太太的人來喊了你幾次，為何不回府？逃避也沒有用。」

見他難得嚴肅一回，謝詞安倒是忍不住一笑。「小題大做，我逃避何事？我不回府，自是因為衙門有事。祖母往日也這般，怕我在衙門沒歇好，就會派人來催促我回府。」

魏之武猜得沒錯，謝詞安壓根兒不知侯府的謠言。「那你可知你府上這幾日發生了何事？」他也是昨日回府時，聽他夫人提及才曉得。只怕過不了幾日，全尚京城都會知道了。

「何事？」這時謝詞安才放下自己的雙腿，正襟危坐起來。

「你府上都傳開了，說你要和離，娶陳大——」魏之武的話還沒說完，就被謝詞安粗魯地打斷。

謝詞安倏地起身，暴喝道：「是何人造的謠？非要這般不安生！」

「你幾日未回府，如今你府上的中饋都是陳大姑娘在管的。」

謝詞安聽聞後，胸腔的怒火直衝腦袋，疾步跨出廳堂，眨眼就不見人影了。

第九章

謝詞安回府後直接去了如意齋。

一進陸伊冉的廂房，屋內空盪盪的，他心中驟生出一絲不好的預感。

陸伊冉在屋內給循哥兒餵魚羹，府上謠言四起，她卻神色平靜，臉上沒有半點委屈。見他回府，她一臉冷淡，只是客氣地問了聲。「侯爺回來了。」

這樣的陸伊冉，讓謝詞安陌生得有些害怕。

循哥兒幾日不見自己爹爹，直接撲了過去。

謝詞安緊緊抱住他，柔聲問道：「循兒，這幾日有沒有想爹爹？」

「想！」說罷，在謝詞安的嘴角輕輕一吻，咧嘴一笑。

「爹爹也想循兒。」謝詞安摸了摸循哥兒圓圓的腦袋，眼睛看的卻是陸伊冉。

奶娘知道兩位主子有話說，哄著循哥兒出了廂房。

謝詞安坐在陸伊冉身旁，沈默一息後說道：「陳家稍後就會來接人，妳不用理會府上的那些謠言。妳才是我謝詞安的正妻，她一個外人作不了我謝家的主。」見陸伊冉依然沈默，謝詞安又握住她的雙手，柔聲道：「這幾日，我帶妳和循兒出去散散心可好？」

陸伊冉抽回自己的雙手，抬頭看向眼前人，眼神堅定地道：「侯爺，我們和離吧，放過彼此。」

這當頭一棒打得謝詞安不知所措，他想過很多結果，卻沒想到會是這個。

「循哥兒妾身先帶回青陽，等稍大些，明白事理後，你再來接他。」她的話條理分明，無一點悲傷，似乎此事與她一點關係皆無。

「妳早就安排好了一切，所以，妳把行李全運回了青陽。」那日府上暗衛來稟報，說陸伊冉船運了許多東西回娘家，他當時並未多想，以為只是她平常生意上的往來。

謝詞安從未這般無力過，陸伊冉早已脫離了他的掌控，他如今不知該怎麼辦，心中的痛意和慌亂不停地撕扯著他。

「是。」陸伊冉沒有否認，直視著他。

謝詞安眼眶赤紅，他緊緊抓著陸伊冉的肩膀，低吼道：「究竟要我如何做，妳才能回到之前那般？」

「侯爺，回不到之前了。」

他兩眼含淚，歇斯底里地質問道：「為什麼？究竟是為什麼？」

無奈之下，謝詞安把陸伊冉抵在牆角，埋首在陸伊冉脖頸處，把她圈在自己懷裡。此時他就像一個迷路的孩子，只能用最蠢笨的方式，執拗地去挽留一個人。

「侯爺，你究竟要做什麼？這樣下去有什麼用？」陸伊冉抵住他的胸膛，輕聲問道。

「那妳告訴我，我要如何做才有用？如何做妳才不回青陽？妳告訴我呀！」

謝詞安脖子上的青筋突起，吼得陸伊冉一抖。

片刻後，陸伊冉的脖頸處濕潤一片。

她無視心中酸楚，幽幽地開口道：「妾身嫁進謝家三年，每每在妾身需要你的時候，你永遠不在。太夫人罰妾身時你不在，被人冤枉無人相幫時你不在，皇后娘娘不明所以地掌嘴時你更不在，那個孩子沒有了……你依然不在。哦，就算你在，也與你無關，因為你對妾身根本就無心，你想娶的人本就不是妾身。」為了逼謝詞安放手，她將不願提及的往事又翻出來，心也跟著糾扯起來。她釋然地抹乾一臉的淚水，平靜地說道：「侯爺，妾身不想與你再這般過下去了，你如果還念在我們夫妻一場的分上，就放妾身走吧，妾身心意已決。」

陸伊冉每說一句，謝詞安的心就好似被戳一個洞般，除了恨自己，他不知道該如何彌補。「之前都是我不好，我不懂如何對妳，以後不會了，以後我們好好過日子可好？」

這卑微的語氣，像極了以前的自己，也聽得陸伊冉有些驚訝，沒想到謝詞安也會與人道歉。

他把陸伊冉緊緊抱在懷中，好似只有這樣她才是屬於自己的，只有這樣心才不會慌。

「可妾身不想了，如今妾身只想離開你，不想與一個心中裝著別人的人過一生。」陸伊冉掙脫不了謝詞安的懷抱，只好用言語刺激他。

「我與陳若芙是清白的，妳為何不肯信我？她留在府上一事，我根本就不知曉！」謝詞安放開陸伊冉的雙肩，又牢牢抓住她的雙手不放，極力解釋。

陸伊冉不想再與他爭辯，直言道：「表姑娘提議要管中饋，是妾身同意的；還有那支髮簪，妾身也送給表姑娘了。」

謝詞安愣在當場，雙手也不自覺地鬆開。「妳為何要這樣做？」

「因為妾身不在意了。」

謝詞安臉色蒼白，腳步趔趄，周身沒有一點力氣，密密麻麻的痛意包圍著他。

他想離開此處，他安慰自己，陸伊冉在氣頭上的話不可信，等過兩日她氣消了他再來。

「我要回衙門了，也不想和妳吵。」謝詞安有些逃避這個話題，但腳步還沒邁出門檻，陸伊冉又叫住了他。

「侯爺，妾身的心不在你身上了，這樣過下去有何意義？」

謝詞安腳步一頓，所有的堅持在聽見此話後轟然崩塌。他苦澀一笑道：「既然妳這般想和離，本侯成全妳便是。」陸伊冉最後幾句話，斷了謝詞安所有的退路，他最後的驕傲容不得他一再地卑微下去。他哀戚地回道：「我謝詞安不會強留心不在我身上的女人。」

兩人大吵一架後，謝詞安又是多日待在衙門，不回府。

幾日過去了，陸伊冉也沒等來他的和離書。

她不願再等下去，就怕謝詞安緩過神來後，不讓她帶走循哥兒。

自那晚兩人說開後，陸伊冉恨不得插上翅膀，早些回到爹娘身邊。

留下陸叔在尚京打理幾家鋪子的生意，她也放心。

去仙鶴堂告別時，陸伊冉只告訴老太太，她要回青陽一趟。

老太太以為這些天她心中不痛快，回娘家散散心也好，並未多加阻攔，同意了她的要求，又讓人從自己的私庫拿出許多禮品給她，陸伊冉一一拒絕了。

快出院門時，陸伊冉突然轉身，給了老太太和謝庭芳一個措手不及的擁抱。

兩人一臉懵，等醒過神來，陸伊冉的身影早已消失在視線盡頭。

不能說出口的感激和歉意，陸伊冉只能用一個擁抱來表達。倘若告訴老太太事情的真相，她就走不了了。

包括宮裡的安貴妃，陸伊冉也只是讓人帶了封信，告知她自己回青陽看爹娘了。

至於和離書，謝詞安不給，她也不急，就先拖上一段時日吧。如果謝詞安實在熬不住了想再娶，自會把和離書送到她手上的。

這樣，皇上若追究起來，責任也不在他們陸家，她的父親和姑母便不會受到牽連。

按她的原計劃，離開謝家要等新皇上位後，她才有機會。誰知，陳若芙的提前出現給她帶來了轉機。

這一刻，她心中是感謝陳若芙的。

謝詞安聽暗衛來報，說陸伊冉已坐船離開時，心頭好似空了個大洞，他做不出任何反應，一切好似與他無關，又好似已經認命。

他靠在圈椅裡，人憔悴了不少，唇上方和下巴處已冒出青色鬍渣。

這幾日他一直沈默寡言，公務上的事雖沒半點懈怠，但整個人看起來卻頹廢了不少。

余亮伺候起來，也是更加小心。

當聽到暗衛來回報消息後，余亮整個人都慌了起來。

不久前雲喜主動來找過他，還做了兩雙鞋給他，當時他高興得都找不著北了。

現在細想起來，雲喜是要他忘了她，是在交代說不出口的話。

暗衛離開後，余亮守在廳外幾個時辰，天都黑了，也不見謝詞安喚他一聲，只好硬著頭皮進去點燈。

見謝詞安依然睜著眼，還保持著那個動作，半天都不動一下，磨蹭一番後，余亮開口問道：「侯爺，夫人他們何時回來？」

這時謝詞安才抬頭，愣愣地看向余亮，羽睫輕顫，卻不吭聲。

余亮又大著膽子再問一次。「侯爺，夫人他們何時回尚京？」

「不知，應當……是不回來了吧。」謝詞安嗓音沙啞粗糙，眼中黯淡一片。

余亮聽後半晌不動，接著止不住小聲地哭泣道：「雲喜她……也不回來了嗎？」

謝詞安回答不了，他甚至有些羨慕余亮，能哭出來。

在陸伊冉對他說出「妾身的心不在你身上」時，謝詞安所有的驕傲都被這句話擊得粉碎了。他不願相信，他謝詞安也有被女人拋棄的一天。

而那個女人，還曾經把他當成了她的全世界……

陸伊冉是第十日晌午才到達青陽，在船上她就要求雲喜幾人以後別再叫她夫人。

一家人都在碼頭等她，連她一向忙碌的爹爹，都撂下公務來接她。

陸伊冉再次見到自己的爹娘，心中除了對他們的虧欠，更多的是想念。

她緊緊抱住自己的母親不鬆手，淚流滿面。

母親江氏許久不見陸伊冉了，看到她出現在自己眼前那刻，兩眼含淚地說道：「娘終於把妳盼回來了……」

父親陸佩顯也拉著循哥兒的手不放，眼中淚花閃爍，有太多話想說，到此時只有一句。

「回來就好、回來就好！」

一家人中最開心的，要數陸伊冉的弟弟陸伊卓，像小時候那般，他抱住陸伊冉的胳膊打趣道：「姊，妳回來也好，分散一下爹娘的注意力，眼中釘這個滋味不好受呀！」

循哥兒見一堆人圍著自己的娘親，卻沒一個是他認識的，他以為這一堆人都要搶他娘親，急得從奶娘懷中撲騰著下來，緊緊抱住陸伊冉的腿，用手不停地拍打江氏他們，大聲地哭鬧起來。「我的娘親、我的娘親！」

幾人才反應過來，小小人兒為何這般排斥他們，紛紛笑了起來。

當年陸家天降恩寵，姑母陸佩瑤入宮後，陸伊冉的祖父被封為安寧侯，一個虛銜的封號，沒有一點實處。

祖父和她二叔陸佩志住在老宅，也就是門匾上「安寧侯」三個大字值錢而已，老宅裡她祖父多年前掙的一點家產，已被她二叔敗得差不多了。

如今一大家子，全靠江氏照顧。

陸伊冉的父母一家，住在離縣衙不遠的新宅裡。

回到府上，江氏讓人把陸伊冉的東西放回她出閣前住的房間，一家人也跟著行李進了這間房。

陸伊卓拿來一籃子零嘴，江氏也提前備好了孩童的小玩意兒，母子倆哄著循哥兒，就想抱抱他。

誰知循哥兒不買帳，畢竟侯府從來不缺這些，他連看都不看一眼，就守著自己母親。

於是只好等到循哥兒疲倦熟睡後，一家人才能坐下來好好說說話。

江氏見雲喜和阿圓一回府，便開始整理包袱，沒停歇一下，又開始操心，問道：「冉冉，妳為何運回這麼多東西？像搬家似的，到時回京，不還得一樣一樣收拾？」

阿圓和雲喜手上動作一頓，抬頭看向陸伊冉。

陸伊冉與兩人眼神短暫交會後，輕描淡寫地答道：「娘，我想回來多住些日子，陪陪您和爹，所以行李就多帶了些。難道您嫌棄女兒回來久住？」

路上陸伊冉就囑託過，目前還不能告訴家人實情，等住上一段時日後，再慢慢告訴他們真相。

陸佩顯難得放下公務，與家人一起休閒片刻，聽見妻子嘮叨，他忙止住妻子的話頭。「妳看妳，孩子一回來，妳就東問西問的。她願意住多久就住多久，這裡本來就是她的家！」

江氏睨了眼陸佩顯，嗔怪道：「我還不是怕謝家的人有意見嘛，到時你寶貝女兒回去，就得受委屈了。」

「娘，我在謝家一切都好，您別擔心。」陸伊冉怕爹娘為了自己的事吵起來，忙出聲說道。

「娘，既然姊準備長住，那日後有的是時間聊，此時我們還是快些用膳吧，稍後我還有正事要辦呢！」陸伊卓拉起陸伊冉就往膳廳走。

「你一天天盡在外面瞎折騰，比我這個縣官還忙，那點俸祿，連自己的狗都養不起！」

「說到俸祿，爹您比我也好不到哪裡去！」

父子倆相互嫌棄的戲碼，每日都要上演好幾次，江氏和府上眾人都習以為常了。

陸伊卓今年十七歲，不是讀書的料，也不是做生意的料，唯一的愛好就是持刀弄棒。如今在一家鏢局當鏢師，身手一般，還成天想著與這個切磋、跟那個比試。

一進膳廳，桌上全是陸伊冉愛吃的菜。

幾人落坐後，江氏和陸佩顯就不停地為陸伊冉挾菜，兩人自己一口都未用。

陸伊冉的碗很快就堆成了座小山。「爹、娘，你們也用，女兒夠吃了。」陸伊冉胃口大開，笑呵呵地說道。

陸伊卓心頭泛酸，不滿地道：「娘，我才是陸家傳承香火的人，可不能這樣虧待我這個正主吧？」

「娘，卓兒生氣了。」陸伊冉故意說道。

「別理他，說到香火，你倒是給陸家傳一個啊！我給你相看了那麼多姑娘，就沒一個讓你滿意的。正事沒做一件，還正主呢，能讓你上桌就不錯了，再囉嗦，就和雪兒一起到那角落去吃！」江氏和陸佩顯在數落兒子這一事上，倒是意見統一。

雪兒是陸伊卓撿回來的狗，乾乾淨淨，通身雪白，此時正埋頭在自己的食盆裡忙碌地啃肉，一聽提到自己的名字，嫌棄地衝陸伊卓「汪汪」兩聲後，又低頭繼續啃。

連狗都不待見陸伊卓，惹得陸伊冉哈哈大笑，屋裡伺候的丫鬟也捂嘴偷笑。

江氏和陸佩顯連連搖頭嘆氣。

「姊，妳不知道，娘給我相看的那些都是庸脂俗粉，怎配得上小爺我英俊瀟灑的長相？再說了，男子漢大丈夫，豈能被兒女私情束住了腳步？我要像姊夫那般，靠武藝建功立業。」

心。

歡樂的氣氛一下子沈寂了下來。

江氏當即喝斥道：「一天天的盡說胡話，快些用膳！」

「哦。」陸伊卓見一家人談及自己的姊夫都三緘其口，也不敢再說，就怕惹得姊姊傷心。

雖陸伊冉沒明說，但家中其他三人都猜測她此次回青陽，是與自己夫君吵架鬧的。其實也能想像得到，以他們陸家的出身，陸伊冉嫁到謝家去必定是受了不少委屈。為此，沒人願意多提謝家人。

陸伊冉不願一家人為自己擔心，便岔開話題。「娘，您別老是數落卓兒，他相貌不差，難道您還愁他找不到娘子？」

陸伊冉和陸伊卓姊弟倆長相皆隨了陸佩顯。陸佩顯容貌俊秀，身形修長，即便是已到不惑之年，依然是相貌堂堂。當年江氏也是看中陸佩顯的相貌，才願嫁給他。

「還是我姊關心我！姊妳等著，晚上回來，我給妳帶妳愛吃的青陽特產五香糕。」說著擱下碗盞、筷子，帶著他的小廝七月就往外走。

江氏還是有些不放心，對七月交代道：「照顧好少爺，早些回來。」

「是，夫人。」

午膳後，陸佩顯要回縣衙，屋內就剩下母女倆。

「母親，您快跟我說說，上次您銀子短缺，是誰幫您周轉的？」陸伊冉迫不及待想知道，這個困擾她已久的問題。

江氏哀嘆一聲。「是個年輕的郎君，個子瘦高，給我送了一萬兩銀票來，只說是依命行事。我本不願收，他卻執意留下，聲稱他交不了差要挨罰。聽口音，是尚京人，我看他風塵僕僕，應當是從外地趕來的。」

隨著江氏的描述，陸伊冉心中猜想的人也越加明顯。「娘，那人是何時給您送來的？」

江氏肯定地答道：「去年，九月底。」

陸伊冉神色一變，她雖然不相信，可時間上對得起來。

九月底，正好是出征北境的時候。

那人是誰，答案已在她心中呼之欲出。

陳若芙回陳府待了兩日，去了宮中一趟後，又厚著臉皮來了謝家。

有了謝詞微當靠山，她更加肆無忌憚起來。

謝庭芳委婉地拒絕過幾次，她依然不聽，甚至還大張旗鼓地宣稱是皇后的旨意，說侯府夫人不在，更要從旁協助。

這下子，連老太太都沒轍了。

一連數日，謝詞安不是待在皇城司衙門，就是待在城外的軍營安紮處。

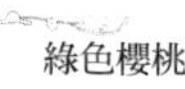

直到謝詞佑辦公務時，經過城外，特意去軍營看他，說祖母染了風寒，讓他回去一趟，那晚他才願意回府。

仙鶴堂裡，老太太適才喝過湯藥，正準備歇下時，便聽見屋外謝詞安的聲音。她坐起身穿好褙子，要謝庭芳把她從床榻上扶起來。

母女倆一出內室，就見廳內已落坐的謝詞安。

他抬頭的那一瞬間，把兩人嚇得不輕，才短短數日，謝詞安整個人都清瘦了一大圈。

老太太心疼地拉過謝詞安的雙手，擔憂地問道：「我的好孫兒，你這是怎麼了？是不是一忙起來，又顧不上用膳？」

謝詞安坐到老太太對面，低聲道：「祖母放心，孫兒無事，您的身子才要緊。」

「我這把老骨頭有甚要緊？你以後回府上來住吧，再住府外，就剩皮包骨了！你是怎麼照顧你們侯爺——」老太太疼惜自己孫兒，少不得連著侍從也要訓斥一頓，可抬頭一看余亮，發現人也瘦了不少，不禁驚呼一聲。「這……這府外的膳食不能再吃了，再吃下去，主僕倆都快成猴了！」

謝詞安輕描淡寫地道：「祖母，無論衙門還是軍營裡，膳食都很好，您不用擔心。聽大哥說您病了，我特地回來看看您。我這幾日在城外，稍後還要回衙門去處理公務。」

聽他說還要回衙門，老太太氣得咳嗽起來。

謝詞安當即起身，幫老太太順氣，並改口道：「祖母，孫兒聽您的就是，您先歇著吧。」

「母親，安兒有我照顧，您先去歇著吧。」

聽謝庭芳這樣說，老太太才願意去內室歇息。

姑姪倆離開仙鶴堂，分開時，謝庭芳叫住了謝詞安。

「安兒，你跟姑母說實話，你和姪媳婦究竟發生了何事？」

謝詞安神色一黯，半晌才問道：「三姑母，她……走前來過仙鶴堂嗎？」

「來過。什麼話都沒說，只說讓我照顧好你祖母，照顧好自己，可我看她的神情不對。」有些話謝庭芳早就想問了，但只能背著老太太。女人的直覺告訴她，兩人之間定有事發生。謝詞安側身立於八角門邊，宮燈的光影投射到他臉上，謝庭芳清清楚楚地看到了他眼裡的淚花。即便自己是長輩，她也沒見過謝詞安這副樣子，從小到大他都很少哭，就連重傷臥榻的那半年裡，謝庭芳也沒見他流過淚。謝庭芳不由得一陣憐惜，走近他身旁，再次輕聲說道：「安兒，你在我心裡，早已是我的孩兒，有什麼話，別一個人硬扛著，告訴三姑母可好？」

「她……」謝詞安想說，卻說不出口，心口好似針扎般痛，半晌後才哽咽出聲道：「三姑母，她要與我和離。」

「什麼?!」謝庭芳太過意外，不敢相信，接著她又連忙問道：「你答應了？」

謝詞安頷首示意。

「那……那和離書你蓋印了？」

這時謝詞安才醒悟過來，他們還差一份和離書才是真的和離。

謝庭芳頓時了然，知道兩人還有機會。她嘆了口氣，說道：「安兒，你知道我為何要和離嗎？」隨即她自己說出了答案。「因為心死。」

謝詞安怔怔地望著自己的三姑母，他想起陸伊冉也說過同樣的話，心中越發痛苦。

「三姑母，那怎麼才能讓心活過來？」謝詞安像是抓住一根救命稻草，急於尋求一個答案。

「你想與她和離嗎？」

「姪兒不想和離，姪兒想與她好好地過下去，可她不願再給姪兒機會了……」

消沈了這些天，他不得不面對自己痛苦的根源。與自己的自尊和驕傲搏鬥了那麼久，他終於認清一個現實——他捨不得陸伊冉，更不想和離。

這幾日，他一閉眼，就是陸伊冉棄他而去的畫面。

有好幾次，他忍不住在夜深人靜時回如意齋，但裡面已空無一人，只有一室的冷清，之後他便不敢回府了。

甚至為了忘記她，他生平第一次與同僚去了青樓，那裡的姑娘熱情好客，長相千嬌百媚，可還未等姑娘靠近，他自己就先排斥起來，露出威嚴和拒人於千里之外的氣勢。

那些不是他熟悉的味道和臉龐，他更不願讓別人近身。

他也想循哥兒，每日一回府看到玉哥兒，就會想起自己的兒子，那種日子對他來說每日都是煎熬。

但一想到陸伊冉那般決絕，他不想放手又能如何？

「女人的心一旦不在你身上了，你做再多都無用。但你們之間還有個循兒，能不能讓她再接納你，三姑母也不知道。不過，你首先不能再這麼消沈下去了，府上被你母親和陳家大姑娘搞得烏煙瘴氣，謠言一旦傳到青陽和宮裡那位的耳朵裡，到時只怕一點回轉的餘地都沒有了。」

謝詞安知道，陳若芙這幾日在府上肆意地行事，以前他忙於澄清是因為不想讓陸伊冉誤會，如今陸伊冉人都走了，他便不願管也不想管了。

今日經他三姑母一提醒，倒讓他清醒了不少。

「安兒，我也是謝家的人，但我知道，姪媳婦在謝家，過得還不如我原來在祝家。」

此話猶如一把利劍，狠狠地插進謝詞安的心口，一股劇痛瞬間傳遍全身，他踉蹌著後退了幾步。

「有些事，錯過了就是錯過了，別勉強她。她願意最好，實在不行就放手吧。」

謝詞安一想到和離後，她會再婚，與自己徹底沒了關係，他不知道自己會做出什麼事。

他強忍著淚水滑落，不甘地回道：「我不想放手……我絕不放手！」

次日，榮安堂。

陳氏聽說謝詞安回府後，並沒來為難陳若芙，心才踏實下來。

陳若芙除了小小的失落外，也慶幸皇后娘娘給她出的這個主意。

明日是謝詞儀與梁國公的孫子議親的日子，午膳後，她們三人一路，要去雲繡坊給謝詞儀挑幾身今年新出的衣裙。

一路上，馬車駛得又快又穩。

起先三人還未察覺到異樣，在車廂裡有說有笑，討論起今年尚京盛行的衣裙和首飾，等發現不對時撩簾一看，不由得嚇了一跳，她們竟然到了城外！

陳氏忙喚道：「阿祥，快停車！」

見半天沒有人應答，謝詞儀也撩簾一看，哪是什麼阿祥，不知何時，車伕已經換成了童飛。「娘，是兄長身旁的童飛。」

三人神色均是一怔，此時聽到駕車的童飛恭敬地道——

「太夫人、四姑娘、表姑娘，侯爺說了，讓屬下帶妳們去一個地方，有人在等妳們。」

陳氏厲聲問道：「是何人在等我們？讓他自己到府上來找！你要帶我們去何處？快停車，別耽誤了我們今日的正事！」

童飛畢恭畢敬地回道：「太夫人，屬下只是領命行事，到了那裡您自然就知道了。」

「娘，兄長是不是糊塗了？他究竟要我們去見誰？」謝詞儀不滿地抱怨起來。

「儀妹妹，別慌，表哥讓我們去，自有道理。今日還早，不會耽誤妳的事的。」陳若芙心中也有疑惑，但她不會大喊大叫，端的是大家閨秀的穩重。

陳氏也料定自己兒子不會做什麼出格的事，因此心中雖不快，也沒表現出來，反倒喝斥女兒大驚小怪。

一個時辰後，馬車終於停在城外的雲山寺門口。

三人下車後，愣在原地，不知所措。

這時出來一位小沙彌，把她們領到寺廟後的客院，三人便見到在院中已等候多時的謝詞安。

陳氏心下稍安，不由得怒斥。「安兒，你這般神神秘秘是為何？究竟是何人要見我們？」

謝詞安一臉冷意，寒聲道：「菩薩。」

「菩薩?!」陳氏差點氣傻了。

陳若芙和謝詞儀兩人也是驚懼異常。

謝詞安繼續說道：「母親，您平常總愛罰她跪祠堂、跪青石板，有錯沒錯都罰。您是母親，孩兒不能對您不敬，那就讓我和儀兒也嚐一嚐這其中的滋味，從此時跪到明早辰時，在菩薩面前懺悔。」

陳氏當場氣得跳腳。「安兒，你瘋了不成？為了一個外人，這樣懲罰你自己和儀兒！」她對謝詞安的感情不深，可謝詞儀是她心頭的寶貝，讓她挨一下都心疼，若跪到明早，腿不得廢？還怎麼去議親？

陳若芙和謝詞儀聞言，已是一臉慘白。

謝詞安視而不見陳氏的怒意，對童飛吩咐道：「表姑娘執意要為謝家分憂，剛好侯府莊上的糧庫缺一位管帳的，你現在就送她過去。」

「不，我不去！表哥，你不能這麼對我！」這下子陳若芙的從容淡定再也維持不下去了，她緊緊抓住謝詞安的手臂不放，哭得梨花帶雨、楚楚可憐。

謝詞安用力拽下陳若芙的雙手，拍了拍被她抓過的地方，冷淡道：「童飛，送走。」

「是。」童飛沒有感情地應下。

陳氏慌了神，趕緊把陳若芙護在身後。「安兒，你究竟要幹什麼？你要把芙兒送到哪裡去？你讓我怎麼和你舅舅交代呀！」

「姑母，救我！芙兒不想去莊子上！」

童飛喚來一個壯實婆子，婆子沒一點憐惜，輕易推開陳氏，拉著陳若芙便走。

「表哥！表哥你不能這麼對我呀！」陳若芙苦苦哀求。

謝詞安陰沈著臉，看也沒看她一眼，沒有一點動容。

那婆子聽她這般吵鬧，麻利地拿出一條帕子，塞在陳若芙嘴裡。

童飛則用他高瘦的身子堵在陳氏面前。
謝詞儀何時見過這等場面？整個人愣在原地，動也不敢動。
一眨眼的工夫，那婆子和陳若芙兩人就不見了身影。
陳氏無論如何呼喊，也無濟於事。
童飛離開時，謝詞安吩咐道：「記得把夫人的東西拿回來。」那支並蒂花髮簪。
接著，謝詞儀就被謝詞安輕而易舉地拽進佛堂裡，根本無力反抗。

陸伊冉回青陽的半個月來，過得舒心又順利。生意上雖未有多大起色，但總算是把她娘親的兩家絲綢作坊給保住了。
她本想再開兩家糕點鋪子來幫襯絲綢生意，可後來細想一下，又改變了主意，五年後若新皇登基，青陽便不能長待下去。
既然準備把家人和生意轉移出青陽，就不能盲目地隨意另起爐灶。生意有賺有虧，賺了最好，若虧了，著實不划算。
她要找一個適當的時機，委婉地告知爹娘她的決定。
此時，母女倆剛從鋪子回來，江氏便馬不停蹄地忙碌起來。
「娘，這帳我來算吧，您去歇歇。」陸伊冉拿過江氏手上的算盤，和雲喜默契十足地盤起帳來。

看著自己女兒動作麻利，有些本事，江氏心中也高興。

她接過身邊玉娘遞來的茶盞，嘆氣道：「哎，要是卓兒有妳這樣能幹就好了，我也能有個幫手。」

「是呀，看我們姑娘越來越有出息，奴婢也高興。我家喜兒跟著她這幾年，也長進了不少呢！」

玉娘是江氏的陪嫁丫鬟，主僕兩人感情甚篤，如同現在的陸伊冉和雲喜一樣。

陸伊冉乘機說道：「玉姨，雲喜比我能幹，妳可得給她好好選戶好人家，不能虧待了她，嫁妝我早給她備好了。」她這話也是說給雲喜聽的，想以此斷了她與余亮的牽絆。

雲喜手上動作一停，抬頭看了眼她們姑娘，什麼話都沒說。

「我的好姑娘，我們母女倆上輩子是做了多少好事，才能碰到妳們這麼好的主子喲！喜兒，還不快謝謝姑娘和夫人！」玉娘拉著雲喜就要跪下。

江氏阻止了她們。「喜兒乖，在尚京妳和阿圓就是冉冉的親姊妹，那些虛禮不要也罷。這都回青陽半月了，明日就收拾收拾吧，該回尚京了。」

雲喜和阿圓不敢言語，一臉愁苦地望向陸伊冉。

陸伊冉放下手上的算盤，猶豫半天後才道：「娘，我這次回來，主要是想等辦好卓兒的婚事再走，要不然我這來來回回一趟也不容易。」

屋內幾人都驚得說不出話來。

江氏詫異地問道：「那要等到何時？」

「所以娘，您也不要天天催我回尚京，主要還得看卓兒那邊的情況。」陸伊冉只好把這個話題又扔到自己弟弟身上了。

晚上，陸佩顯從縣衙回來得很早，這半月來他推掉了不少應酬，只為早些回來陪自己的外孫和女兒。

陸伊冉為自己爹爹端上一杯清茶後，說道：「爹，您把循哥兒先放下來吧，您也累了一天了。」

時間一長，循哥兒和他們熟悉後，便不再那般排斥自己的外祖父一家了。

陸佩顯不但沒放下循哥兒，反倒把循哥兒高高舉起。

循哥兒最喜歡這樣玩了，以前謝詞安也這樣舉過他，把他逗得哈哈大笑。

可今晚的循哥兒卻沒有一點笑聲。

「爹爹——」陸伊冉才喚一聲，就被自己的兒子打斷。

「他不是爹爹、他不是爹爹！」循哥兒掙扎著下了地，揚起小臉，忙糾正起陸伊冉來。

陸伊冉指了指陸佩顯，輕聲道：「循兒，他是外祖父，叫聲外祖父。」

循哥兒卻紅著眼眶，執拗地嚷道：「我有爹爹，找爹爹！」

幾人都沈默下來，明白了循哥兒的意思，他想自己爹爹了。

辰時，華陽宮內。

各宮妃嬪們陸陸續續到達華陽宮正廳，每日必做之事，就是給皇后娘娘請安。

安貴妃陸佩瑤的對面坐著謝詞錦，她是這幾日剛入的宮，正得盛寵。

兩人眼神交流後，陸佩瑤對謝詞錦微微一笑，反觀謝詞錦只是冷淡地一瞥，未多做回應。

謝詞錦身上穿的、頭上戴的皆華貴無比，都是皇上賞賜的。她長相豔麗，正值韶華，比起謝詞微的端莊秀麗，更能抓住男人的心。

近日，孝正帝夜夜宿在她的翠玉苑，惹得其他妃嬪們眼紅得很。

作為謝家的三房嫡女，謝詞錦一入皇宮就封了淑儀，多多少少也是因謝家的緣故。

更何況她背後還有皇后娘娘，三房在侯府終能揚眉吐氣一回了。

今日就差七皇子的母妃端貴妃未到，大家心知肚明，長公主家的惟陽郡主選親時，選了七皇子康王，而未選六皇子瑞王。皇后娘娘失了臉面，端貴妃自不敢來華陽宮招惹她。

謝詞微款款而來，一身金色的大袖衫，皇后威儀十足，眾人起身，紛紛屈膝跪地行禮。

「皇后娘娘金安。」眾妃嬪異口同聲道。

「平身吧。」

她們都知道皇后娘娘的性子，個個都戰戰兢兢。

然而，謝詞微今日臉色溫和，未見陰沈。

天氣越來越熱，她甚至還讓方情為她們備了香飲子。

「皇后娘娘就是賢慧，臣妾每日就盼著能來給娘娘請安，冬日是熱湯，夏日就有香飲子和糕點呢！」張淑妃也算是宮裡的老人了，她性子溫良，用一口後就忍不住稱讚道。

「是呀，我們平時不就多虧了娘娘照拂，不然哪有這麼好的口福？」

幾人七嘴八舌，只有安貴妃在一旁沈默不語，也沒飲用一口。

剛失寵不久的林妃，見此正想撒撒心頭的妒意，不由得挑撥道：「喲，安貴妃娘娘怎麼不用？這可是皇后娘娘賞賜的，難道味道不合妳的胃口？」

陸佩瑤輕聲回道：「皇后娘娘恕罪，妾身這幾日身子有些不適，不敢貪涼。」

其中一名年輕的妃嬪諷刺道：「喲，安貴妃就是矜貴，咱們女子誰沒那幾日？」

其他妃子也跟著起鬨。

皇上如今正寵著錦淑儀，安貴妃算是失寵了，再加上她姪女被謝侯爺休棄的謠言一直沒平息過，如今她無人相幫，誰不想來踩上一腳，發洩一下這些年的怨氣？

誰知，此次謝詞微卻難得地為陸佩瑤解圍了一回。「好了，都少說兩句，安貴妃不願用，也不用勉強。」

眾人一臉懵，實在不解，一向對安貴妃敵意甚重的皇后娘娘，今日為何會幫她？

就在大家疑惑不解時，華陽宮殿外伺候的小公公歡喜地跑進來，撲通一聲跪在謝詞微跟前稟報道：「娘娘，大喜呀，大喜！」

方情見此忙訓斥起來。「一點規矩都沒有！這般大聲喧譁，擾了娘娘和眾位貴妃！」

然而謝詞微卻沒丁點兒怒意，反而神色溫和地道：「讓他說。」

「恭喜娘娘，長公主今日在奉天殿應的是瑞王殿下和郡主的婚事，不是康王殿下！」

眾人譁然，這個消息讓所有人都猝不及防，轉變來得太過突然了。

還是安貴妃最先從震驚中回過神，屈膝跪下道：「恭喜娘娘，恭喜瑞王殿下。」

眾妃這才醒過神來，齊聲道喜。

張淑妃又出聲讚道：「瑞王殿下與惟陽郡主實乃青梅竹馬、郎才女貌，堪稱絕配啊！」

謝詞微大袖一揮，開顏道：「今日來華陽宮的諸位姊妹都有賞！」

「謝皇后娘娘！」

異口同聲的謝意，聽得謝詞微心中舒暢不已。

待眾人走後，廳內只剩下自己人時，方情才輕聲勸道：「娘娘，您別再和侯爺置氣了，此事若沒有他，只怕長公主也不會答應這門親事，況且日後瑞王還少不了他的幫扶。」

「妳倒說到我心坎上了，雖然他對母親她們做了過分之事，不過與哲兒的婚事比起來，他的確是幫了本宮的大忙。」謝詞微也不敢把自己這個弟弟逼狠了，她知道謝詞安不會事事依著她，只要在大是大非面前能站到她這邊，她便滿意了。

皇城司衙門。

魏之武把這個消息告訴謝詞安時，他一點反應都沒有，甚至連頭都沒抬一下，依然埋首書案，批閱公文。

長公主最後會改變主意，自是謝詞安一手促成的。

東郊的那塊地，讓陸伊冉惹怒了謝詞微。

謝詞安知道自己長姊的性子，怕她繼續為難陸伊冉，便想方設法地讓謝詞微消氣。

如今陸伊冉人都離開了尚京，當初與長公主夫妻倆周旋的意義也蕩然無存，謝詞安心中便提不起絲毫興致。

「整天陰著臉，也不搭理人，就我能受得了你！」魏之武抱怨幾句，又挪步坐到圈椅裡，拿起香几上的糕點吃起來。「這個味道不錯，難怪你們那家糕點鋪子的生意好，這味道就是不一樣。」

這時謝詞安才微微抬頭看了過去，沈聲問道：「你買過？」

「沒買，是你夫人送我的，和店裡的夥計都熟了，每次去都不收銀子，靈兒便不讓我再去買了。」魏之武如實道出原委，眨眼工夫一碟糕點全進了他的肚子。

謝詞安心中苦澀，她對所有人都有心，唯獨對他沒有。

余亮送來茶水，魏之武又連飲一盞，摸摸自己圓滾滾的肚皮，準備離開時，才記起今日來的正事。魏之武拍了拍自己的額頭，恍然道：「看我這記性！明日是我家虎兒三周歲生辰，記得一定要來啊！在尚京我本就沒幾個親戚，你可不能缺席！」見謝詞安依然沒理會，魏之武走近書案前，說道：「去年你家夫人還給我家虎兒做了一身衣袍呢，今年她不在尚京，你可別只送禮，人得到啊！」

「嗯。」謝詞安手上稍停，淡淡應了聲。

「對了，你家循哥兒的生辰與我家虎哥兒只差兩個月，去年你兒子抓週時你不在，今年總不會缺席了吧？」

謝詞安半天未答，埋首忙碌，等魏之武離開半晌，他才抬起一張兩眼含淚的臉龐。

第十章

六月的天氣越來越熱，清悅殿的花兒爭相開放，色彩斑斕。尤其是玫瑰開得正豔，色澤鮮豔，挺立枝頭，猶如一個優雅而嫵媚的姑娘。其他花兒也不甘示弱，百合、丁香花清香淡雅，讓人心曠神怡。

安貴妃每日去華陽宮請安回來後，便會開始精心照顧她的這片花圃。連秀和其他幾位宮女也在一旁協助。

「母妃，快別忙活了，這般熱！」元昭公主不見其人，先聞其聲。

安貴妃一抬頭就看到了門口的元昭，她放下手上的澆水銅壺，臉上揚起舒心又溫柔的笑容。「昭兒來了，快進屋，別曬著妳了。」安貴妃淨完手，把元昭公主帶進屋。

兩人一進屋，元昭公主就開門見山地說道：「母妃，您別把精力放在種花這些小事上，您得多去父皇跟前走走。您看看那個錦淑儀，仗著自己得寵，今日給父皇送參湯，明日給父皇送消暑湯，簡直恨不得賴著父皇！」元昭公主接過連秀給她的消暑湯，一股腦兒地把近日的擔憂都說了出來。

「昭兒，妳父皇疼愛妳，妳可不能在背後編排妳父皇的後宮事，妳還得指望他給妳挑一個可靠的駙馬呢。半年後妳就及笄了，要把心思花在禮儀和繡工上。」

元昭公主的繡工真是一言難盡，給她父皇繡的香包，都要安貴妃手把手地教。

雖然陸佩瑤指望孝正帝能給元昭選門好親事，但她自己也得有些本事傍身，到了夫家才能站穩腳跟。

日後元啟分封到外地，陸佩瑤也會跟隨過去，到時女兒在宮中能依靠的人也只有她的父皇了。

「母妃，昭兒只是替您不平嘛！」

陸佩瑤輕輕捏了捏她肉嘟嘟的臉蛋，柔聲道：「昭兒，母妃這麼大年紀了，自不會和那些年輕的妃嬪們爭風吃醋，讓人笑話。為皇上送膳食的這些機會，本就應當留給她們。錦淑儀是皇后娘娘的人，妳不能頂撞她。」

「機會留給別人，妳就正好躲懶！」

母女倆聊得正歡，突然一道威嚴不悅的聲音從院外傳來，嚇得兩人一愣，一轉身就看到孝正帝不知何時到的清悅殿。

「父皇！」元昭公主歡喜地撲過去，一把拽住孝正皇帝的胳膊，把他往屋裡拉。

「一點規矩都沒有，難怪妳母妃要數落妳。」

「母妃才捨不得數落孩兒呢，她是在教孩兒。」

元昭公主忙獻殷勤，又是端茶，又是為她父皇捶腿，還不忘對陸佩瑤擠眉弄眼的。

「皇上怎麼來了？」陸佩瑤見禮後，走近孝正帝身旁，溫聲說道。

孝正帝抬頭看向安貴妃，柔聲道：「今日朕的頭疾又犯了，早朝後就想來妳這兒坐坐。」

「那臣妾為您揉揉可好？」

「好。」熟悉的味道，熟悉的手法，好似只有她能安撫孝正帝那一顆躁動的心。

元昭公主是個鬼靈精，屏退宮女後，自己也悄悄退了出去。

屋中就剩兩人，孝正帝拉過陸佩瑤的手，溫聲道：「瑤兒，別揉了，過來陪朕坐坐，朕想和妳說說話。」

陸佩瑤依言坐在孝正帝身旁，兩人雙手相握。

「瑤兒，妳和啟兒別去吳郡可好？留在尚京陪朕。」

九皇子元啟七歲生辰時，孝正帝答應過安貴妃，在元啟滿十歲時便分封他們母子去吳郡，那裡離青陽近，又能遠離尚京的明爭暗鬥。

如今剩下不到兩年的時間，孝正帝突然變卦，安貴妃神色一頓，隨即說道：「皇上，您答應過臣妾的。」

「朕是答應過妳，可朕不想讓你們去那麼遠，這一走，朕想見一面都難。」孝正帝難得有耐心解釋，當時他只是口頭答應，並未擬旨。

安貴妃對孝正帝還算有些了解，他之前答應他們母子去吳郡，的確是想讓元啟遠離紛爭，另一方面更是要為太子掃除隱患。

除了六皇子是謝詞安強硬地把他留在尚京，七皇子還不到十六歲就被分封到滎陽了，其他皇子也是如法炮製。剩下的皇子都是年齡尚幼、母族出身低微的，對太子沒有一點威脅。

如今皇帝突然要讓啟兒留在尚京……陸佩瑤心中閃過一絲不安。

他們若留在尚京，便成了皇后娘娘的眼中釘，結果如何，陸佩瑤清清楚楚。

「臣妾求皇上成全。」其中的利害關係就擺在眼前，陸佩瑤如何敢答應？

孝正帝問道：「妳就這麼想離開朕、離開尚京？妳真這麼狠心？」

「皇上在宮中還有其他姊妹，可臣妾就只有啟兒，求皇上成全。」陸佩瑤不想放棄最後的機會，苦苦哀求著。

「這些年朕是如何對妳的，妳還不明白嗎？啟兒是朕……的心頭肉，妳以為朕願意讓他經歷這些風波？瑤兒，妳太讓朕失望了！」

兩人第一次不歡而散。

孝正帝走後，陸佩瑤跪在地上久久不願起身，直到連秀進屋才把人拉起來坐好。

連秀用手撫平安貴妃的裙襬，輕聲道：「娘娘，奴婢去給瘋姑姑送夏衣時聽到傳言，說冷宮湖裡打撈起來的屍首，是烏太醫。」

陸佩瑤一驚，忙問道：「何時的事？」

連秀回答道：「就這兩日。」

陸佩瑤驚得差點摔掉手上的茶盞。難怪，她聽太子妃說，給太子把脈的太醫換了人，說是烏太醫回鄉祭祖了。

當時陸佩瑤就有所懷疑了，不年不節的，祭什麼祖？更何況，烏太醫本就是尚京城外的人，來回一日的路程，怎會如此興師動眾要換太醫？

太子妃入東宮兩年，肚子都沒有一點動靜，太子側妃和良娣們也是如此。

那麼，今日皇上要留他們在尚京的目的，就說得通了。

陸佩瑤不敢再往下想，一身冷汗，無力地躺進圈椅裡。

青陽這邊，陸伊冉每日為了躲避江氏的追問，日日在外忙碌，不是躲在作坊與師傅學習暈染，就是去巡鋪子，搶著做江氏的活兒。

當然，她身邊隨時都帶著阿圓和雲喜，就怕兩人禁不住江氏的逼問，不小心說出實情。

待了一月有餘，江氏對陸伊冉也失去了剛剛歸家時的那份激動，此時陸伊冉和陸伊卓一樣，也被江氏劃分到不待見的一類。

這日，陸伊冉主僕三人剛回屋，江氏就逮住了陸伊冉。

「你們姓陸的就沒一個讓人省心的！鋪子有我，不需要妳忙前忙後的，妳快些收拾收拾回尚京，那裡才是妳的家。這一日日地把心思全花在娘家，回去以後要如何向妳的婆母和夫君交代？再晚回去，說不定妾室的肚子都鼓起來了。」

江氏眼瞅著自己女兒趕也趕不走，心中實在著急。尚京和青陽距離遙遠，女兒回府後若受了氣，她根本幫不上一點忙。

陸伊冉挽著江氏，嬉皮笑臉地哄道：「娘，這個您放心，侯爺他一向忙於公務，妾室的肚子一時半刻是鼓不起來的。」

「冉冉，妳快些回尚京吧！妳在侯府過好了，也能為妳姑母撐點臉面。她一人在宮中無人相幫，妳父親時常擔心他們母子倆。今晚就收拾，明天就走，船我都給妳找好了。」

江氏辦事一貫乾脆，不給陸伊冉一點解釋的機會，把她往廂房推。

見實在哄不過，陸伊冉只好如實相告。「娘，我與謝詞安已經和離了，不用再回尚京了。」

這個消息於江氏而言，說是晴天霹靂也不為過。江氏氣憤地問道：「是他謝家不要妳的？」

「是女兒自己不要謝詞——」陸伊冉話還未說完，就被江氏一個耳光招呼了過來。

「妳怎能如此任性！妳沒為自己想過，可為循哥兒想過？現在看來是解脫了，可我問妳，如果謝家要把循哥兒帶走，妳能捨得嗎？母子分離，他在侯府沒人真心疼他，妳即便再嫁又豈能安心？」江氏打在陸伊冉臉上，卻是疼在她自己心裡，氣得當場落淚。

「娘，我知道您心疼我，我有辦法不會讓謝家人帶走循哥兒的。」

江氏從小就很少打陸伊冉姊弟倆，只有在她大怒時才會動手。

「妳有什麼辦法？妳能天天無視循哥兒在妳面前念叨他爹爹？還是妳能忍受他以後在謝

家人面前念叨妳？他是謝家的嫡孫，謝家人怎麼可能會讓妳把他帶回陸家；更何況，我們鬥得過謝家，還是妳姑母在宮中鬥得過皇后？妳現在也是一個做娘的人了，可不能任性呀！妳再忍受幾年，等循哥兒大了，就好了。」江氏見陸伊冉不為所動，掏心掏肺地勸慰。

「可我不想再忍了。我有能力照顧好自己，照顧好循哥兒，也能照顧好你們，您相信我可好？」

無論陸伊冉如何保證，江氏就是不願妥協，她拉著陸伊冉就往廂房走。

母女拉扯間，剛好被回屋的循哥兒看到。

循哥兒哭著跑過去就開始拍打江氏，嘴裡喊道：「妳壞、妳壞！」

陸伊冉抱著自己的兒子，大聲痛哭起來，惹得一屋子僕人跟著偷偷抹眼淚。

「夫人，阿圓求您了，您別逼我們姑娘了！」阿圓跪在江氏面前哀求道。

江氏也是左右為難，滿臉淚痕。

就在此時，陸佩顯突然走進來，厲聲道：「阿圓妳起來，妳們姑娘不回謝家了！也沒人再敢逼我的女兒！」

「陸佩顯！你怎也如此糊塗？」江氏依然反對，她瞻前顧後地想了很多，到此時還想著讓陸伊冉回尚京。

「妳嫁到我們陸家來，受不得半句氣話，卻要自己的女兒在謝家忍氣吞聲過日子？她忍了三年，如今不忍也罷！」陸佩顯其實早猜到陸伊冉遲遲不願回京的理由，只是沒明說。

這陣子他一邊要安撫不安的江氏，一邊又在仔細觀察自己的女兒。他發現陸伊冉回來以後，整個人的性子活潑了不少，和她前年新婚回門時，是兩個樣子。

這些年他最後悔的事，就是帶著女兒入宮，上了別人的圈套。

這門不當、戶不對的婚事，如何能過得好？

這些天，陸佩顯也想了很多，大不了賠上這頂烏紗帽不要了。

江氏哀嘆一聲，轉身進了自己廂房，也算是默許了父女倆的決定。

「我的女兒沒人疼，我自己疼！剛好七月中我要入京一趟，到時我去謝家拿回和離書。」陸佩顯把循哥兒抱到自己懷中，拍了拍陸伊冉的肩膀，以示鼓勵和支持。

這下不用再藏著掖著了，陸伊冉心中的大石頭總算落地，心情也舒坦不少。

「爹，您不會是為了女兒的事特意要入京吧？那倒沒必要。」陸伊冉早想過這事了，所以這和離書她是真不著急，反正她也不打算再嫁。

「此次前去，主要還是為了六皇子和惟陽郡主的大婚，在七月底，妳姑母昨日來的信。」

陸伊冉驚呼道：「您說惟陽郡主與六皇子大婚?!那七皇子呢？」

七皇子與淮陰侯的姪女成了親。六月中的大婚辦完，七皇子康王和新王妃就馬不停蹄地被送回了滎陽的封地。

長公主心中有愧，給淮陰侯姪女陪嫁了一大筆豐厚的嫁妝，還特意為她請封了個郡主的頭銜。

姪女出嫁後，長公主就大病了一場，主要是憋屈出來的。

她之前看中七皇子當自己的女婿，主要在於七皇子性子純良，不在權力的紛爭之內。

他雖被分封到外地，但以七皇子的性子，必會處處忍讓自己女兒驕縱的性子。

可哪知，因為淮陰侯心善，從前救了個叛黨餘孽，等她發現時，那孩子已有十多歲了，如今就養在陳州宅院。

這事如若被當今皇上知道，只怕他們穆家的好日子也就到頭了。

偏偏這事，終逃不過謝詞安在陳州的眼線。

惟陽郡主及笄禮那天，謝詞安在淮陰侯的書房就直截了當地告訴他此事，並給淮陰侯提了個醒，讓那孩子千萬別走仕途這條路。

時間一長，淮陰侯夫妻倆以為謝詞安已把此事遺忘時，他卻又主動提了個要求，說要為六皇子和惟陽郡主保媒。

思前想後，夫妻倆只好同意了。

況且，六皇子對惟陽郡主的執著，差點逼瘋了整個侯府的人。

長公主答應七皇子的求親後，六皇子便日日守在侯府外。

最初是天天為惟陽郡主讀他寫的情詩，偏他文才有限，於是第一個被逼得離家出走的就是穆惟源。

再來就是舞劍，他帶著不甘和怒氣，侯府門前的綠樹全被他舞光了葉子，只剩下光禿禿的樹幹。

最後便是酒後訴衷腸，他大哭大鬧，吵得侯府夜夜不安生，整個侯府的人沒一個能睡上安穩覺的，早上起來後個個都是哈欠連連。

惟陽郡主本就有意於他，這樣一折騰，郡主更是非他不嫁了。

長公主本以為皇上會不允，誰知，孝正帝猶豫片刻後，竟爽快地答應了這門親事。

此時，長公主躺在床榻上翻來覆去睡不著，吵得淮陰侯不得不起身。

「你說，皇弟為何就答應了九兒和瑞王的婚事？本宮想了許久都未想通。」長公主乾脆也起身，披了件長衫。

淮陰侯連飲了兩口涼茶後，淡淡道：「只怕皇上對太子終是準備放棄了。」

「你是說，皇弟準備讓瑞王……」長公主詫異地捂嘴。

「皇上的心思向來深沈，這個不好說。」

夫妻倆又沈默下來，各自猜測著皇上的心思。

「他這樣做，不一定就是中意六殿下。畢竟謝家勢大，應當是想轉移眾人的視線，在保護他想保護的人。」

長公主雖是皇家人，但有時看待問題的確不如自己的夫君透澈，所謂旁觀者清，當局者迷便是如此。「你是說他在保護九……」長公主再次捂嘴，後面的話不敢說下去了。

淮陰侯搖搖頭，繼續道：「我也只是猜測，就看他會把九皇子分封到何處。」

長公主後知後覺地道：「那我們九兒不就有危險了？」

「以皇后的性子，她嫁給七皇子一樣有危險。妳就不該答應皇上，選他的皇子當女婿，日後源兒萬不能再娶皇家公主了！」淮陰侯窩著一肚子火，此時夫妻私下才敢抱怨兩句。

長公主瞪了一眼淮陰侯，氣道：「我還不是為了你們穆家嘛！」

「走一步、看一步吧，不過以六皇子對九兒的心思，九兒應該不會吃虧的。」淮陰侯就怕長公主再胡思亂想下去，又安慰道。

想起事情的源頭，長公主忍不住埋怨起自己的夫君。「說來說去，還不是怪你！要不是受你情妹妹的臨終託付，哪會把我們九兒給扯進去！」

話趕話趕到了一起，淮陰侯再也說不出硬話。

「看著就來氣，今晚去書房睡！」說罷，長公主一個枕頭扔了過去。

淮陰侯撿起枕頭，樂呵呵地道：「看妳這脾氣，九兒和妳一模一樣！」吃不了虧。

護國侯府這邊，自從上次謝詞安整治一番後，陳氏總算是收斂了些，整個人也憔了許久，不見往日的跋扈。

那日雲山寺的事情，除了他們幾人外，府上眾人皆不得而知，也算是保全了陳氏她們的臉面。

謝詞儀次日拖著險些廢掉的膝蓋下山後，在家躺了好幾日才能下地。唯一慶幸的是，有了她長姊的打點，她與梁國公長孫的親事算是定下來了。

侯府又恢復了往日的寧靜。

只不過，大家又在心中猜測起，陸伊冉為何遲遲不回侯府的原因。

老太太也開始著急起來，眼瞅著循哥兒兩歲生辰就快到了，天天催著謝庭芳寫信，勸陸伊冉早些回府。

謝庭芳知道內情，又不能明說，只能依著老太太的意思寫信到青陽。

這日是謝詞錦從宮中回來探親的日子，也正好是男人的休沐之日。

一家人都聚在雲展敞廳，除了謝詞安。

鄭氏如今也能大方顯擺一回了，自己女兒賞賜的東西，大房跟二房人手一份。

加之她長子謝詞淮今年及第，考中了進士三甲一百多名。

比起往日的喜氣，今日老太太顯得有些心不在焉，只承諾會幫謝詞淮選一門好親事，便興致缺缺地提前回了仙鶴堂。

其餘人等用了午膳後，也各自散去。

鄭氏領著女兒回到自己的院落後，又開始好了傷疤忘了疼地慫恿起謝詞錦。「錦兒呀，妳如今入了宮，正得盛寵，能不能在皇上面前說說，把妳二哥領回尚京來？就他夫妻兩人在陳州守著一座大宅子，那多孤單呀！」見自己女兒沒反對，鄭氏又繼續說道：「那狐狸精還有幾月就要生了，母親也想像妳大伯母、二伯母那樣，把孫兒帶到尚京來，這樣老太太就不會一顆心全放在二房和大房身上了。」

謝詞錦入宮兩月，也算有了些見識，不像往日那般，只知在她幾個堂姊妹面前攀比，遂開口勸道：「母親您糊塗呀，皇上每日國事繁忙，我哪敢在他面前提家中事？別看我如今得寵，皇上真正寵幸我也只有一晚，其餘都只是到我屋裡坐坐而已。在宮中我要靠皇后娘娘，在侯府你們要依靠二哥哥，我們是無法和二哥哥比的。侯府是二哥哥當家，如今我們三房還得指望二哥哥能給兄長謀份好差事，這才是正事。」

鄭氏聽後徹底沒了聲，她一個婦道人家，天大不過是夫君跟孩子之事，竟妄想直接到皇上面前提及家中瑣碎之事。如今被女兒一說透，才明白其中的利害關係，只能失落地沈默下來。

城外，陳州軍營駐紮處。

正當午時，練武場上的士兵們曬得黑黝黝，個個手持長槍，神色嚴肅。

隨著高臺上統領的口令聲，一招一式，隊伍整齊有序，口號聲響徹整個練武場。

謝詞安一身玄色勁裝，負手立於練武場一角。

京兆尹蘇齊伍就是此時來的軍營，這種場面他還是第一次見，有些不敢往前面靠，只是老遠地向謝詞安恭敬地抬手一禮。

正好到了午膳的時辰，謝詞安便對高臺上的統領吩咐道：「今日就到此，讓他們回去歇息。」說罷，長腿一邁，向自己的大帳走去。

蘇齊伍忙跟了過去，進帳後，又向謝詞安躬身行禮。「下官參見謝都督。」

謝詞安淡淡道：「蘇大人不必如此客氣，請坐。今日找謝某有何事？」

剛剛那個威嚴的謝詞安，讓蘇齊伍有些怵，此時見他恢復一貫的神態，蘇齊伍才敢說出今日來此目的。「實不相瞞，謝都督，蘇某今日找你是為私事。」兩人經過上次籌糧一事，也算是有點交情了，所以蘇齊伍才想找他來幫這個忙。

謝詞安並未拒絕，問道：「何事？」

「不瞞謝都督，犬子今年和你家堂弟一起中的進士，他被吏部主事分到禮部，蘇某想請你幫幫忙，看能不能幫他換個職位？」

禮部在六部中是最為清閒的，出不了功績，晉升的速度極慢，適合混日子。

那些靠祖蔭庇護的，基本上都往禮部湊。

蘇齊伍是淮陰人，因他曾祖父救過先皇的命，才進京封侯。到他祖父時也沒什麼功績，後來到他父親這一輩，連爵位都沒保住，蘇家也就漸漸衰敗下來，直到蘇齊伍高中後才好起來。雖然蘇齊伍在仕途上一直平步青雲，但在尚京根基不深，他岳父也僅僅只是一個五品官員，在這繁華迷人眼的尚京城，沒權沒勢的蘇家如何能爭得過那些豪門大戶的公子哥兒？

雖然謝詞淮的名次不高，但因謝詞安的關係，直接被分去了翰林院。

而蘇齊伍的兒子排位二甲二十名，卻因背景不如謝詞淮，職位分派的差別就如此大。

謝詞安思慮一番後，果斷地說道：「去兵部如何？兵部如今還有一個從七品主簿，令郎應該能勝任此位，隔三年就有晉升的機會。」

「好，自然好！下官萬分感謝！」蘇齊伍激動地起身，又要給謝詞安行大禮。

謝詞安揮手制止了他。「籌糧一事，你幫了謝某不少。今日所求，在謝某的能力之內，自當相幫。」謝詞安恩怨分明，凡是對他有恩的，他都會盡力而為。

「這樣一說，蘇某實在慚愧，那本是蘇某的職責。」

蘇齊伍今日來找謝詞安其實猶豫了許久，畢竟兩人除了公務往來，真的沒有別的交情。來的路上他還在想，這事若成了，得送謝詞安什麼禮好？這樣看來，他倒反而有些小人行徑了。

蘇齊伍見他書案上的公文堆得老高，猜測謝詞安應當很忙碌，便不好再打擾，準備先行告退。「謝都督幫了下官的大忙，等下官的犬子從青陽回來後，定要上門好好謝謝都督。」

謝詞安神色忽地一變，放下了手上的狼毫，忙問道：「你說的是青陽？」

此刻「青陽」二字已抽走了謝詞安所有的精力。

蘇齊伍一臉莫名，點頭道：「犬子與長公主家的世子交好，穆世子邀請他這幾日去了青陽遊玩，說是要拜會有名的畫師。」

謝詞安腦中只聽進了一句話——穆惟源也去了青陽！

此時的謝詞安，心思已經全亂了，他憤怒地拿起狼毫，從中狠狠地折斷，低聲道：「他去青陽，究竟要見誰？」

蘇齊伍見謝詞安神色突變，驚得一愣，不知自己哪句話說錯了？只好如實答道：「下官也只是聽犬子隨口一提，至於具體是哪位畫師，下官也不得而知。」

一旁的余亮知道自家侯爺發怒的原因，又不能多做解釋，只好見機送客。「蘇大人，您先請回吧，您託我們侯爺辦的事，他自會替您打理好的。」

「好、好！」蘇齊伍也不敢多做停留，急忙出了大帳。

帳內，剛剛那個意氣風發的謝詞安，此刻已經失了方向。

六月十六這日，青陽安寧侯府二房嫁女。

安寧侯府是一座老舊的府邸，今日府上布置得喜氣又隆重。

府上大姑娘出嫁，忙得丫鬟們腳不沾地，江氏也早早就派了人過來幫忙。

陸伊冉帶著循哥兒，先去看望自己的祖父。

她祖父陸震堂已到耳順之年，往日靠祖上的棉布生意為生，養活陸府一大家子。

陸伊冉的祖母多年前病逝後，留下她父親和她二叔兩兄弟，他祖父為了兩個孩子，又續弦娶了髮妻的庶妹，生下她的姑母陸佩瑤。

後來繼祖母也在陸伊冉出嫁前一年，生病離世了。

兩任妻子相繼離他而去，陸老爺深受打擊，再無心照料生意，又攤上一個嗜賭成性的二兒子，很快就敗光了他拚搏多年的家產，生意、鋪子一間不剩。

年輕時的陸老爺子，在青陽染布商行也是有頭有臉的人，沒想到幾年間就成了破落戶。好在陸伊冉的父親爭氣，十年寒窗高中進士後，又回青陽做了縣令，總算保住了陸家最後那點風光。

陸伊冉到她祖父住的院落時，僕人正為他穿好一身新衣。

今日他高興，人靠衣裝，整個人也容光煥發不少。

「祖父，我們來看您了。」

陸伊冉剛回青陽時，就為她祖父添置了不少東西，今日又讓阿圓和雲喜帶上一大堆藥材和補品。

「我的外曾孫來了！」陸震堂喜笑顏開，彎腰抱起循哥兒。

循哥兒本有些掙扎，看到老爺子手上的糖果後，才乖乖讓他抱。

陸震堂又招呼道：「冉冉快些坐！祖父這邊什麼都不缺，不要每次來都帶這麼多東西。」

「祖父，您就聽爹爹的吧，搬過去和我們一起住，不然我爹總擔心您。」多次勸說，老爺子就是不同意，但陸伊冉依然不死心。

「祖父知妳爹爹一片孝心，可這頭銜還在，人卻住到別處，祖父就怕有人會拿這事去為難妳姑母，那就划不來了。」

陸伊冉心中一嘆，當爹娘的總是這般，事事把兒女的利益放在第一位。

陸伊冉從衣袖中拿出一封家書，笑道：「祖父您看，這是姑母給您的信。她為萱兒備了嫁妝，怕她沒來您失望，就給您寫了封信，我爹讓我先拿給您，孫女此時給您唸唸可好？」

陸老爺子連連道好，欣然答應。

信的內容全是陸佩瑤對陸老爺子和家人的思念，沒提她在宮中的不如意，說的都是九皇子元啟的日常。

陸伊冉一封信還未讀完，老爺子已經淚流滿面。

此時她除了安慰自己的祖父外，更希望時間能再過得快些，快到他們一家人能脫離謝家和宮中束縛的那一日。

可惟陽郡主嫁六皇子這事是陸伊冉始料未及的，這與前世的差異極大，她不知以後的事會不會也一樣偏離了前世的軌跡，打亂她所有的計劃。

「冉冉，此次妳父親進京，祖父也想跟著去。我想在有生之年再見妳姑母一面，不然只怕到死我們父女倆都無緣再見了。」

當年青陽水患，陸佩顯剛上任縣令不久，就碰到如此棘手的差事，數日都奔波在外忙碌著，卻不知那時孝正帝已微服私訪到了青陽。

一次，陸佩瑤給她哥哥送衣衫時，正好碰到從縣衙出來的孝正帝。僅僅一面之緣，孝正帝就起了帶陸佩瑤回宮的心思。

那時陸佩瑤已訂親，陸老爺子極力反對，不願讓自己女兒嫁到宮中。無奈孝正帝幾番施壓，最後還威脅到陸佩顯的大好仕途，老爺子只能點頭答應。

送出去一個女兒，就得了這麼個安寧侯的虛名，沒什麼實質性的用處，只能為後人在面子上爭點光。嫁到宮中九年，陸佩瑤只回過青陽一趟，生生隔斷了這對父女。

從祖父的院子出來後，陸伊冉去了堂妹陸伊萱的院子。

陸伊萱從頭到尾已打扮妥當，她一身大紅的吉服，美麗動人，臉上洋溢著幸福又羞澀的笑容。

青絲已盤成高高的髮髻，丫鬟雀兒正為她插上最後一支白玉髮簪。

陸伊萱小心翼翼地提醒道：「妳輕些，這是東郎親自為我刻的。」

「雀兒知道了，這是姑娘的寶貝疙瘩！」雀兒脆聲回道。

陸伊冉帶著循哥兒進來時，恰巧看到這一幕，心中閃過無法言明的酸楚，一陣恍惚，茫然地愣在原地。

直到雀兒歡呼一聲。「姑娘，大姑娘來了！」

陸伊萱轉身一看，高興得忘記了禮儀，連忙起身幾步走到陸伊冉面前，緊緊抓住她的手就不放，比對自己娘親還要親熱。

「長姊，妳來了！我就等妳來給我蓋蓋頭了！」

這歡脫的樣子，和陸伊冉當年出嫁時大相徑庭，這就是嫁給兩情相悅之人的迫不及待，沒有擔憂和不安，只有喜悅和嚮往。

陸伊萱和一商戶家的郎君訂親，兩人婚後會過得甜甜蜜蜜的，這也是她多年來羨慕、憧憬的日子。

「妹妹，今日這蓋頭，妳還是讓別人給妳蓋吧。」陸伊冉回青陽一個多月了，人人都在傳，說尚京謝家不要她了，她已被休棄下堂。

「我就要姊姊蓋！沒有大姊姊和大伯母的幫襯，萱兒能有這麼好的嫁妝嗎？兩年前若沒有大伯母救我，我爹早把我賣到青樓了，我哪還能遇到東郎？」陸伊萱一雙大眼泛著淚花，執意把紅蓋頭交到陸伊冉手上。

二嬸劉氏也堅持道：「冉冉，妳就幫萱兒蓋吧，妳是有福之人，讓她也沾沾妳的福氣。」

江氏在一旁早已淚流滿面，自從知道陸伊冉單方面和離後，她夜夜以淚洗面，既心疼自己女兒，又恨命運的安排。倘若當年女兒沒進京，在青陽隨便找一個，日子都比現在強啊！

陸伊冉不想讓喜慶的場面失控，只好答應下來。

還未到時辰，姊妹倆還有時間說會兒話，過了今日再相見，就不能那麼隨意了。

兩人像兒時那般，妳摟著我、我抱著妳，姊妹情深。

可循哥兒卻不答應，他拉開陸伊萱的手，阻止她靠近娘親。

自從來了青陽後，循哥兒比之前更黏陸伊冉了。到了晚上，只要看不到陸伊冉的人，便會哭鬧起來。凡是他不熟悉的人，都不願意讓他們碰一下陸伊冉，好似他娘親隨時都會被人搶走一般。

奶娘正設法哄循哥兒出屋時，姊妹倆就聽到外面一陣響動。

劉氏慌忙走進來，問：「冉冉，妳快看看，妳尚京的故人送來這麼多禮品，咱是收還是退回去？」她後面跟進來幾個丫鬟，手上都抱著一大堆禮品。

陸伊冉順手拆開一件，劉氏見了立即倒抽了一口氣，全是名貴的料子。

「二嬸，人呢？」

劉氏回道：「東西放下就走了，說是自會到府上去拜見。」

陸伊冉心中忐忑不安，繼續問道：「看清了對方長什麼樣嗎？」

「送東西來的人，是個白淨的小廝。」

幾人正迷茫時，喜婆在外大喊：「新郎到！」

於是就只能先把此事放一邊，忙正事了。

陸伊冉拿起紅蓋頭，邊蓋邊學著長輩們，唸唸有詞地說：「祝萱兒妹妹與妳夫君百年好合，永結同心。」

喜婆進門後，扶著陸伊萱出了閨房。

新郎長相俊朗，白面書生樣，一臉笑意地牽過陸伊萱的手。

兩人叩首，拜別高堂上的爹娘和左側的祖父後，緩緩轉身出了廳堂。

正廳中的劉氏已哭紅雙眼，緊緊依靠在江氏身上，而她夫君陸佩志則沒心沒肺地飲著茶水。

陸老爺子眼中依稀有淚，也捨不得自己疼愛的孫女。

江氏和陸佩顯夫妻倆也紅了眼眶。

陸伊冉一家用過午膳後，就回了陸宅。

走時，把來路不明的禮品也全帶走了。

都是貴重物件，不知是何人所贈，劉氏也不敢收，更不敢留在陸伊萱的房間，只怕不出兩日，就會全被陸佩志敗光。

一路上，陸伊冉神思恍惚，在心中猜測會是何人所送？

如果是她心中的那個人，他定是來帶走循哥兒的，或是給她送和離書的。只怕他們在青陽發生的事情，全都被他的人盯著了。

後來一想，又覺得不太可能，自己在他心中沒那麼重要，況且他公務繁忙，哪有時間來青陽？

如果不是他，又會是何人？

在陸伊冉的胡亂猜測中，平安無事地過了兩日，始終不見送禮那人出現，事情也就不了了之。

這日午後，陸伊冉和循哥兒在榻上歇息時，府上門房就傳來消息，說是有人在附近的巷口茶肆等她。

陸伊冉沒有猶豫，起身戴了紗帽，喚來阿圓，兩人就出了府。

出府門左拐，不到一盞茶的工夫，就到了那人說的茶肆。

只見大樹下，正佇立一人。聽聞腳步聲，他微微轉身，一張俊美的臉龐赫然出現在陸伊冉眼前。

陸伊冉驚訝道：「是你！」

來人正是淮陰侯世子穆惟源。

他一襲霜色錦緞袍子，氣質高貴儒雅，身形頎長，長相俊美。

陸伊冉震驚不已，但她那顆懸著的心總算是踏實下來了。「世子，那日安寧侯府的禮品，也是你送的？」

「是。」

心下的疑問解開後，陸伊冉也沒了顧慮，把人請進大堂後，大方地讓夥計上一壺好茶。

「世子請坐。到了此處，你便是客，這杯茶定是要用的。」

陸伊冉今日一身湘妃色灑花閻羅長裙，整個人清新嬌美，兩彎遠山黛眉，膚如凝脂，一雙依然清澈靈動的杏眼，舉止大方，微微一笑便讓周圍一切黯然失色。

穆惟源失神良久，直到陸伊冉為他倒滿涼茶。

上次在自己妹妹的及笄禮上，他已經放棄對陸伊冉的這份心思；誰知，她與謝詞安和離的謠言卻從未停歇。因此知道她人在青陽後，他的心又開始蠢蠢欲動起來，正好以拜會明徵大師為由，想來見一見她。

雖知道這樣有違禮儀，可他就是想搏一搏，哪怕結果不如意，至少可以單獨見她一面，與她說幾句話。

穆惟源猶豫一息後，問道：「陸娘子，妳不問問惟源為何在此嗎？」

「自然是有事。」

這樣裝傻充愣地繞過尷尬，倒消除了穆惟源的緊張。

「不過禮品我是萬萬不能要的，還請穆世子收回去。」

這點禮品對穆惟源來說，如九牛一毛，他自不會再拿回去。「陸娘子何須客氣？既然妳都說我是客了，送些禮品也是應當。」

「那好，既然如此禮尚往來，那等世子要回京了，記得再來一趟，我給長公主和郡主帶些東西回去。」

兩人客客氣氣地閒聊一盞茶的工夫後，穆惟源便起身告辭。

走時，他終是鼓起勇氣，問出了埋在心頭許久的問題。「陸娘子，倘若妳與謝侯爺緣分盡了，願意給惟源一個機會嗎？」

陸伊冉淡淡一笑，誠懇地勸道：「我與穆世子不是一路人，多謝抬愛，但絕無可能。希望你能把心思多花在抱負上，那樣付出了才有回報。」

情不知所起，但能看開說透，也是一種成全。

穆惟源雖失落，心中卻也釋然了。

晚上陸伊冉與母親江氏在院中歇涼，循哥兒躺在她們身旁的夏簟上酣睡，口水直流。

陸伊冉兩手捧著香瓜，吃得正起勁。

江氏為循哥兒打著涼扇，怕有蚊蟲擾他，手都沒停歇一下。「冉冉，聽說今日妳去見的是一位年輕的郎君？」

陸伊冉吃香瓜的動作一頓，應了聲「嗯」，隨即兩口吃完，用手帕擦乾嘴角和手上的汁液後，解釋道：「娘，您別多想，那人是長公主家的世子，就是在萱兒大婚上送禮的那位。我去見他，只是想把禮退還給他，結果他不要，所以我日後只好回禮給他的母親和他即將大婚的妹妹了。」

江氏心中暗鬆一口氣，問道：「那妳要回何禮？」

「明日我去玉器鋪子，挑塊成色好的玉石，給郡主刻一支髮簪。」陸伊冉思忖一番後又道：「至於長公主自是什麼都不缺的，我聽姑母說過，長公主生完郡主後，總說小腹涼，我給長公主做個寬大的腰護可好？」

「哎，我的女兒還是那個細心的小棉襖，就是遇人不淑呀！」江氏見她待人用心，再一次感嘆命運不公。

「娘，我怕穆世子要急著回京，您得幫幫我。」陸伊冉像小時候一樣，一撒嬌就往江氏的懷裡靠。

江氏撫了撫她的頭髮，沈默地應了下來。

這些天江氏也想通了，她不能替陸伊冉做決定，既然女兒一心想離開謝家，做父母的也應該支持她，不能讓她孤苦無依，而是要成為她背後的支柱。

安靜半晌後，江氏又說道：「這次，叫妳爹爹去尚京時把和離書拿回來，娘再重新給妳挑門親事。」

一聽此言，陸伊冉忽地從她懷中抬起頭來，神色鄭重地說道：「娘，女兒以後不嫁人了，只要把循兒養大，陪你們到老，女兒就知足了。」

「淨說傻話！」

陸伊冉本想反駁，隨後一想，要他們接受自己的這些改變，也不是一朝一夕的事，得慢慢來。

自從那日後，陸惟源沒再來找過陸伊冉。

他和幾個尚京的好友在青陽遊玩幾日後，就準備回京了。

此次來的目的，也算是給自己一個交代。既然沒結果，他也不能強求。

但陸伊冉的一句話倒是提醒了他，自己一身學問應該用在抱負上。

之前他師傅謝祭酒見他無意在朝中為官，就邀請他去國子監當夫子，教書育人，亦是利國利民。當時他還猶豫不決，如今一想，他還不如陸伊冉一個女子活得明白通透。

在青陽待了六日後，穆惟源依約來到陸宅巷口的那間茶肆。

他當然不是來拿什麼回禮的，只當是離開前，來告知一聲。

聽人通報後，陸伊冉拿出早收拾好的包袱，直奔巷口。

到達時，穆惟源的臉龐已曬得通紅。

當他看到這一大包東西仍是推辭，聽陸伊冉做了簡短的說明，說是有青陽的特產，還有她親手縫製的用物，這才欣然接受。

「陸娘子，妳我不知何時會再見，惟源也望妳能放下從前的一切，重新開始。」說罷，穆惟源瀟灑離去，沒有回頭。

陸伊冉和阿圓佇立原地，目送他到巷口。

她在心中默默回道：我已經重新開始了。

城外軍營大帳。

穆惟源人還在路上，暗衛的書信已到了謝詞安的書案上。

謝詞安迫不及待地拆開，前段內容都是陸伊冉和循哥兒的日常，看得他心中柔軟，嘴角微揚，臉上露出一絲淺笑。但越到後面，尤其是「穆世子」三字出現以後，他的臉色就越來越冷，最後像是結了霜。當看到穆世子與夫人兩人私下在茶肆用茶攀談後，整個人已是臉色鐵青，雙拳緊握。

他痛苦地低聲吼道：「陸伊冉，這就是妳非要與我和離的理由嗎？」

後面的內容他有些逃避似的，不願再往下看，以至於也錯過了穆惟源已離開青陽回京的消息。

謝詞安又慌又氣，腦中一片凌亂。

半晌後，他坐在官帽椅上，眸色沈沈。當目光接觸到今日暗衛送來的刺客追蹤諜報時，神色才終於有了點改變。

他無視從皇城司搬來一大疊公文的余亮，跨步出了大帳，翻身上馬，向城內的方向疾馳而去。

余亮不明所以地追出去，在他身後大喊道：「侯爺，這是今日急著要批的公文！徐主簿說今天務必要——」他話還未說完，一人一馬早就不見蹤影，只留下馬蹄揚起的沙塵。

謝詞安回城後，直接去了奉天殿。

宮中近侍通稟後，不到片刻就有人把謝詞安請進大殿。

孝正帝有些意外，平時他不傳旨，謝詞安是不會主動到奉天殿來的。「謝都督，今日來奉天殿是有何事稟奏？」

「啟稟皇上，今日臣是來請罪的。那日在御庭寺讓皇上受了驚，臣自責不已，夜夜不能入眠。」謝詞安屈膝跪地，久久不願起身。

孝正帝實在意外他在謝詞安心中的分量竟如此重，驚訝之餘，不忘出言安撫道：「你何罪之有？就算失職也是御林軍，不是你皇城使。起來吧，無須自責。」

五日前，孝正帝去皇家寺廟御庭寺祭拜先皇時，遭遇刺客襲擊。

當時場面極度混亂激烈，刺客武藝高強，御林軍的兩個統領都身受重傷。

好在那裡和軍營距離近，謝詞安接到御林軍發的信號後，迅速趕至，救駕及時，才讓皇上和皇后有驚無險。

即便到了此時，孝正帝想起當日那一幕都還心有餘悸。

「臣身為皇城使，也有不可推卸的責任，所以今日臣就是來請旨追查凶手的。」

那日僥倖存活的幾名刺客，在謝詞安眼前逃跑，他當時就派人去追查了。

晌午收到的情報，幾人出了尚京，到競州後，往西而去。

孝正帝見他久久不起身，以為他又要繞著圈子提要求，誰知，卻是要親自去追凶手，意外的同時當即就反對了。

「追查凶手的職責的確屬於皇城司，卻沒必要讓你這個皇城使親自去辦。」

「回皇上，這幾人中，有一人是他們的頭領，其他幾人捨命相護。臣與那人交手幾次，他武藝高又狡猾，數次在臣手上逃跑。因為臣的失職，皇上幾經涉險，懇請皇上讓臣去追查此人。」

孝正帝心下疑惑，卻聽他說得句句在理，找不出一絲破綻；況且在國事上，謝詞安的確盡職盡責，不曾有過懈怠，自己幾次身處險境也都是謝詞安捨命救駕的。

孝正帝猶豫道：「謝愛卿能這般盡忠，朕自是高興，只是未免大材小用了些。」

「在皇上的安危和大齊的國運面前，沒有大材小用，只有人盡其才，物盡其用。最重要的一點是，臣熟悉他的招數。」

謝詞安言之鑿鑿，聽得孝正帝心中一震，當即答應了下來。

晚上回府後，謝詞安吩咐余亮收拾好他隨身的衣物，又去了一趟仙鶴堂，與老太太和謝庭芳交代一番。

再回到霧洌堂時，童飛和幾個暗衛已候在一旁。

謝詞安一觀那幾個暗衛和他身形相似，才吩咐道：「我們幾人一路出京，在競州分道。」從尚京到競州有三天的路程，競州是個大渡口，東西南北便在此分船。「童飛，你帶著他們一路往西，根據線報提供的蹤跡跟上他們。切勿打草驚蛇，看住他們，傳信報給我即可。」

「是。」童飛當即應下。

幾名暗衛先行離開，只剩下他們主僕倆時，童飛遲疑地問道：「侯爺，您身邊帶何人？」他剛剛聽到，謝詞安只吩咐余亮收拾他本人的衣物，沒說讓余亮跟隨。他不放心，多嘴提了這麼一句。

「任何人都不帶。」

「不可，您的安危同樣重要，為何不帶余亮？」童飛與謝詞安一起長大，他最重要的任務就是保護謝詞安。

「余亮留在尚京，還有旁的事要做。你無須擔憂我的安危，辦好自己的差事。明日出發前，記得讓他們換上我的衣衫，下去歇息吧。」

謝詞安做了決定，便不會輕易更改，童飛心中即便有異議，也不敢反抗。

但他終是不放心，大膽地問道：「屬下冒昧問一句，侯爺究竟要去往何處？」

「青陽。」

——未完，待續，請看文創風1289《今朝有錢今朝賺》2

為流浪貓狗加油 和貓寶貝 狗寶貝

廝守終生(一定要終生喔！)的幸福機會

對人來說，貓寶貝狗寶貝只是生活的一部分，但妳（你）對牠們來說，卻是生活的全部，領養前請一定要考慮清楚——

▲ 元氣滿滿的汪星人——Oma

性　　別：男生

品　　種：米克斯

年　　紀：約1歲多

個　　性：親人親狗、活潑貪吃，學習能力強

健康狀況：已結紮，救援時有皮膚病現已康復，理學和血液檢查正常，四合一快篩皆正常，今年已完成狂犬病及八合一疫苗施打

目前住所：台北市士林區（中途家庭）

本期資料來源：@fulipets福立社

IG（https://www.instagram.com/fulipets/）

FB（https://www.facebook.com/people/福立社-Fulipets/100095438110019/）

第359期推薦寵物情人

『Oma』的故事：

Oma（歐瑪）從何處而來沒有人知道，似乎是非正規的TNR（誘捕、絕育、放回原地）團體在絕育後亂放的狗狗，但個性親狗的Oma卻不明白人類的險惡，為了溫飽牠只能在附近社區徘徊，卻一直遭受那裡的社區警衛、居民驅趕，甚至持棍棒相逼，幸好有看不下去的朋友將牠誘捕救援。

剛被救援的Oma營養不良還患上嚴重的皮膚病，加上之前因遭人持棍棒驅趕，故對人類的不信任成為照顧上一大難題，在安置初期就咬了人好幾次。所幸中途堅持不懈的正向引導、避免打罵，並利用獎賞來鼓勵牠慢慢接受與人類生活，如今的Oma很愛跟人撒嬌、討抱抱，很享受這份親暱感。

變得有自信的Oma，在外出散步時從剛開始的大暴走，到現在可隨著人類的步伐調整速度；更是難得不會抬腿亂尿的狗狗，對於便溺在尿布墊、尿便盆定點如廁的命中率幾乎高達99.9%；貪吃的Oma，之前吃飯總是爭先恐後，深怕搶不到食物，現在則已經能克制對食物的衝動慾望，能鎮定坐下等待指令再開動，即使有時還是會對著飯碗垂涎三尺就是了（笑）。

我們希望Oma可以一直對與人類生活保持著嚮往與安心，所以在中途時期有進行良好的籠內訓練，學會休息時要回到小窩裡，因此對於居家獨處的穩定度，遠比容易有分離焦慮的幼犬來得高。如此優質米克斯何處可尋？請上IG或FB搜尋「福立社」，也可使用fulipets888@gmail.com傳遞您的認養意願，聰明穩定的Oma在這裡等您掛上項圈牽回家！

認養資格：

1. 認養人須年滿20歲，且無任何棄養紀錄。
2. 禁止籠養、鏈養、當看門狗之行為方式飼養。
3. 須提供良好的生活空間，且做到每日提供新鮮的食物及水。
4. 須同意簽認養寵物切結書。
5. 須同意送養人日後執行不定期6-12個月的生活追蹤，必要時會實地探訪，對待Oma不離不棄。

來信請說明：

a. 個人基本資料：姓名、性別、年齡、家庭狀況、職業與經濟來源等。
b. 想認養Oma的理由。
c. 過去養寵物的經驗，及簡介一下您的飼養環境。
d. 若未來有結婚、懷孕、出國或搬家等計劃，將如何安置Oma？

love.doghouse.com.tw 狗屋誠心企劃

2024年8月出版

娘子出任務

文創風 1286～1287

虞巧巧最看不慣欺男霸女的惡人，
尤其這些惡人錢還很多，只要一掏出銀子，有罪都能變無罪，
她的刺客生意專門教訓這種人，懲奸除惡順便賺銀子，一舉兩得！

穿到古代衝事業，女子也能闖出一片天／莫顏

虞巧巧身為特勤小組的探員，敢拚敢衝，是國家重點栽培的人才，
她彷彿可以看見前途一片美好，卻因為一次穿越，全部化為泡影！
如果穿成個官府捕快，至少離她的本職沒有太遠，還可以在古代繼續衝事業，
可她穿成了平凡人家的姑娘，每天刺繡做女工，不憋死才怪！
好唄！既來之則安之，那自己「創業」總行了吧？
她靠著俐落的身手和大剌剌的性格，網羅了一票手下，
創立「刺客公司」，專接懲凶罰惡的案子，
不管目標是紈袴還是流氓，只要夠壞，委託人付的銀子夠多，她就接！
於是她有了兩個身分，平時是乖巧的姑娘虞巧巧，
私底下則是刺客公司的頭頭「黑爺」，惡人聽到這威名都嚇得發抖，
唯有一人例外——笑面虎于飛，他是衙門捕快中的佼佼者，
破了不少大案，也建了不少奇功，
這男人似乎把「黑爺」列為頭號追捕對象，讓她的每個任務都變棘手了……

2024年8月出版

禾處覓飯香

文創風 1283～1285

吃下她親手做的料理，就會洩露內心的秘密……
老天爺就是這麼不公平，不僅讓她重活一世，還成了超能力者，
她可得好好發揮這個優點，撫慰人心、收穫幸福人生！

揮灑自如敘情高手／途圖

江南，蘇心禾穿越而來，成為當地一位名廚的寶貝獨生女；
京城，李承允自北疆隨大軍歸家，繼續當他的平南侯府世子。
看似八竿子打不著的兩人，卻因一樁娃娃親走到了一起。
前世身為小有名氣的美食部落客，蘇心禾的廚藝不在話下，
加上生得貌若天仙，怎麼看都是被人疼寵的命，
誰知從侯府的下人到城裡的路人全説她家挾恩逼娶，
活像她玷污了他們心中的帥氣大明星——李承允似的。
罷了，在她看來，這表面圓滿、實則破碎不堪的平南侯府，
比她這個在單親家庭長大的小姑娘更需要救贖，
就讓她揮動料理魔法棒，滋潤每個人乾枯的心靈……

今朝有錢今朝賺 1

國家圖書館出版品預行編目資料

今朝有錢今朝賺 / 綠色櫻桃著. --
初版. -- 臺北市 : 狗屋出版社有限公司, 2024.09
冊 ; 公分. --（文創風 ; 1288-1290）
ISBN 978-986-509-551-2（第1冊 : 平裝）. --

857.7　　　　113011258

著作者	綠色櫻桃
編輯	黃淑珍
校對	沈毓萍
發行所	狗屋出版社有限公司
地址	台北市104中山區龍江路71巷15號1樓
電話	02-2776-5889～0
發行字號	局版台業字845號
法律顧問	蕭雄淋律師
總經銷	知遠文化事業有限公司
電話	02-2664-8800
初版	2024年9月
國際書碼	ISBN-13　978-986-509-551-2

本著作物由北京晉江原創網絡科技有限公司授權出版

定價290元

狗屋劃撥帳號：19001626

網址：love.doghouse.com.tw　E-mail：love@doghouse.com.tw